今日、
僕らの命が
終わるまで

アダム・シルヴェラ［著］
五十嵐 加奈子［訳］

小学館集英社プロダクション

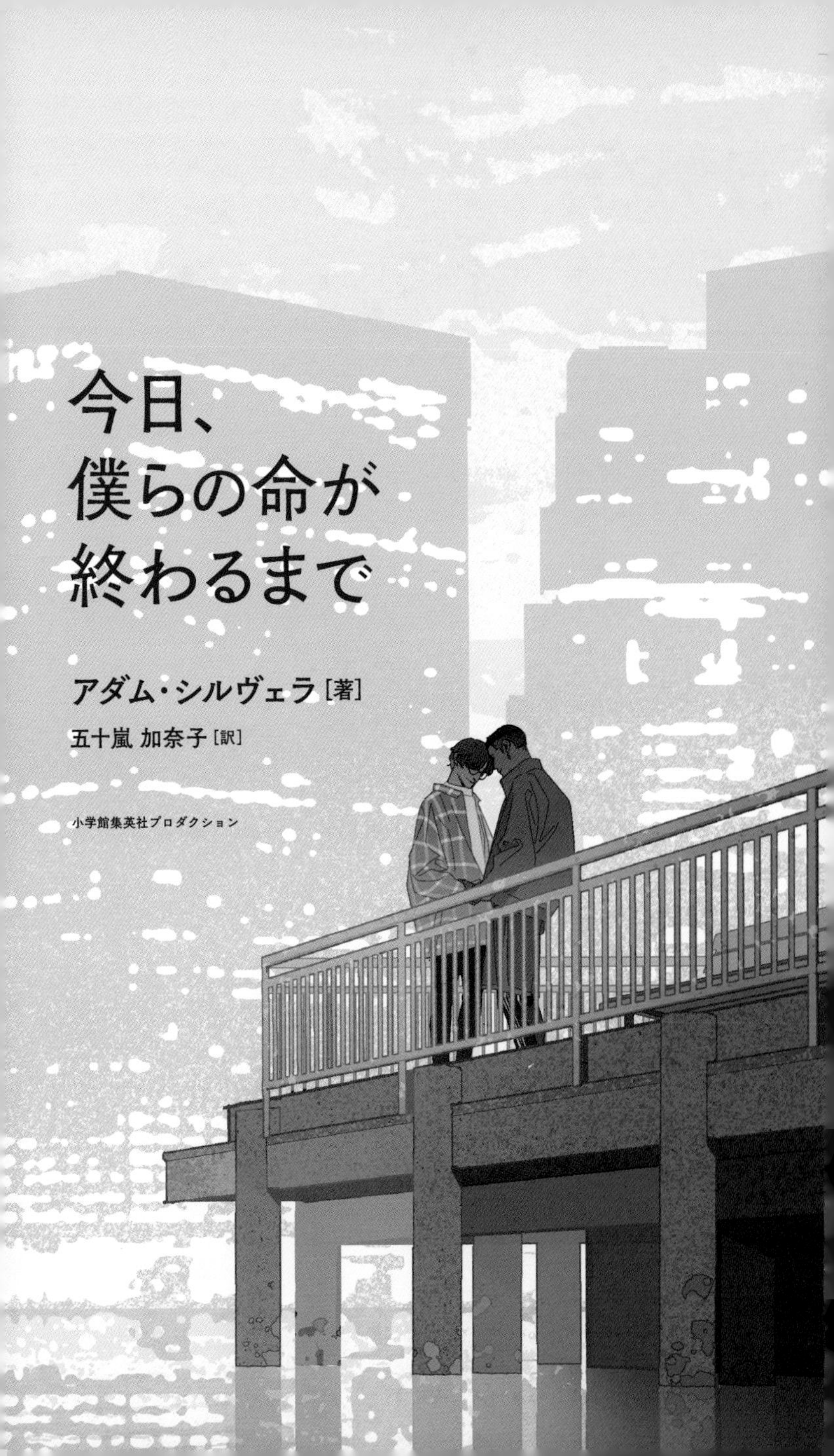

THEY BOTH DIE
AT THE END
Adam Silvera

今日、僕らの命が終わるまで

They Both Die at the End

小学館集英社プロダクション

こんばんは

こちらはデス＝キャストです。残念なお知らせですが

これから二四時間以内に

あなたは早すぎる死を迎えます。

デス＝キャストを代表して

お悔やみ申し上げます。

今日という日を

どうか精いっぱい生きてください。

OTH DIE

毎日を有意義に生きる、その大切さを思い出したい人たちへ。

母さんの愛と、セシリアの愛のムチに感謝！
僕には常に、そのふたつが必要だった。

END

THEY BO

登場人物　CHARACTERS

マテオ・トーレス――内気な少年。父親とふたり暮らし。

ルーファス・エメテリオ――里親ホームで暮らす少年。

リディア・ヴァルガス――マテオの親友。

マルコム・アンソニー――ルーファスと同じ里親ホームで暮らす少年。

タゴエ・ヘイズ――ルーファスと同じ里親ホームで暮らす少年。

エイミー・デュボワ――ルーファスの元恋人。

ペック（パトリック・ギャヴィン）――エイミーの恋人。

AT THE

目次　TABLE OF CONTENTS

PART 1
デス=キャスト
DEATH-CAST

本当の意味で生きている人は、ごくわずかだ。

多くは、ただ存在しているにすぎない。

——オスカー・ワイルド

二〇一七年九月五日
マテオ・トーレス
〇時二二分

デス＝キャストからの電話が鳴っている。人生の終わりを告げる警告の電話──今日、僕は死ぬ。違う、〝警告〟なんていう生易《なまやさ》しいものじゃない。警告を発するのは、それで何かを回避できるからだ。たとえば赤信号で道を渡ろうとする人に車がクラクションを鳴らすのは、あと戻りするチャンスを与えるため。この電話は、むしろ〝通告〟だ。あのアラート──鳴りやまないゴングのような独特な着信音が、近くの教会の鐘みたいに、部屋の向こう側に置いてある僕のスマホから響いてくる。僕はどうしていいのかわからず、無数の思いが一気に押し寄せ、すべてをかき消してしまう。初めて飛行機から飛びおりるスカイダイバーや初めてステージで演奏するピアニストも、きっとこんなふうに頭が真っ白になるんだろう。僕にはもう確かめようがないけど。

こんなの嘘だ。僕はついさっきまで、昨日〈カウントダウナーズ〉に投稿されたブログを読んでいた。デッカーたちが人生最後の時間をどう過ごしているのかをステータスや写真でリアルタイムに発信するサイトで、僕はちょうど、ゴールデンレトリーバーの里親探しをしている大学生のブログを読んでいた。その僕が次は死ぬって――。

僕が……死ぬ？　まさか……でも、本当だ。僕は死ぬんだ。

胸がぎゅっと締めつけられる。今日、僕は死ぬ。

これまでずっと、死ぬのが怖かった。だけど心のどこかでは、実際に死ぬわけがないと思っていた。もちろん永遠に死なずにいられるわけじゃない。だけど、大人になるまでは生きられると思っていた。それに父さんからも、物語の主人公になったつもりでいれば大丈夫だと頭に叩きこまれていた。ヒーローの身には悪いことなんか起きない、まして死んだりしない、最後に勝利をおさめるには生きていなくちゃならないからだと。

混乱していた頭もだんだん落ち着いてきた。電話の向こうではデス＝キャストの通告者《ヘラルド》が、今日僕が一八歳で死ぬことを告げようと待ちかまえている。

僕が、本当に……。

電話に出たくない。いっそこのまま父さんの寝室に駆けこんで、なんでこんなときに集中治療室なんかにいるんだよと枕に向かって罵《ののし》りたい。母さんが僕を産んですぐに死んだりするから、僕まで早死にすることになったんだと壁にこぶしを打ちつけたい。また電話が鳴る――一三回目の着信音。これ以上無視し続けても、今日僕の身に起きることは避けられない。

組んだひざにのせていたノートパソコンを横に置いてベッドから立ち上がると、頭がくらくらして、わきによろめく。机のほうに近づいていく僕は、まるでゾンビ、のろのろと歩く生ける屍《しかばね》だ。

発信者IDは、もちろん「デス＝キャスト」。

震える手でどうにか「通話」ボタンを押し、無言で出る。何を言えばいいかわからず、ただ息をしている。僕が呼吸できるのは、あと二万八〇〇〇回以下だ。それが死に瀕《ひん》していない人が一日にする呼吸の平均回数らしい。できるうちにめいっぱいしておいたほうがよさそうだ。

「こんばんは、こちらはデス＝キャストです。わたしはアンドレア。聞こえますか、ティモシー？」

ティモシー――。

僕の名前はティモシーじゃない。

「人違いですよ」とアンドレアに告げる。そのティモシーっていう人には申し訳ないけど、ほっとする。本当に気の毒だと思うけど。

「僕はマテオです」

マテオという名は父さんから受け継いだもので、父さんは僕の息子にも同じ名前をつけてほしいと思っている。この電話が間違いなら、それも夢じゃない――僕が父親になる日がいつか来ればの話だけど。

電話の向こうでキーボードを叩く音がする。入力内容やデータベースを修正しているんだろう。

「あっ、ごめんなさい。ティモシーはさっきまで話していた方でした。彼はお伝えしたことがよく理解できなかったみたいで、気の毒に。あなたはマテオ・トーレス、ですよね？」

最後の望みは一瞬で消え去った。

「マテオ、間違いないかどうか答えてください。悪いけど、今夜はまだたくさん電話をかけないといけないの」

僕はいままで、ヘラルドというのは――それが彼らの正式な呼び名で、僕が勝手につけたんじゃない――相手に寄り添うようにやさしく通告してくれるものだと思っていた。特に僕なんかの場合、その若さで死ぬのは本当にかわいそうだと、くり返し同情の言葉をかけてくれてもよさそうなものだ。正直、これから何が起きるかはもうわかったんだから、今日一日を思いきり楽しむようにと明るく励ましてくれてもいい。そうすれば、家にこもって完成する見込みのない一〇〇〇ピースのパズルを始めたりしないし、リアルな相手とのセックスが不安だからといってマスターベーションなんかしない。だけどこのヘラルドは、僕のじゃなく自分の時間を――僕と違ってまだたっぷり残されている彼女の時間を――無駄にするなと言っているかのようだ。

「はい、マテオは僕。僕がマテオです」

「マテオ、残念なお知らせですが、これから二四時間以内にあなたは早すぎる死を迎えます。それを止める方法はありませんが、あなたにはまだ人生を楽しむチャンスがあります」

人生は常に平等とはかぎらないという話をひとしきりしたあと、ヘラルドは今日僕が参加できるイベントをいくつか挙げた。彼女に腹を立てても仕方がないけど、「あなたはもうすぐ死にます」という、これまで何百回、何千回と口にしてすっかり頭に焼きついてしまったセリフをくり返すのにうんざりしているのが見え見えだ。僕への同情心なんて、これっぽっちもない。どうせ僕と話をしながら爪にヤスリでもかけているんだろう。

電話で死を通告されたときのことから人生最後の日《エンド・デー》の過ごし方まで、デッカーたちはあらゆることを〈カウントダウナーズ〉に投稿する。つまり、〈カウントダウナーズ〉はデッカー専用のツイッターだ。自分がどんなふうに死ぬのかをヘラルドに質問したという投稿を数えきれないほど読んだけど、具体的な死に方は教えてもらえないのが決まりで、元大統領ですらそれは同じだった。四年前、レイノルズ元大統領は死神から逃れようと地下貯蔵庫に身を隠したけれど、警護にあたるシークレットサービスのひとりに殺された。デス＝キャストが告げるのは死ぬ日付だけで、正確な時刻も死に方も教えてはくれない。

「――すべて理解できましたか？」

「はい……」

「では、デス＝キャストのサイトにアクセスして、墓石に彫ってほしい言葉と、葬儀に関して何かリクエストがあれば記入してください。もし火葬をご希望なら――」

葬儀というものに、僕はたった一度しか出たことがない。七歳のときに祖母が亡くなり、おばあちゃんが目を覚ましてくれないと言って、僕は葬儀で駄々をこねた。それから五年でデス＝キャストが登場すると状況は一変し、誰もが目を覚ました状態で自分の葬儀に出席するようになった。死ぬ前にちゃんとお別れが言えるのはすばらしいことだけど、その分の時間で人生を楽しんだほうがいいような気がする。でも、葬儀に来てくれそうな人がもっといたら、そうは思わないのかもしれない。もし僕に、片手では数えられないくらい友だちがいたなら。

「それではティモシー、デス＝キャストを代表してお悔やみ申し上げます。今日という日を、どうか精いっぱい生きてください」

「僕はマテオですけど」

「ごめんなさい……マテオ。本当にどうかしてる。今日はやたらと忙しかったし、それにこういう電話をかけるのってすごくストレスが――」

僕は通話を切る。失礼なのはわかってる。わかってはいるけど、こんなときに誰かのストレスフルな一日の話なんて聞いちゃいられない。こっちは一時間後には死ぬかもしれないのに。一〇分後に死んだっておかしくない。せき止めドロップをのどにつまらせるかもしれないし、何かの用事でアパートの部屋を出たとたんに階段から転げ落ち、外にも出ないうちに首の骨を折るかもしれない。部屋に押し入ってきた誰かに殺されるのかもしれない。ひとつだけ確実にないと言えるのは、老衰で死ぬことだ。

崩れ落ちるように床にひざをつく。今日ですべてが終わろうとしているのに、僕にはどうすることもできない。死を食い止める王笏《セプター》を取り戻しにドラゴンがはびこる地に分け入ることも、空飛ぶじゅうたんに飛び乗って、ささやかな人生を全うしたいという願いをかなえてくれるランプの精を探しに行くこともできない。もし体を低温冷凍してくれるマッドサイエンティストが見つかったとしても、いかれた実験の途中で死んでしまうのがオチだろう。現実の世界では、誰も死を避けられない。そして今日、死は確実に僕のところにやってくる。

死んだあとも誰かに会いたくなったりするのかな。だとしたら、僕の〈会えなくなるとさびしい人リスト〉は、リストとは呼べないくらい短い。まずは父さん。僕を全力で育ててくれた父さん。そして親友のリディア。彼女は学校の廊下で僕を無視しなかっただけじゃなく、ランチも一緒に食べてくれて、地学の授業では僕とペアを組んでくれた。将来は環境問題の専門家になって世界を救うのが夢で、僕が彼女のためにできることは、この世界で生き続けることだと話してくれた。リストはこれでおしまいだ。

僕の〈会えなくなってもさびしくない人リスト〉にも興味があるなら、そっちは何もない。僕は誰かにいじめられたことがない。関わる気にもなれない理由はわかっている。そう、ちゃんとわかってる。僕がどうしようもない臆病者だからだ。公園でローラースケートしようとか、夜中にドライブしようとか、ごくたまにクラスメイトが誘ってくれても、僕は断ってしまった。もしかすると、それが原因で死ぬかもしれないという理由で。いちばんの心残りは、人生を楽しむ機会を無駄にしたことと、高校四年間で隣の席になったみんなと親友になれたかもしれないのに、そのチャンスをふいにしたことかもしれない。誰かの家に泊まってひと晩じゅうテレビゲームやボードゲームをして友情を深めることもできたはずなのに、それができなかったのは、僕が臆病すぎたせいだ。

だけどそれ以上に残念なのは、大らかな性格になって人生を楽しんだかもしれない〝未来のマテオ〟に会えなくなったことだ。はっきり思い描くのは難しいけど、新しいことに挑戦している未来のマテオを想像してみる。友だちとマリファナを吸ったり、運転免許を取ったり、プエルトリコ行きの飛行機に飛び乗って自分のルーツを探りに行ったり。つきあっている相手もいて、きっとうまくいっているだろう。友人たちのためにピアノを弾いたり歌を聞かせたりして、彼の葬儀にはきっと、おおぜいの人がやってくるに違いない。週末のあいだずっと葬儀は続き、最後にもう一度ハグをしてお別れが言えなかった人たちが次々にやってきて、部屋はいっぱいになる。

未来のマテオの〈会えなくなるとさびしい人リスト〉には、友だちの名前がずらりと並んでいるだろう。

でも、僕が成長して未来のマテオになる日は来ない。誰も僕と一緒にハイにはならないし、僕の演奏を聴くことも、僕が運転する車の助手席に乗ることもない。きれいなボウリングシューズを誰がはくか、テレビゲームで誰がウルヴァリンを使うかで、僕が友だちとけんかすることも絶対にない。

また床にへたりこんで考える。いまはやるか死ぬかだ。違う、やっても死ぬ。

だからやる。死ぬのはそのあとだ。

〇時四二分

自分に腹が立ったときや失望したとき、父さんは気持ちを落ち着かせるために熱いシャワーを浴びる。一三歳になったころ、僕もまねをしてみた。わけのわからない考えがむくむくと湧いてきて、頭を整理する時間がたっぷり必要だったからだ。僕はいまもシャワーを浴びている。その理由は、僕がいなくなるのを世の中が——せめてその一部、リディアと父さん以外にも誰かが——悲しんでくれるのを期待している自分がやましいからだ。死の通告を受ける前の僕は、人生を楽しむことをかたくなに拒み、そのせいですべての「昨日」を無駄にした。そして、「明日」はもう二度とやってこない。

このことは誰にも言わずにおくつもりだ。父さんにだけは話すけど、意識もない状態だから話したうちに入らない。人生最後の一日を、誰かの「さびしくなるね」のひとことが本音かどうか気にしながら過ごしたくない。誰だって、残された時間を人の気持ちを疑いながら過ごすべきじゃない。いつもどおりの一日だと自分に言い聞かせながら、勇気を出して外に出ていこう。そして入院している父さんに会いに行き、手を握る。父さんの手を握るのなんて、子どものころに手をつないで以来だ。そしてこれが最後……ああ、本当に最後なんだ。

自分が死ぬという実感も湧かないまま、僕はこの世を去るんだろう。

リディアとペニーにも会いに行かないと。ペニーはリディアの娘で、いま一歳だ。一年ちょっと前にペニーが生まれたとき、リディアは僕を名付け親に選んだ。リディアの恋人のクリスティアンがその少し前に死んでしまったから、もしリディアもこの世を去るようなことになれば、そのときは僕がペニーの面倒を見るはずだった。収入もない一八歳が赤ん坊の面倒を見るなんて、もちろん無理だ。だけど大人になったら、世界を救おうとしていたママとかっこいいパパのことをペニーに話して聞かせ、経済的に安定して心の準備も整ったところで、僕の家に迎え入れるつもりでいた。それなのに、僕はいまペニーの人生の外へ追いやられ、アルバムの写真で見るだけの人になろうとしている。写真を見ながらリディアが僕のことを話して聞かせれば、ペニーはうなずきながら耳を傾け、「変なメガネ」と笑ったりするかもしれないけど、あとはさっさとページをめくり、身近にいる大切な家族の写真をながめるだろう。僕はペニーの記憶のなかの人《ゴースト》にすらなれない——。

だからといって、もう一度だけペニーをくすぐって笑わせ、顔についたカボチャとグリーンピースを拭いてあげちゃいけない理由はない。それに、リディアが少しだけ育児の手を休めて一般教育修了検定《GED》の勉強に集中したり、歯を磨いたり、髪をとかしたり、昼寝したりできる時間もつくってあげたい。それがすんだら、親友とその娘のもとを去り、残りの人生を精いっぱい生きよう。

シャワーの栓を閉め、降りそそぐ水を止める。今日は一時間もシャワーを浴びちゃいられない。シンクに置いておいたメガネを急いでかけてバスタブから出たとたん、床にたまった水で足をすべらせる。後ろに倒れながら、死ぬ前に人生の走馬灯が本当に見られたらいいなと思ったそのとき、タオル掛けにつかまってどうにか転倒をまぬがれる。息を吸って、吐いて、吸って、吐く。こんな死に方じゃ、いくらなんでも運が悪すぎる。〈まぬけな死〉というブログサイトの「シャワーでノックアウト」部門に投稿されてしまうだろう。アクセス数は多くても、いろんな意味で不快な気分にさせるサイトだ。

とにかく外に出て人生を楽しまないと——そのためにはまず、このアパートから生きて脱出しないといけない。

⌛

〇時五六分

同じアパートの4Fと4Aの部屋に住む隣人にお礼の手紙を書いて、今日が僕のエンド・デーだと伝える。父さんが入院してから、4Fのエリオットはときどき僕のようすを見にきてくれて、特にこの一週間は食事も届けてくれた。父さんがつくるエンパナーダをまねしてつくろうとして、僕がガスレンジを壊してしまったからだ。4Aのショーンが土曜日にレンジのバーナーを直しにきてくれる予定だったけど、もうその必要はなくなった。父さんなら自分で直せるだろうし、僕がいなくなったあと、何か気をまぎらす仕事があったほうがいい。

クロゼットから青とグレーのチェック柄のネルシャツを引っぱり出し、白いTシャツの上にはおる。一八歳の誕生日にリディアが買ってくれたもので、外に着ていくのは初めてだ。リディアがそばにいてくれるようなつもりで、今日はこのシャツを着ていこう。

時計を見る——父さんのおさがりの古い時計。視力が弱くても見やすい数字の光るデジタル時計を買ったあと、僕にこれをくれた。その時計が、もうすぐ一時を指す。普段どおりの一日なら、きっと遅くまでゲームをしていただろう。そのせいで、ぐったり疲れたまま学校に行くことになっても。眠ければ、授業のない自習時間に昼寝ができた。いまになって思うと、その時間に何か授業を——たとえば美術とか——入れればよかった。絵を描いたからといって命が助かるわけじゃない。だけど問題はそこじゃなく、何かをやってみることが大事だったんだ。楽団に入ってピアノを弾けばよかったかもしれない。そこでいくらか認められたら、こんどは合唱団で歌って、そのあとイケてる誰かとデュエットを組んだりして、それからいよいよソロデビュー。そうだ、劇団に入って、自分の殻を破るきっかけになるような役柄を演じられたら、それも楽しかっただろう。なのに僕は、殻に閉じこもって昼寝ができる自習時間を選んだ。

○時五八分。一時になったら、無理にでもアパートから出ていく。安心できる避難所《サンクチュアリ》でもあり牢獄でもあったこの部屋を出たら、ただ足早に目的地に向かうんじゃなく、最後にもう一度、新鮮な空気をゆっくり味わいたい。木々を一本一本ながめて、ハドソン川に足を浸して好きな歌を口ずさむのもいい。そして「早すぎる死を迎えたあの少年」として誰かの記憶に残れるようにベストを尽くそう。

一時になった。
自分の部屋にもう二度と戻らないなんて、信じられない。
玄関の鍵を開け、ドアノブを回し、手前に引く。
やっぱり……だめだ。開けたばかりのドアをバタンと閉める。
こんなに早く僕を殺そうとしている世界になんか、出ていくもんか。

⌛

ルーファス・エメテリオ
一時〇五分

最近別れた彼女の新しい彼氏を死ぬほど殴りつけているところで、デス＝キャストからの電話が鳴りだす。まぬけ野郎に馬乗りになって両ひざで肩を押さえつけ、目にもう一発パンチを食らわす寸前で手を止めたのは、その音が俺のポケットから聞こえてきたからだ。耳ざわりなデス＝キャストの着信音。誰もが私生活で、あるいはニュースやドラマで聞いたことのある、あの音。くだらないドラマはどれも、迫りくる恐怖の効果音がわりにあの着信音を使っている。「やっちまえ」と、俺に声援を送っていたタゴエとマルコムの声がやむ。ふたりとも押し黙り、俺はいま、このペックという野郎のスマホも鳴りだすのを待っている。けど、何も起きない。俺のスマホだけだ。俺に人生の終わりを告げようとしているこの電話に、こいつは命を救われたのか。

「電話に出たほうがいいぞ、ルーフ」

タゴエが言う。ネットでストリートファイトの動画を見るのが好きなタゴエは、俺がペックを殴りつけるようすを録画していた。そのタゴエはいま、自分にも電話がかかってくるんじゃないかと怯《おび》えながらスマホの画面を見つめている。

「わかった、出るよ」

心臓がくるったように早鐘を打ち、最初にペックに襲いかかったときよりも、一発目で叩きのめしたときよりも、もっと激しく鼓動している。すでにペックの左目は腫れ上がり、右目には激しい恐怖の色だけが浮かんでいる。デス＝キャストは午前三時まで電話をかけ続ける。だから、俺にあの世に道連れにされるのかどうか、ペックにはまだわからない。

俺にだってわからない。

電話が鳴りやむ。

「間違い電話かもな」とマルコム。

電話がまた鳴りだす。

マルコムは黙ったままだ。

俺は期待なんかしなかった。統計的にどうなのかは知らないけど、デス＝キャストが電話をかけ間違ったなんて話は聞いたことがない。それに、俺たちエメテリオ家の人間は長生きする幸運に恵まれていない。そのかわり、予定よりもずっと早くわれらが創造主に会える幸運のほうには……かなり恵まれている。

体が震え、誰かに連続で殴られているみたいに、激しい恐怖でパニックになる。恐ろしいのは、自分がどんなふうに死ぬのかがわからないからだ。わかっているのは、死ぬということだけ。人生の走馬灯はまだ見えていない。本当に死が迫ったときにそれが見えると思ってるわけじゃないけど。

下でもがくペックを黙らせようとこぶしを振り上げたとき、マルコムが言った。

「そいつ、凶器を持ってるんじゃないか？」

俺たちのなかで、マルコムはいちばん体がデカい。ハドソン川に突っこんだ車のなかで姉貴がシートベルトをはずせずにいたとき、こういうやつがそばにいたら助かったかもしれない。

電話が鳴る前なら、凶器なんか絶対に持ってない、命を賭けてもいいと言えただろう。勤め先から出てきたペックにいきなり襲いかかったのはこっちだ。けど、いまはそんなことに命は賭けられない。俺はスマホを下に置き、ペックを服の上から叩いて身体検査をする。次に腹這いにさせて、ポケットナイフがないかベルトをチェックする。俺が立ち上がっても、ペックはまだうつぶせのままだ。

さっきタゴエが放り投げたペックのバックパックを、マルコムが青い車の下から引っぱり出す。ジッパーを開けて逆さにすると、『ブラックパンサー』と『ホークアイ』のコミックが地面に落ちた。

「何もない」とマルコム。

タゴエがこっちに向かって突進してくる。ペックの頭をサッカーボールみたいに蹴とばす気かと思ったら、俺のスマホを拾い上げて電話に出た。

「誰にかけてんの？」

タゴエの首がピクッと動くが、いつものことだ。

「ちょ、ちょっと待った。俺じゃない。待って。ちょっと待って」

そう言ってタゴエは俺にスマホをさし出す。

「どうする、ルーフ。切ろうか？」

さあ、どうする。この小学校の駐車場には血まみれになったペックが転がっているし、宝くじに当選しましたと告げる電話じゃないことくらい、出なくたってわかる。タゴエの手からスマホをひったくる。いらいらするし頭は混乱するしで、吐きそうだ。けど、両親も姉貴も吐いたりしなかったし、俺もだいじょうぶなはずだ。

「こいつを見張ってろ」

タゴエとマルコムに言うと、ふたりはうなずく。なんで俺がリーダーになったのかわからない。里親ホーム《フォスター》に来たのは、俺のほうが何年もあとなのに。

いまさらプライバシーなんかどうでもいいのに、少し離れたところに移動し、非常口の明かりが届かない場所に立つ。こんな夜中に、こぶしを血で染めた姿を誰かに見られたくない。

「はい？」

「こんばんは。こちらはデス＝キャストのヴィクターです。ルーファス・エミー＝テリオさんでしょうか？」

彼は俺の名字をぶったぎった。だけど訂正してもしょうがない。エメテリオの名を継ぐ人はもう誰もいないんだから。

「そうだけど」

「ルーファス、残念なお知らせですが、これから二四時間以内に――」

「二三時間だろ？」

駐車場に止めてある車の横を行ったり来たりしながら、俺は相手の言葉をさえぎる。

「もう一時すぎだ」

ふざけんな！　一時間前に通告を受けたデッカーもいる。この電話が一時間前に来ていたら、〝大学一年で中退した落ちこぼれのペック〟を、やつが働くレストランの外で待ちぶせて、この駐車場に追い込んだりしなかった。

「はい、おっしゃるとおりです。すみません」

言い返したくなるのをぐっとこらえる。仕事でやってる相手に八つ当たりなんかしたくない。それはそうと、なんでこんな仕事に応募するやつがいるのかさっぱりわからない。もし俺に未来があったとしても、ある日目覚めてふと、「午前〇時から三時までのシフトで、ただひたすら電話をかけて、あなたの人生はおしまいですと告げるだけの仕事、やってみるか」とは絶対に思わないだろう。ところがこのヴィクターもほかのヘラルドたちも、そう思ったわけだ。よくある「メッセンジャーにつらく当たるな」的なことも言われたくない。そのメッセンジャーが電話をかけてきて、「今日一日が終わるまでにおまえは必ずくたばる」と告げようとしているときはなおさらだ。

「ルーファス、残念なお知らせですが、これから二三時間以内にあなたは早すぎる死を迎えます。それを止める方法はありませんが、今日一日をどう過ごすか、いくつかオプションを伝えるためにお電話しました。その前に、調子はいかがですか？　なかなか電話に出られなかったようですが。何も問題ありませんか？」

とってつけたような訊き方から、本当は俺の調子より、今夜のうちに電話しないといけないほかのデッカーたちのほうが気になっているのがわかる。通話はたぶんモニターされていて、この質問をはしょってクビになりたくないんだろう。

「調子なんか知るか」

俺はスマホをぎゅっと握りしめ、白い肌と茶色い肌の子どもたちが虹の下で手をつないでいる絵が描かれた壁に投げつけたい衝動を抑える。肩越しに振り返ると、ペックはまだ地面に腹這いになったままで、マルコムとタゴエはこっちを見ている。しっかり見張ってないと、やつをどうするか決める前に逃げられるぞ。

「オプションだけ教えてくれればいい」こっちがそう求めるなら問題ないだろう。

ヴィクターは今日の天気（午前中は雨、午後も生きているとしたら、やっぱり雨）と、まったく参加する気になれないスペシャルイベント（特に空中庭園《ハイライン》でのヨガ教室は、雨が降ろうが晴れようが絶対ナシだ）、葬儀の正式な段取り、今日の暗号《コード》を使うとかなりお得な「デッカー割引」が受けられるレストランについて説明した。それ以外は何も頭に入ってこないのは、俺のエンド・デーがこれからどうなるのかが気になって仕方がないからだ。

「あんたたちは、どうやって知るわけ？」

ヴィクターの話をさえぎって訊く。この男は、俺に同情して秘密を明かすかもしれない。そうしたら、壮大な謎《ミステリー》を解くカギをタゴエとマルコムに教えてやれる。

「エンド・デーだよ。どうやって知るんだ？　リストかなんか？　それとも水晶玉とか、未来のカレンダーとか？」

ひとの人生を左右する情報を、デス＝キャストはどうやって知るのか。それについてはいろんな憶測があって、ネットで見つけたクレイジーな説をタゴエがいろいろ教えてくれた。たとえば、デス＝キャストが本物の霊能者たちに助言を求めているとか。すごくばかばかしいのになると、エイリアンがバスタブにつながれていて、政府が無理やりエンド・デーを聞き出しているというのもある。突っこみどころ満載の説だけど、いまはそれについて語る時間はない。

「残念ですが、ヘラルドにもわからないんです。わたしたちも気になってはいますが、それを知らないとできない仕事ではないので」

またしてもつまらない答えが返ってくる。こいつは絶対に何か知っているはずだ。だけど仕事を失いたくないから言えないんだろう。

いけすかないやつだ。

「なあ、ヴィクター、ちょっとは人間らしい態度を取れよ。知ってるかどうかわかんないけど、俺はまだ一七で、あと三週間で一八歳の誕生日だった。残酷だと思わないのか？　俺はもう絶対に大学に行けないし、結婚も、親になることも、旅行だってできないんだ。どうせなんとも思っちゃいないんだろう。自分はまだ何十年も生きられるとわかってるから、あんたはそうやって、ちっぽけなオフィスでのうのうと構えてそっけない態度を取れるんだろ？」

ヴィクターが咳払いをする。

「わたしにもっと人間らしい態度を取ってほしいということですね、ルーファス。のうのうと構えていないで、もっと親身になれと。そうですか。一時間前、わたしはある女性との通話を早々に切り上げました。その女性は、四歳の娘が今日死んでしまえば自分はもう母親でいられなくなると嘆いて、どうすれば娘の命を救えるか教えてほしいとわたしに懇願しました。でも、誰にもそんなことはできません。電話を切ったあと、万が一その母親が娘さんの死の原因となったらいけないので、念のため警官を派遣するよう未成年者の担当部署に要請しました。ずいぶんいやなことをすると思うかもしれませんが、この仕事をしていると、そんなのはざらなんです。ルーファス、お気持ちはよくわかります、本当に。ですが、あなたが亡くなるのはわたしのせいではありませんし、それに、今夜じゅうにまだ何本も電話をかけないといけないんです。どうかご協力いただけませんか」

くそったれ！

あとは黙って協力したけど、わざわざほかの人の話なんか持ち出すから、学校に行けなくなった娘を持つ母親のことが頭から離れない。電話の最後に、ヴィクターは例の決まり文句、デス＝キャストをからめる最近のテレビ番組や映画でおなじみの、あの言葉を放った。

「デス＝キャストを代表してお悔やみ申し上げます。今日という日を、どうか精いっぱい生きてください」

どっちが先に電話を切ったのかはわからない。そんなのはどうでもいい。とにかく、もうおしまいだ――違う、おしまいはこれからだ。今日が俺のエンド・デー、ルーファスのアルマゲドンだ。それがどんなふうにやってくるのかはわからない。両親と姉貴みたいに溺死じゃないことを祈る。俺が痛めつけた相手はマジでペックしかいないから、誰かに銃撃されることはないと思う。それでも誤射事件だって起きるからわからない。結局、みんないつかは死ぬわけだけど、どんなふうに、何をして死ぬのかがわからないのは、ものすごく不安だ。

もしかして、俺はペックに殺されるのか？

三人がいる場所に急いで戻り、ペックの襟の後ろをつかんでぐいと引き起こし、レンガの壁に頭を叩きつける。額の傷口から血が流れ出た。こんなクズ野郎を相手に自分がここまで逆上するのが信じられない。エイミーが俺と別れた理由を、こいつが人にべらべら言いふらしたせいだ。それが俺の耳に入らなかったら、いまごろこの手でこいつの首を押さえつけたりしていない。いまの俺以上に怖い思いをさせてやろうとなんかしていなかったはずだ。

「いいか、俺に〝勝った〟と思うなよ。おまえが原因で別れたわけじゃないんだ。そういう考えはいますぐ捨てろ。エイミーが好きなのは俺で、ちょっとこじれただけで、また俺とよりを戻したはずなんだ」

これは本当だ――マルコムとタゴエもそう思ってる。俺はペックに覆いかぶさるようにして、まだ見えているほうの目をにらみつける。

「おまえの面《つら》は一生見たくない、二度と俺の前にあらわれるな」

ああ、そうだ。俺の一生はいくらも残っていない。だけどこいつはまぬけ野郎だから、おかしなまねをするかもしれない。

「わかったか！」

ペックがうなずく。

首から手を離し、やつのポケットからスマホを引っぱり出す。壁に投げつけると、画面が粉々に割れた。マルコムがそれをさらに踏みつける。

「失《う》せろ！」

マルコムが俺の肩をつかむ。

「行かしちゃだめだ。ヤバい連中とつながってるんだぞ」

高層ビルの窓拭きでもしているみたいに、ペックは壁伝いにおそるおそる離れていく。

俺はマルコムの手を肩から払いのける。

「さっさと失せろ！」

ペックは駆け出し、ふらつきながらジグザグに走って逃げていく。俺たちが追ってこないか振り返って確かめようとも、立ち止まってコミック本やバックパックを拾おうともせずに。

「あいつ、ギャングの仲間がいるんだろ？　仕返しに来たらどうする？」

「どうせ本物のギャングじゃないし、あいつはただの落ちこぼれだ。そもそもペックを仲間に入れるようなやつらなら怖くもなんともない。それに連中にもエイミーにも電話できないようにしてあるからだいじょうぶだろ」

俺よりも先にエイミーに連絡させるわけにはいかない。エイミーには自分で事情を説明したいし、もし俺が何をしたかを知れば、たとえエンド・デーでもエイミーは会ってくれないかもしれない。

「デス＝キャストもあいつに電話できないな」首をピクッ、ピクッと動かしながらタゴエが言う。

「殺す気はなかった」

マルコムもタゴエも何も言わない。歯止めがきかなくなったみたいに、俺がペックを死ぬほど殴りつけるのを、ふたりとも見ていたからだ。

震えが止まらない。

殺す気はなくても殺していたかもしれない。もし本当にあいつが死んだとして、俺は人を殺した自分を許せたかどうかわからない。違う、それは嘘だ。強がっていても、本当の俺は強くなんかない。家族の身に降りかかったことを自分だけがまぬがれたとき、俺のせいでそうなったわけじゃないのに、耐えられないほどの罪悪感にさいなまれた。そんな俺が、人を殴り殺して平気でいられるわけがない。

自転車が置いてある場所に駆け戻る。俺の自転車のハンドルがタゴエの自転車の車輪にはさまっていた。ここまでペックを追ってきて、自転車から飛びおり、やつをつかまえたときにはまりこんだんだろう。

「ついてくるなよ」とふたりに言って自転車を起こす。「わかったな？」

「だめだ、俺たちも一緒に行く。万が一――」

「それはないって」

さえぎるように俺は言う。

「俺はいつ爆発してもおかしくない時限爆弾と同じだ。もし爆発したら、一緒に吹っ飛びはしなくても、おまえたちも火傷《やけど》するかもしれないんだぞ――冗談じゃなく」

「俺たちを置いては行かせない。おまえが行くなら、俺たちも行く」とマルコムが食い下がる。うなずくタゴエの首が右にピクッと動く。俺についてこようとする気持ちに、体が逆らっているかのようだ。そのあともう一度、こんどはまっすぐ前にうなずいた。

「ほんとに影みたいなやつらだな」

「俺たちが黒人だからか？」

「いつだって俺のあとをついてくるからさ。死ぬまでおそばを離れませんってやつだな」

死ぬまで――。

その言葉に三人とも黙りこむ。自転車に乗り、車輪をガタン、ガタンとはずませながら路肩から道におりる。今日はさすがに、ヘルメットを背中にぶら下げたままじゃ走れない。

ふたりと一日中一緒にいることはできない。それはわかってる。それでも俺たちは〝プルートーズ〟、同じ里親ホームで暮らす兄弟だから、けっしてお互いを見捨てたりしない。

「さっ、帰るぞ」

俺たちは、ホームに向けて走りだした。

マテオ
一時〇六分

自分の部屋に戻ると——二度と戻らないつもりだったけど、やめにした——すぐに気持ちが楽になった。ゲームでラスボスに負けそうになっていたところでライフが追加されたときみたいだ。死ぬことを理解していないわけじゃない。それはわかっている。だけど急いで死ぬことはない。だから時間稼ぎをする。せめて少しでも長く生きていたい——いまはそれだけが望みだから、わざわざこんな夜中に外に出ていって、そのささやかな望みさえも打ち砕くようなことはしたくない。

学校に行かなくちゃと起きたら、今日は土曜日だったと気づいたときみたいな、ほっとした気分でベッドに飛び乗り、肩に毛布をはおってまたノートパソコンを開く。アンドレアとの通話を確認するデス＝キャストからのタイムスタンプ付きメールは無視して、電話が来る前に読んでいた、昨日〈カウントダウナーズ〉に投稿されたブログの続きを読む。

投稿したのはキースという二二歳のデッカーだ。彼のステータスからは、どんな人生を送ってきたのかはほとんど見えてこない。わかるのは彼が孤独を好む人で、クラスの仲間たちと出かけたりするよりも、ゴールデンレトリーバーのターボと一緒に走るのが好きだったということ。彼はターボに新しい家族を見つけてあげようとしていた。そうしないと父親がきっと、最初にほしいと言った人にターボを渡してしまうとわかっていたからだ。ターボは誰もがほしくなりそうな、とても美しい犬だ。生きていられたなら、僕が里親になっただろう。ひどい犬アレルギーだけど、それでも引き取りたいと思うくらいすてきな犬だった。ターボを手放す前に、キースは最後にもう一度だけお気に入りの場所を一緒に走っていて、セントラルパークのどこかで彼の投稿はとだえた。

キースがどんなふうに死んだのかはわからない。キースと一緒に死んだのかもわからない。彼らにとって、どっちがよかったのか、それも僕にはわからない。投稿がとだえた昨日の午後五時四〇分ごろにセントラルパークで強盗事件や殺人事件が起きていないか調べることもできるけど、僕の精神衛生上、謎のままにしておいたほうがいい。かわりにミュージックホルダーを開き、『スペースサウンド』をかける。

数年前、NASAのチームが惑星の音を記録する特殊な装置を開発した。それを知ったとき、不思議に思った。僕が見たどの映画でも、宇宙は完全に音のない世界だったから。だけど本当は音があって、電磁波として存在しているらしい。NASAがそれを人間の耳に聞こえる形に変換してくれたおかげで、部屋にこもっていても、僕は宇宙の神秘に出会うことができる。こういうのは、ネット上で何が話題になっているかをフォローしていないと見逃してしまう情報だ。惑星のなかには、エイリアンの世界を描いたSF映画で使われるような不気味な音を発しているものもある。海王星は速い川の流れのような音。土星は例の不気味な音で、恐ろしいうなり声みたいだったから、それっきり聴いていない。天王星の音も気味が悪く、風が吹き荒れ、まるで宇宙船どうしがレーザーを発射し合っているような音がする。話す相手がいるなら、惑星の音は会話のきっかけにうってつけだ。そうじゃないなら、眠りにつくときのホワイトノイズにちょうどいい。

エンド・デーから気をそらすために、僕は〈カウントダウナーズ〉の投稿をさらに読み進めながら地球の音を流す。これを聞くといつも、鳥のさえずりやクジラが発する低い声を思い出して気持ちが落ち着く。だけどかすかに、得体の知れない何かも感じる。それとよく似ているのが冥王星で、こちらは貝やヘビがたてるようなシューシューという音がする。

僕は海王星の音に切り替えた。

ルーファス

一時一八分

真夜中、プルートーに向かって自転車を走らせる。

〝プルートー〟というのは俺たちが里親ホームにつけた名前で、家族に死なれたり背を向けられたりした俺たちは、そこで暮らしている。冥王星《プルートー》は惑星から準惑星に格下げになった。だけど俺たちプルートーズは、けっしてお互いを劣った人間として扱ったりはしない。

俺が家族を失ったのは四カ月前で、マルコムとタゴエはそれよりずっと前から親しい仲間どうしだった。マルコムの両親は放火による自宅の火事で亡くなり、犯人の身元はわかっていない。それが誰であれ、両親を奪ったやつがいまごろ地獄の業火に焼かれていることをマルコムは願っている。当時、一三歳の問題児だった彼には引き取り手がなく、里親もかろうじて見つかったほどだった。タゴエのほうは幼いころに母親が家を飛び出し、父親は借金が払いきれず三年前に失踪した。その一カ月後、タゴエは父親が自殺したことを知ったが、いままで涙ひとつこぼさず、どこでどう死んだのかもいっさい知ろうとしない。

自分が死ぬとわかる前から俺は、プルートーに長くいられないとわかっていた。もうすぐ一八歳の誕生日が来るからだ。それは一一月で一八歳になるふたりも同じだ。俺とタゴエは大学に行くつもりで、マルコムもそのうち考え直して仲間に加わるだろうと俺たちは思っている。だけど先のことはもう、俺には関係ない。いま大事なのは、三人がまだ一緒にいるってことだけだ。俺がホームに来た最初の日からずっと、マルコムとタゴエは俺のそばにいる。なごやかなファミリータイムにも、不平不満を言い合うときも、俺の両隣にはいつもふたりがいた。

寄り道するつもりはなかったけど、あのビッグな出来事――エイミーとの初めての週末デート――の一カ月後に来た教会が目に入り、自転車を止める。オフホワイトのレンガ造りで茶色い尖塔のある立派な建物だ。ステンドグラス窓の写真を撮っておきたいけど、フラッシュでうまく写らないかもしれない。それならそれで仕方がない。もしインスタ映えする写真が撮れれば、ムーンフィルターをつけてクラシックなモノクロ写真にしよう。問題は、俺みたいな信仰心のないやつが撮った教会の写真が、七〇人いるフォロワーに残す最後の一枚にふさわしいかどうかだ（「#ありえない」というハッシュタグをつけるか）。

「どうした、ルーフ？」

「エイミーがピアノを弾いてくれた教会だ」

エイミーは根っからのカトリック教徒だけど、俺に信仰を押しつけたりしなかった。ふたりで音楽の話をしていて、姉貴が勉強中によくかけていたクラシック音楽が好きだったと俺が言うと、生《なま》で聴かせたい、自分の演奏で聴かせたいとエイミーは言った。

「通告を受けたこと、エイミーに知らせないと」

俺の言葉に反応し、タゴエの首がピクッと動く。しばらく距離をおきたいとエイミーに言われたのを忘れるな、と言いたいんだろうが、エンド・デーにそんなのは関係ない。

自転車からおりてキックスタンドをおろす。ふたりから離れて教会の入口に向かいかけたとき、司祭が泣いている女の人に付き添って外に出てきた。この人はきっとデッカーなんだろう。それとも知り合いがデッカーなのか。こんな深夜まで教会も大変だ。デス＝キャストとその「邪悪な悪魔の予告」を否定する教会をマルコムとタゴエはいつもばかにする。だけど、懺悔《ざんげ》をしたり、洗礼を受けたりしに訪れるデッカーのために真夜中過ぎまで忙しく働いている修道女や司祭たちには頭が下がる。

おふくろが信じた〝神様〟というやつが本当にいるなら、いまこそ俺を守ってほしい。

エイミーに電話をかけると、呼び出し音が六回鳴って留守電に切り替わった。かけ直しても同じだ。もう一度トライすると、こんどは呼び出し音が三回しか鳴らずに留守電になった。エイミーは俺を避けている。仕方がないからメールを打つ。

〈デス＝キャストから電話があった。きみからの電話も待ってる〉

だめだ、こんなふざけたのは送れない。打ち直す。

〈デス＝キャストから電話があった。おりかえし電話してほしい〉

一分もしないうちにスマホが鳴る。心臓に悪いあのデス＝キャストの着信音じゃなく、ふつうの着信音――エイミーだ。

「やあ」

「本当なの？」

もしオオカミ少年みたいに嘘をついていたとしたら、エイミーは間違いなく俺を半殺しにするだろう。いつかタゴエが気を引こうとそれをやって、容赦なくピシャリとはねつけられた。

「本当だ。会いたい」

「いまどこ？」

その声にとげとげしさはない。最近はいつも一方的に電話を切られたけど、その気配もない。

「前に連れてってくれた、あの教会のそばにいる」

ものすごく平穏で、ずっとここにいれば、そのまま明日を迎えられそうな気がする。

「マルコムとタゴエも一緒だ」

「なんでプルートーにいないの？　月曜の夜中にほっつき歩いて何やってるのよ！」

その質問に答えるにはもっと時間が必要だ。あと八〇年くらい必要かもしれない。だけど俺にそんな時間はないし、腹をくくっていまここで白状する勇気もない。

「プルートーに戻る途中なんだ。向こうで会えないか？」

「なに言ってんの。だめ、教会にいて。あたしがそっちに行く」

「だいじょうぶ、会うまでは死なないから。約束――」

「無敵の男じゃあるまいし、ばかじゃないの！」

エイミーは泣いていて、上着なしで雨に降られたときみたいに声が震えている。

「うっ……ごめん。でも、いったい何人のデッカーがそういう約束をして、そのあと〝まさかの事故《空からピアノが降ってきて》で〟死んでると思うの？」

「そんなやつ、めったにいないだろ。ピアノで死ぬ確率は高くなさそうだぞ」

「ふざけないで！　すぐ着がえるから、そこを動かないで。三〇分以内には行くから」

俺がしたことを、ぜんぶ許してほしい——今夜のことも含めて。ペックから連絡がいかないうちに会って、俺の言いぶんを話したい。ペックは家に帰ったらまず汚れた服や体をきれいにして、それから兄弟のスマホを借りてエイミーに電話をかけ、俺のことを凶暴なモンスターみたいだと告げ口するはずだ。ただ、警察にだけはチクってほしくない。じゃないと、俺はエンド・デーを鉄格子のなかで過ごす羽目になるか、警棒でボコボコにされて死ぬかもしれない。そんなことは考えたくもない。俺はただエイミーに会って、プルートーズにお別れを言いたい——モンスターみたいな今夜の俺じゃなく、いつもどおりの仲間として。

「ホームで会おう。とにかく……会いにきてほしい。じゃあな」

反論される前に電話を切り、エイミーからの鳴りやまない電話を無視して自転車にまたがる。

「これからどうする？」

「プルートーに戻る。俺の葬儀をやってくれるんだろ？」

マルコムに返事をしながら時刻を確認する。一時三〇分。

プルートーズの誰かが通告を受ける可能性はまだある。それを望んでいるわけじゃない。ただそうなれば、たったひとりで死なずにすむかもしれない。

だけど俺は、たぶんひとりで死ぬんだろう。

⌛

マテオ
一時三二分

〈カウントダウナーズ〉の投稿をスクロールしながら見ていると、本当に気がめいってくる。それでも見ずにいられないのは、登録しているデッカーのひとりひとりに、シェアしたいストーリーがあるからだ。だから誰かが旅行のようすを公開したら目を向ける——その人が最後は死んでしまうとわかっていても。

外に出ていかなくても、僕はオンライン上でみんなを見守っていられる。

このサイトには五つのタブ——人気、新着、ローカル、おすすめ、ランダム——があって、僕はいつもどおり、まず「ローカル」の検索結果にざっと目を通し、知っている人がいないかどうかチエックする。よし、誰もいない。

でも、今日は仲間がいたほうがよかったのかもしれない。

ランダムにデッカーをひとり選ぶ。ユーザー名Geoff_Nevada88。このジェフという人は日付が変わって四分後に電話を受け、いまはもう外に出てお気に入りのバーに向かっていた。未成年の彼は、店で身分証の提示を求められるか心配している。飲酒ができるように年齢をいつわった〝偽の〟身分証を最近なくしてしまったからだ。でも、きっと入れてもらえると思う。彼のフィードをフォローして、更新されたら通知が来るように設定した。

また別のフィードに移る。ユーザー名はWebMavenMarc。マークは炭酸飲料メーカーのソーシャルメディア部長だった人で、プロフィールにそのことを二回書いている。彼はいま、死ぬ前に娘が会いにきてくれるかどうか心配している。これを読んで、僕ははっとした。

たとえ意識がなくても、父さんに会いにいかなくちゃ。死ぬ前に僕がちゃんと会いにいったことを、父さんには知っていてほしい。

フォローしたアカウントの更新を知らせる通知が鳴っているけど、それを無視してパソコンを置き、父さんの部屋に行く。あの日の朝、父さんが仕事に出かけたとき、ベッドはまだくしゃくしゃだった。それをあとで僕が整えて、掛け布団をしっかり枕の下にたくしこんでおいた。父さんはそうなっているのが好きだから。母さんはいつもベッドの左側に寝ていたようで、父さんは右側だ。

母さんがいなくなっても、父さんは母さんの存在を消してしまわずに、ふたりのときと同じように暮らしている。僕は父さんが寝る側に腰かけ、写真立てを手に取った。僕の六歳の誕生日に、トイ・ストーリーのケーキに立てたロウソクを吹き消すのを手伝っている父さん。でも実際は父さんがぜんぶ吹き消した。僕は父さんのほうを向いて笑っている。そのごきげんな笑顔をいつでも見られるようにここに飾ってあるんだと父さんは言っていた。

こんなことを言うと誰かにからかわれそうだけど、リディアと同じで、父さんは僕の親友だ。僕たちは大の仲良しだった。もちろん何も衝突がなかったわけじゃない。どんな世界でも——僕の学校でも、この街でも、地球の反対側でも——人がふたりいれば何かしら衝突が起きるものだけど、心が通じ合っていれば、それを乗り越える方法は必ず見つかる。〈カウントダウナーズ〉に投稿しているデッカーのなかには、父親のことが大嫌いで、お父さんがもうすぐ死んでしまうのに一度も会いにいかない人や、自分自身が死ぬ前に仲直りしようとしない人もいる。だけど父さんと僕は、そんなふうに仲たがいして口をきかなくなったことなんか一度もない。写真をフレームから出し、折りたたんでポケットにしまい（折り目がついても、父さんは気にしないと思う）立ち上がる。病院に行ってさよならを言い、父さんが目を覚ましたときのために、この写真を枕元に置いておこう。いつもの朝と同じように、目覚めてすぐにこれを見て心をなごませてほしい——僕がもういないことを誰かに告げられる前に。

外に出る決心をして父さんの寝室を出たとき、流しに積み上げられた皿の山が目に入った。父さんがここに帰ってきたときに、汚れた皿や、僕がいつも飲んでいたホットチョコレートの染みがこびりついたマグカップを見ずにすむように、洗っておかないと。

外に出ないための言い訳なんかじゃない。

本当に、そうじゃない。

⌛

ルーファス
一時四一分

いつもならブレーキなしの自転車レースみたいに通りを突っ走る俺たちも、今夜は別だ。何度も右を見て、左を見て、車が一台も走っていなくても赤信号なら止まる。現に、いまも止まっている。すぐ近くにデッカー向けのクラブ〈クリントの墓場〉があって、店の前には若者たちがおおぜい群がり、長蛇の列ができている。最後にもう一度ダンスフロアで思いきり羽目を外そうとやってきたデッカーとその友人たちのおかげで、彼らを仕切る用心棒《バウンサー》の収入がとぎれることはなさそうだ。

ブルネットのすごくきれいな女の子が、「俺のビタミン《ビタミン・ミー》を摂取すれば明日も元気でいられるかもしれないよ」という、使い古されたくどき文句でナンパしてくる男に向かって何やらわめき、その子の友だちがハンドバッグを振り回して男を追い払っている。かわいそうに、くだらない男どもがひっきりなしに言い寄ってくるせいで、自分の死を悼《いた》もうとしているその子はひと息つく暇もない。

信号が青に変わるとまた自転車を走らせ、数分後にようやくプルートーに帰りついた。この里親ホームは古いメゾネット式住宅で、正面の壁はレンガがはがれ、カラフルな落書き《グラフィティ》の文字は読み取れない。一階の窓に鉄格子がはまっているのは、俺たちが犯罪者か何かだからじゃなく泥棒よけで、すでにいろんなものを失った子どもたちが、これ以上何かを奪い取られないようにするためだ。玄関に続く階段の下に自転車を置き、急いで家に入る。足音が響くのもおかまいなしに、チェス盤みたいなやぼったいタイル張りの廊下を通ってリビングルームに入っていく。そこには掲示板があって、セックスやＨＩＶ検査、中絶、養子縁組を扱うクリニックなど、似たような情報が貼り出されている。それでもこの場所は、施設というよりも本当の家みたいだ。

リビングには暖炉もあって、実際には使えないけど、そこにあるだけでいい雰囲気をかもしだしている。壁には温かみのあるオレンジ色のペンキが塗られ、夏のうちから秋が待ち遠しかった。平日の夜、夕食のあとにみんなでボードゲームをしたオーク材のテーブル。タゴエとリアリティ番組『ヒップスター・ハウス』を見たテレビ。ヒップスターが大嫌いなエイミーは、エロアニメでも見てくれたほうがマシだと嘆いていた。そして、ベッドよりも寝心地がいいから、みんなでかわるがわる昼寝をしたソファー。

二階に上がると、俺たちの部屋がある。ひとりでも窮屈なその部屋を、俺たち三人はどうにかうまく使っていた。夕食で豆を食った日はタゴエがやたらとおならをするものだから、外がどれだけうるさくても、窓をひと晩じゅう開け放って寝た。

「これだけは言っとく」

部屋に入ってドアを閉めながら、タゴエが言う。

「おまえ、ほんとにがんばったよ。ここに来てから、いろいろやったよな」

「やることは、まだまだあったんだ」

俺は自分のベッドに腰かけ、枕に頭を投げ出す。

「ものすごいプレッシャーだ、たった一日で精いっぱい生きろって言われても……」

それに丸一日あるとはかぎらない。あと一二時間生きられればラッキーなほうだ。

「ガンを治すとか、パンダを絶滅の危機から救うとか、誰もそういうのをおまえに期待してるわけじゃないし」

マルコムがそう言うと、タゴエが続ける。

「そういえばさ、動物がいつ死ぬか予測できないのは、デス＝キャストとしてはラッキーだよな」

俺は舌打ちして首を振る。親友がもうすぐ死ぬってときに、タゴエのやつ、パンダの話を持ち出すつもりだ。

「マジ、そうだって！　生き残った最後のパンダに電話するやつは、世界一の嫌われ者だ。メディア殺到、最後のパンダと自撮りするやつとか――」

「もういい、わかったよ」とタゴエの言葉をさえぎる。どうせ俺はパンダじゃないから、メディアは見向きもしない。

「ふたりに頼みがある。ジェン・ロリとフランシスを起こして、出かける前に葬儀をやってしまいたいって伝えてくれないか」

フランシスは最後まで俺のことがあまり気に入らなかったようだけど、この里親ホームに来て、いい家族ができて、俺は幸運だったと思っている。

「出かけちゃだめだ」

そう言って、マルコムはひとつしかないクロゼットを開ける。

「なんとかなるんじゃないか？　おまえをここに閉じこめとけば、例外的に助かるかもしれない！」

「窒息するか、おまえのクソ重たい服がのった棚に頭を直撃されるのがオチだ」

例外なんかないことは、マルコムだってわかっているはずだ。

「もうあんまり時間がないんだ」

俺は起き上がり、少し震えが走るのをなんとかごまかす。怯えている姿をふたりに見せるわけにはいかない。

「ひとりにしてだいじょうぶか？」

タゴエが首をピクッとさせる。

本当は何が言いたいのかがわかるまで数秒かかった。

「自殺なんかしないよ」

俺は死のうとなんかしていない。

ふたりは部屋を出ていき、もう洗う必要のない洗濯物と、終わらせる必要のない――それどころか始める必要すらない――夏季教室の宿題と一緒に、ひとり部屋に残された。ベッドの端に寄せてあるカラフルなツルの模様がついた黄色い毛布を肩にかける。エイミーが子どものころから使っていたこの毛布は、彼女の母親が幼いころからある思い出の品だ。俺がエイミーとつきあい始めたのは彼女がまだプルートーにいたころで、この毛布をかけて一緒に眠り、これを敷いてリビングでピクニックをしたこともある。あのころはまだ、だいぶ肌寒かった。別れたあとも毛布を返してくれと言ってこないのは、距離をおきたいと言いながらも、俺とつながっていたい気持ちがあったからだと思う。よりを戻すチャンスはまだあったんだろう。

この部屋は俺が育った家の部屋とはぜんぜん違う。壁はグリーンじゃなくてベージュだし、エキストラベッドが二台あってルームメイトがいる。部屋の広さは半分で、ウェイトトレーニングの道具もゲームのポスターもない。それでも自分の家みたいな気がするのは、大事なのは物よりも人だという証拠だ。マルコムがそれを学んだのは、自宅も、両親も、好きだった物もすべて焼き尽くした炎を、消防士が消し止めたあとだった。

ここで、俺たちはシンプルに暮らしている。

俺のベッドの頭側の壁には、写真が何枚もピンで留めてある。どれもみな、俺のインスタグラムからエイミーが選んでプリントアウトしたものだ。いつも考えごとをしに行くアルシアパーク。自転車のハンドルにかけてある汗まみれの白いTシャツの写真は、今年の夏に初めて参加したサイクルマラソンのあとで撮ったものだ。クリストファー・ストリートに捨てられていたステレオ。そこから流れてくる曲を聴いたのは、そのときが最初で最後だった。鼻血を出しているタゴエ。そのころ俺たちはプルートーズ式の握手を考案中で、そこにおかしな頭突きを組みこんだせいで大惨事になった。一足のスニーカー――片方はサイズ一一、もう片方はサイズ九。その日俺は新しい運動靴を買いにいき、左右のサイズが同じか確かめずに店を出た。エイミーとのツーショット。俺の左右の目の大きさがばらばらで、なんだかハイになってるみたいに見えるけど——実際は（まだ）なっていなかった——街灯の明かりがエイミーの顔をいい感じに照らしているから、この写真はとっておいた。雨が降り続いたあとの公園でエイミーを追いかけ回したときの、泥に残る足跡。並んで座るふたつの影。写りたくないとマルコムはいやがったけど、それでも撮った。ほかにもまだまだある。タゴエとマルコムのためにそれを残して、俺はここから出ていく。

ここから出ていく……。

本当は、どこにも行きたくなんかない。

マテオ

一時五二分

出かける準備はほとんどできている。

食器を洗って、ソファーの下からほこりとお菓子の包み紙を掃き出し、リビングの床にモップをかけて、バスルームの洗面台についたハミガキ粉を拭き取り、自分のベッドもきちんと整えた。なのに僕はまたパソコンに向かい、ある大きな問題に直面している。墓石に刻む言葉だ。かぎられた文字数で僕の人生をまとめるとしたら、どうなるだろう？

一生を過ごした場所で彼は死んだ――自分の部屋のなかで。
なんという無駄な人生。
小さな子どもでも、もっと冒険するだろう。

いまのままじゃだめだ。まわりはみんな――僕自身も含めて――僕にもっと期待していたはずだ。その期待にこたえなくちゃいけない。それができるのは今日が最後だから。

マテオ・トーレス・ジュニア
ここに眠る。
みんなのために彼は生きた。

「送信」をクリックする。

もう後戻りはできない。もちろん修正はできるけど、それじゃ約束にならない。みんなのために生きる――それは世界に対する僕の約束だ。

まだ夜も明けていないけど、それでもデッカーには遅すぎるくらいだ。間に合わなくなりそうで、胸が苦しくなる。ひとりじゃ無理だ――この部屋から出るまでが大変なんだ。かといって、僕のエンド・デーにリディアは絶対に巻きこみたくない。ここから出たら――もしも出たらじゃない――リディアとペニーに会いにいく。だけど、リディアには何も言わずにおくつもりだ。実際に死ぬ前から僕が死んでしまったと思わせたくないし、悲しい思いもさせたくない。外で人生を楽しみながらリディアにポストカードを送り、そこですべてを説明しよう。

いま僕に必要なのは、友だちの役割を兼ねたコーチ、もしくはコーチ役を果たしてくれる友だちだ。それに出会えるかもしれないのが、〈カウントダウナーズ〉でよく宣伝されている人気アプリ〈ラストフレンド〉だ。

〈ラストフレンド〉は、孤独なデッカーや、最後の時間を過ごすデッカーに寄り添いたいと考える心やさしい人たちのためのアプリだ。これと〈ネクロ〉を混同してはいけない。〈ネクロ〉のほうは、デッカーと一夜かぎりの関係を結びたい人向けのアプリ、つまり完全にセックスだけを目的としたものだ。僕がいつも〈ネクロ〉に不快感をおぼえるのは、セックスに臆病なせいばかりじゃない。〈ラストフレンド〉は人々が生きがいや愛情を感じて死んでいけるように開発されたアプリで、ユーザーに料金は発生しない。ところが〈ネクロ〉は一日七ドル九九セントで、そこがすごくいやだ。僕はどうしても、ひとりの人間の価値がたった八ドルだなんて思いたくないからだ。

それはともかく、人との出会いはぜんぶそうだけど、〈ラストフレンド〉のアプリを通じて生まれる関係も、どう進展するかは運まかせだ。以前〈カウントダウナーズ〉で、僕はラストフレンドと出会ったデッカーの投稿をフォローしていた。ところがその女性は更新するのが遅くて、たまに何時間も更新されないものだから、チャットルームのビューアーたちは、彼女がもう死んでしまったんだと考えた。ところが実際は元気いっぱいで、最後の一日を大いに楽しんでいた。そして亡くなったあと、彼女のラストフレンドが短い追悼文を寄せ、おかげで僕はその女性について本人の投稿からはわからなかったこともいろいろ知ることができた。だけど、こういう心温まる展開ばかりじゃない。数カ月前、不運なあるデッカーが、悪名高きラストフレンド連続殺人犯《シリアルキラー》と、そうとは知らずに友だちになってしまった。それは読むにたえない、あまりにも悲惨な話だった。僕が世間をあまり信用できない理由はいろいろあるけど、これもそのひとつだ。

ラストフレンドをつくれば、何かしらいいこともあると思う。それでもやっぱりわからない。たったひとりで死ぬのと、僕にとってどうでもよくて、僕のことを大切に思ってくれているわけでもない相手と一緒に死ぬのと、どっちがより孤独だろう。

時間だけが無駄に流れていく――。

これまで無数のデッカーたちがそうしたように、僕も勇気を出すべきだ。オンラインで銀行口座をチェックすると、大学進学資金の積立預金が自動的に振りこまれていた。二〇〇〇ドルくらいしかないけど、今日一日過ごすには十分すぎる額だ。ダウンタウンにあるワールド・トラベル・アリーナにも行ける。そこはデッカーとゲストが世界の名所や文化を体験できる場所だ。

スマホに〈ラストフレンド〉のアプリをダウンロードする。あっという間にダウンロードが完了した。まるでこのアプリ自身が、時間切れが迫っている人のためのものだと認識し、気をつかってくれているみたいだ。ブルーの画面上でグレーの時計が動き、ふたりの人物のシルエットが互いに近づいてハイタッチする。すると「ラストフレンド」の文字が真ん中に大きく浮かび上がり、その下に選択式のメニューが表示された。

□　今日死亡する
□　今日死亡しない

「今日死亡する」のほうをタップすると、次のメッセージがあらわれた。

ラストフレンド社より、ご逝去されるみなさまに謹んでお悔やみ申し上げます。みなさまを愛する方々、永遠のお別れをなさる方々にも、心よりお見舞い申し上げます。最後のひとときをともに過ごす、すてきな友人と出会えますように。最善の結果が得られるよう、プロフィールをご記入ください。

ご逝去を悼《いた》みつつ
ラストフレンド社

表示された空白のプロフィール欄に記入していく。

名前：マテオ・トーレス
年齢：一八歳
性別：男性
身長：一七八センチ
体重：七四キロ
民族性：プエルトリコ系

性的指向：〈無回答〉
職業：〈無回答〉
趣味：音楽、散歩
好きな映画／テレビ番組／本：ガブリエル・リードのティンバーウルブズ、『プレイド・イズ・ザ・ニュー・ブラック』、〝スコーピウス・ホーソーン〟シリーズ
これまでの人生：僕はひとりっ子で、父さんとふたりで暮らしてきました。その父さんも二週間前から昏睡状態で、目を覚ますころには、僕はもういないでしょう。自分の殻を破り、父さんが誇りに思えるような息子になりたい。これまでみたいに消極的なままじゃいけない。そのせいで、外に出て行って人と出会うことができなかったから——みなさんとも、もっと早く出会えたかもしれないのに。
死ぬまでにやりたいこと：病院に行って父さんにお別れを言いたい。それから親友に会いにいく。でも、僕が死ぬことは伝えたくない。そのあとは……誰かの人生を変えるような何かをして、これまでとは違うマテオを発見したい。
最後に思うこと：目標に向かってがんばる。

回答を送信すると、写真をアップロードしてくださいと表示が出た。スマホのアルバムをスクロ

ールすると、ペニーの写真や、僕がこれまでリディアに勧めた曲のスクリーンショットがたくさんある。ほかにも父さんとリビングにいる写真や、高校三年のときの野暮ったい写真もあった。そのとき、ルイージの帽子をかぶった自撮り写真が目にとまる。六月にオンラインのマリオカートコンテストで優勝してもらった帽子だ。コンテストの主催者へウェブサイトに掲載する写真を送るはずだったけど、〝ルイージの帽子をかぶっておどけている少年〟はいかにも自分らしくなくて、結局送らなかった。

だけど、それは間違いだった。なぜ送らなかったんだろう。僕はずっとその写真の少年みたいな、陽気で、楽しくて、気ままな人間になりたかったのに。この写真を見て「あいつらしくない」と思う人なんていない。誰も僕を知らないんだから。見た人はみんな、僕のことをプロフィールどおりの人間だと思うだろう。

その写真をアップロードすると、最後にメッセージが表示された。

「がんばれ、マテオ」

ルーファス
一時五九分

里親夫婦が下で待っている。話を聞いてすぐ、ふたりはここに駆けつけようとしたけど、俺にはもう少し時間が必要だとわかっているマルコムがボディーガード役を果たしてくれた。サイクリング用の服に着がえる。スポーツタイツをはいて、スパイダーマンみたいに股間が目立たないように、その上にブルーのバスケットショーツをはき、お気に入りのグレーのフリースを着た。この格好にしたのは、エンド・デーに街をあちこち巡るのに自転車以外の移動方法が思いつかなかったからだ。安全が第一だからヘルメットも忘れない。最後にもう一度部屋を見る。三人でキャッチボールをした思い出がよみがえっても、ここで泣き崩れたりはしない。電気はつけたまま、ドアも開けたままにして部屋を出る。そのほうが、マルコムとタゴエが部屋に戻るとき、妙な気分にならずにすむだろう。

マルコムがかすかに微笑む。冷静なふりをしていても、動揺しているのが見え見えだ。ほかのみんなも同じで、逆の立場なら俺だって動揺したはずだ。

「おまえ、ほんとにフランシスを起こしたのか？」

「ああ」

ひょっとすると、俺は里親の手で殺されるのかもしれない。彼を起こしていいのは目覚まし時計だけだ。

マルコムのあとについて階段をおりていくと、タゴエとジェン・ロリ、フランシスがいた。みんな無言のままでいる。俺は真っ先に、エイミーから連絡がないか尋ねそうになった。おばさんに引き止められているとか、何か言ってきていないか知りたい。けど、いまそれを訊くのは場違いだ。

俺に会いたい気持ちが変わっていないことを、心から祈る。

たぶんだいじょうぶだろう。とにかくいまは、ここにいる人たちのことだけを考えよう。

フランシスはすっかり目覚めていて、お気に入りというよりも、それ一枚しか持っていないバスローブを着た姿は、悪事で巨万の富を築いた犯罪組織の親玉みたいだ。なけなしの収入を俺たちにつぎこんでいる技師にはとても見えない。いい人なのにすごく荒っぽい印象なのは、まだら状になった髪のせいだ。数ドルの散発代を節約するために、自分で切っているからそうなる。なんでそんなばかなことをするのか信じられない。ここにはタゴエという、ヘアカットの達人がいるのに。嘘じゃない、タゴエのフェードカットはこの街でも最高の腕前だ。あいつは脚本家になる夢なんかあきらめて、いつか自分の理髪店を開いたほうがいい。だけどやっぱり、フランシスは色が白すぎてフェードカットは似合わないな。

ジェン・ロリが古いカレッジTシャツの襟で涙をぬぐい、それからまたメガネをかける。タゴエが好きなスラッシャー映画を一緒に見るときみたいに椅子の端っこに浅く腰かけ、映画のときと同じようにさっと立ち上がる。ただ、それは不気味な人体の自然発火現象が起きたせいじゃない。ジェンは俺を抱きしめ、肩に顔をうずめて泣く。通告を受けてから誰かにハグされるのは、これが初めてだ。このまま手を離してほしくない。だけど俺は前に進まなきゃいけない。ハグしたあとも、ジェンは床を見つめる俺に寄り添っている。

「食わせなきゃならない口がひとつ減るってことだろ?」

誰も笑ってくれない。俺は肩をすくめる。こういうとき、どうすればいいのかわからない。自分が死ぬときにまわりの人間を元気づける方法なんて誰も教えてはくれない。死ぬのが健康な一七歳の少年なら、なおさらだ。ここにいる俺たちはみんな、深刻な事態はもう十分に経験ずみだ。だから、俺はみんなに笑ってほしい。

「じゃんけんしようぜ。ほら、じゃん、けん、ぽん!」

俺は広げた手のひらにこぶしを打ちつけ、誰にともなくチョキを出す。もう一度、こんどはグーを出しても、対戦相手はまだいない。「ほらみんな、やろうぜ」と声をかけ、三度目でようやく、俺のチョキに対してマルコムがパーを出す。そこからまた少し時間はかかったけど、勝ち抜き戦が始まった。フランシスとジェン・ロリに勝つのはかんたんだ。俺は勝ち進んでタゴエと当たり、グーがチョキに勝つ。

「やり直し」とマルコムが言う。「タゴエが後出しでパーからグーに変えた」

「おまえなあ、よりによってこんな日に、なんで俺がルーフをだますんだよ？」

「おまえはイヤなやつだからさ」

俺は、じゃれ合うようにタゴエを小突く。

そのとき呼び鈴が鳴った。

あわてて玄関に飛んでいき、ドキドキしながらドアを開く。あらわれたエイミーの顔は、頬にある大きな痣が見えなくなるくらい真っ赤だった。

「あたしをばかにしてんの？」

俺は首を横に振る。

「スマホの着信履歴を見せるよ」

「あんたのエンド・デーのことじゃなく、これ！」

そう言うとエイミーは横に一歩ずれ、階段の下を——ペックと、無残に傷だらけになった彼の顔を——指さす。一生見たくないと言ったはずの、あいつの顔。

マテオ

二時〇二分

世界中で〈ラストフレンド〉のアクティブアカウントがいくつあるか知らないけど、いまこの時点で、ニューヨークだけで四二人がネットワーク上にいる。ユーザーの一覧をながめていると、高校の講堂で初日の授業を受けているみたいな気分になる。すごく緊張して、何から始めたらいいかわからない。そうこうするうちに、一通のメッセージが届いた。

受信トレイに入った明るいブルーの封筒が、点滅しながら開封されるのを待っている。件名はなく、基本情報だけが表示される。**〈ウェンディ・メイ・グリーン。一九歳。女性。ニューヨーク市マンハッタン（距離：二マイル）〉**。プロフィールをタップする。彼女はデッカーじゃないふつうの女の子で、遅くまで起きて、なぐさめる相手を探していた。プロフィールには「スコーピウス・ホーソーンのすべてにハマってる本好き」とあるから、たぶん僕との共通点を見つけて連絡してきたんだろう。彼女は散歩も好きで、「特に五月下旬の、天気のいい日はサイコー！」と書いてある。だけど、五月にはもう僕はいないよ、ウェンディ・メイ。彼女はいつからこのプロフィールを使っているんだろう。そんなふうに未来の話をされたら傷つくデッカーもいるし、自分には人生の残り時間がたっぷりあると見せつけるのは良くないと、彼女に注意する人はいなかったんだろうか。プロフィールは飛ばして写真をタップする。色白、茶色の目、茶色の髪、ノーズピアス、満面の笑み――なかなかいい子っぽい。メッセージを開く。

ウェンディ・メイ・G（二時〇二分）：ハーイ、マテオ。本のシュミがすごくいいね。もしかして、死神の目をくらます魔法が使えたらって思ってない？？

悪気がないのはわかるけど、プロフィールといい、このメッセージといい、なんだか釘でも打ちつけられているみたいにグサッとくる。僕としては、そっと背中を叩いてなぐさめてほしいのに。だからといって失礼な態度は取りたくない。

マテオ・T（二時〇三分）：やあ、ウェンディ・メイ。ありがとう、きみも本の趣味がすごくいいと思うよ。

ウェンディ・メイ・G（二時〇三分）：スコーピウス・ホーソーン、すっごい好き！……ところで、元気？

マテオ・T（二時〇三分）：あまり元気じゃない。部屋から出なきゃいけないのはわかってるんだけど、出る気になれなくて……。

ウェンディ・メイ・G（二時〇三分）：あの電話ってどんな感じ？　怖かった？

マテオ・T（二時〇四分）：ちょっぴりびびった――ほんとはがっつりびびった。

ウェンディ・メイ・G（二時〇四分）：（爆笑）　あんた、おもしろいね！　それにカワイイし。パパとママもパニクってるんじゃない？

マテオ・T（二時〇五分）：悪いけど、そろそろ行かないと。じゃあおやすみ、ウェンディ・メイ。

ウェンディ・メイ・G（二時〇五分）：なんか悪いこと言った？　死ぬ人たち《デッド・ガイ》って、なんでいつも途中で話をやめるわけ？

マテオ・T（二時〇五分）：別にたいしたことじゃない。ただ、僕の両親はパニックできないんだ。母さんはもういないし、父さんは昏睡状態だから。

ウェンディ・メイ・G（二時〇五分）：そんなの、あたしが知るわけないでしょ？

マテオ・T（二時〇五分）：僕のプロフィールに書いてある。

ウェンディ・メイ・G（二時〇五分）：まあ、別にいいけど。じゃあ、家にはほかに誰もいないの？　こんど彼氏と初めてするから、その前に練習しておきたいんだけど、相手してもらえないかな。

相手が次のメッセージを打ちこんでいるあいだに僕は退出し、ついでに彼女をブロックする。不安な気持ちはわからないでもないけど、もし彼女が本当に恋人を裏切るようなことになれば、ふたりにとって良くないと思う。それに、僕にはそんな役目は果たせない。ほかにもいくつかメッセージが届いていて、こんどは件名もついていた。

件名：４２０？
ケヴィン・アンド・ケリー。二一歳。男性。
ニューヨーク市ブロンクス（距離：四マイル）。
デッカーですか？　いいえ。

件名：お悔やみ申し上げます、マテオ（すてきな名前だね）
フィリー・ブイザー。二四歳。男性。

ニューヨーク市マンハッタン（距離：三マイル）。
デッカーですか？　いいえ。

件名：ソファー売らない？　コンディションは良好？
J・マーク。二六歳。男性。
ニューヨーク市マンハッタン（距離：一マイル）。
デッカーですか？　いいえ。

件名：死ぬなんて、最悪だよね？
エル・R。二〇歳。女性。
ニューヨーク市マンハッタン（距離：三マイル）。
デッカーですか？　はい。

ケヴィン・アンド・ケリーのメッセージは無視。420（マリファナ）には興味がない。J・マークのメッセージも削除。父さんが週末に昼寝するのにまた必要になるだろうから、ソファーは売らない。フィリーのメッセージには返信するつもりだ――彼がいちばん良さそうだから。

フィリー・B（二時〇六分）：やあ、マテオ。調子はどう？

マテオ・T（二時〇八分）：やあ、フィリー。どうにか持ちこたえているなんて言ったらダサすぎる？

フィリー・B（二時〇八分）：そんなことない、つらい状況だと思うよ。僕だって、デス＝キャストから電話が来る日を楽しみに待ってるわけじゃないし。ところで、きみは病気か何か？　死ぬにはずいぶん若いよね。

マテオ・T（二時〇九分）：僕は健康だよ。どんなふうに死ぬんだろうと思うとすごく怖い。だけど外に出ていかないと、そんな自分に失望しそうで不安なんだ。それに、ここで死んで部屋を悪臭だらけにしたくないし。

フィリー・B（二時〇九分）：それなら僕が手を貸すよ、マテオ。

マテオ・T（二時〇九分）：手を貸すって？

フィリー・B（二時〇九分）：きみが死なないようにしてあげる。

マテオ・T（二時〇九分）：そんなの誰にもできっこない。

フィリー・B（二時一〇分）：僕にはできる。きみはいいやつみたいだから、死ぬのはもったいない。僕の部屋においでよ。これは内緒だけど、僕は死を遠ざける魔法の道具を持ってるんだ——パンツのなかに。

僕はフィリーをブロックし、エルのメッセージを開く。三度目の正直だ。

ルーファス
二時二一分

エイミーが詰め寄り、俺を冷蔵庫に押しつける。彼女の脅しはハンパじゃない。なにしろ彼女の両親は、ふたりそろってコンビニに強盗に入り、オーナーと二〇歳になるその息子を襲撃したつわものなのだ。ただ、こうして俺を小突き回しても、エイミーが両親と同じように刑務所に入れられることはないだろう。

「彼を見なよ、ルーファス。いったいどういうつもり？」

キッチンカウンターに寄りかかっているペックから、俺は顔をそむける。どれだけのダメージを与えたかは、やつが部屋に入ってきたときにもう見ている——片方の目は開かず、唇は切れ、腫れ上がった額に乾いた血が点々とついていた。ジェン・ロリがやつの横で、額に氷を当ててやっている。俺はジェン・ロリの顔も見られない。いくらエンド・デーでも、俺にはすっかり失望しているだろう。タゴエとマルコムは俺の両側にいて、同じように黙りこんでいる。とっくに寝ているはずの時間に俺と一緒にペックを襲いに出かけたことで、ジェン・ロリとフランシスからすでに大目玉を食らったからだ。

「さっきの威勢の良さはどうした?」

「黙ってて!」

ペックが俺を挑発すると、エイミーはくるりと振り向いて自分のスマホをカウンターに叩きつけ、みんなをぎょっとさせた。

「誰もついてこないで」と、エイミーがキッチンのドアを押し開ける。フランシスは状況を把握しようと階段のそばをうろうろしながらも、デッカーに恥ずかしい思いをさせたり罰したりする必要はないと思ってか、口を出さずにいる。

エイミーが俺の手首をつかみ、リビングに引き入れる。

「で、どういうこと? デス＝キャストから電話が来たから、自分はもう誰にでも自由に殴りかかっていいってわけ？」

通告を受ける前から殴っていたことを、あいつはエイミーに言わなかったんだろう。

「俺は……」

「なに？」

「いまさら嘘を言ってもしょうがない。俺は最初からあいつを襲うつもりだった」

エイミーが一歩あとずさる。次は自分が襲われるかもしれないと言わんばかりのその反応に、俺は打ちのめされる。

「聞いてくれ、エイミー。俺はもう頭がどうにかなりそうだった。デス＝キャストに爆弾を落とされる前から、もう未来なんかないような気がしてたんだ。学校の成績はさんざんだし、もうすぐ一八になるし、おまえを失ったし、もうどうすればいいかわからずに荒れてた。俺なんか正真正銘のクズだと思ってたら、同じことをペックにも言われたよ」

「クズなんかじゃないよ」

エイミーは少し震えながら俺のそばに来た。もう怯えてはいない。彼女は俺の手を取り、ふたりでソファーに腰かける。プルートーを出て、彼女を引き取る余裕がある母方のおばさんのところに行くことを、エイミーはこのソファーで初めて打ち明けた。そしてそのあとすぐ、俺に別れを切り出した。白紙の状態からやり直したいという安っぽい言い訳は、彼女の小学校時代のクラスメイト

――ペックの入れ知恵だ。

「あたしたち、もうだめだったよね。あんたの言うとおり、嘘を言ってもしょうがない。たとえ最後の日でもね」

　エイミーは泣きながら俺の手を握る。ここに来たときはあんなに怒っていたのに、こんなふうにしてくれるのが不思議だ。

「あたしはお互いの気持ちをかん違いしてたけど、だからって、あんたのこと愛してないわけじゃないよ。あたしが怒りを爆発させたくなると、いつもそばにいてくれたし、何もかもがいやで、そんな状態にうんざりしてるときも、幸せな気分にさせてくれた。そういうのって、クズじゃできないよ」

　そう言うと、エイミーは俺に抱きついて肩にあごをのせた。以前はよくこうやって、好きな歴史ドキュメンタリーが始まる前に俺の胸に体をあずけてくつろいでいた。

　あらためてかける言葉が見つからず、ただエイミーを抱きしめる。キスしたい。でも、その気がないなら応じてほしくない。だけどこんなに近くにいる。少しだけ身を引いて彼女の顔を見た。最後にもう一度だけ――それならありかもしれない。俺をじっと見つめるエイミーに顔を近づけ……。

　そのときリビングに入ってきたタゴエが、「あっ、ごめん！」と、あわてて目を覆う。

　俺は体を起こす。

「いいよ、気にすんな」

「そろそろ葬儀を始めないと。でも急がなくていいよ。今日はおまえが主役なんだから……ごめん、主役とか変だよな。誕生日じゃないし、むしろその逆だし……」

タゴエの首がピクッと動く。

「みんなを呼んでくるよ」そう言ってタゴエは出ていった。

「あんたを独り占めしちゃだめだよね」

そう言いながらも、エイミーはみんなが来るまで俺を放そうとしなかった。

俺にはそのハグが必要だった。そして葬儀のあとにする最後の〝プルートー太陽系〟のハグも、俺には必要だ。

ソファーの真ん中に腰かけ、ひと息ひと息数えるように呼吸する。マルコムとエイミーが俺の両隣に、タゴエが足元に座った。ペックは離れたところでエイミーのスマホをいじっている。彼女のスマホを使っているのが気に食わないが、あいつのを壊したのは俺だから何も言えない。

俺の家族は葬儀をしようなんて考えなかったから、デッカー葬はこれが初めてだ。あのときは自分たちがいればほかには誰も——同僚も、古くからの友人たちも——必要なかった。デッカー葬に出た経験があれば、ジェン・ロリが参列者じゃなく直接俺に向かって追悼の言葉を述べるのにも面食らわなかったかもしれない。無防備にみんなの視線を浴びているうちに涙がにじんでくる。誰かにハッピー・バースデーを歌ってもらうときと同じだ。マジで、毎年必ず目頭が熱くなる。

熱くなった──過去形だ。

「……初めてここに来たときから、あなたはけっして涙を見せませんでした。泣く理由はいくらでもあったのに、何かを証明しようとするかのように、一度も泣かなかった。ほかの子たちは……」

ジェン・ロリは仲間たちのほうを一瞥《いちべつ》もせず、目をそらしたら負けだと言わんばかりに、俺から片時も目を離さない。それが礼儀だからだ。

「みんな泣いたのよ、ルーファス。でもあなたは泣かず、とても悲しそうな目をしてた。最初の二日間、あなたはわたしたちを見ようともしなかった。そのとき思ったわ、誰かがわたしになりすましても、この子はきっと気づかないんだろうなって。だけど、あなたの心にぽっかりとあいた大きな穴も、友だちや大切な人ができると、少しずつ埋まっていきましたね」

エイミーのほうに顔を向けると、彼女も目をそらさずじっと見つめ返してくる──俺に別れを告げたときに見せた、あの悲しそうな顔で。

「おまえたちがみんなで力を合わせて何かをするのが、俺はいつもうれしかった」

こんどはフランシスの番だ。

今夜の一件のことじゃないのはわかってる。死ぬのは確かに最悪だけど、刑務所に入れられて、自分がいないところで世の中が動いていくのはもっと最悪なはずだ。

フランシスはそれ以上何も言わず、しばらく俺をじっと見つめたあと、「時間がたっぷりあるわけじゃない」とマルコムに手で合図する。

「次はおまえだ」

マルコムが部屋の中央に進み出て、猫背の背中をキッチンに向けて立つ。咳払いをすると、のどに何か引っかかっているような不快な音がして、口から唾が飛ぶ。いつもだらしがなくて、食事のマナーの悪さや正直すぎる物言いで、無意識のうちに相手を不愉快にさせるタイプだ。それでも人に教えられるくらい代数が得意だし、秘密は守る。マルコムへの追悼を述べるとしたら、俺はそのことを話すだろう。

「ルーフ、おまえは……おまえは、俺たちの兄弟だ。こんなの嘘だ。ぜんぶでたらめだ！」

マルコムはうつむき、左手の指のささくれを引っぱっている。

「あの世に連れてくなら、おまえじゃなく、俺を連れてくべきなんだ」

「そんなこと言うなよ。マジで、やめろ」

「俺だってマジで言ってるんだ。誰だっていつかは死ぬ。だけど、おまえは人より長生きするべきだ。人一倍生きる価値のある人間なんだ。世の中そういうもんだろ。俺は図体だけデカくてなんの役にも立たないカスだ。スーパーの袋詰めの仕事でさえクビになるんだぞ。だけどおまえは――」

「死ぬんだよ！」

俺はマルコムの言葉をさえぎって立ち上がり、腹立ちまぎれに彼の腕を思いきり殴りつける。あやまりはしない。

「死ぬのは俺で、人生の交換なんかできないんだ。おまえは図体だけデカいカスなんかじゃない。いいかげんダメ人間のふりはやめろ！」

次にタゴエが、ピクッと動きそうになる首をさすりながら立ち上がる。

「ルーフ、これからはもう、そんなふうにバシッと叱ってもらえないんだな。人の皿から勝手に取って食うし、トイレの水もろくに流さないマルコムをぶっ殺しそうになる俺を、おまえはいつも止めてくれた。その憎たらしいしかめっ面を、俺はジジイになるまで見続ける覚悟でいたんだぞ」

タゴエはそこでメガネをはずして手の甲で涙をぬぐい、ぎゅっとこぶしを握った。そして死神の形をしたくす玉《ピニャータ》でも落ちてくるかのように天井を見上げたまま言った。

「おまえのことは、一生忘れない」

誰も何も言わず、すすり泣きが号泣に変わる。まだ生きている俺の死をみんなが嘆き悲しむようすに、猛烈に鳥肌が立つ。なぐさめの言葉をかけたくても、放心状態から抜け出せない。家族を失ってからずっと、俺は自分が生きていることに罪悪感を抱き続けてきた。ところがデッカーとなったいま、みんなを置き去りにするんだと思うと、こんどは死んでいくことへの奇妙な罪悪感に打ちのめされそうになる。

エイミーが部屋の中央に進み出た。かなり率直な追悼の言葉になるのは、みんなわかっている。きついな。

「悪い夢から抜け出せずにいる気分なんて言ったら、嘘っぽく聞こえるかな？　これまでずっと、〝まるで悪夢のよう〟なんて、すごく芝居がかった表現だと思ってた。悲惨なことが起きたとき、ほんとにそんなふうに感じるのって。でもいまなら言える、〝悪夢〟がまさにぴったりの表現だって。もうひとつ、これも月並みな表現だけど、あたしはこの悪夢から覚めたい。それができないなら、いっそ永遠に眠り続けたい。そうすれば、ルーファスとの楽しい思い出の夢をいっぱい見られるかもしれないから。たとえば、ルーファスがあたしを見ていたときのこと。あのときあんたは、この顔にある大きな痣じゃなく、ちゃんとあたしを見てくれてた……」

エイミーは胸に手を当て、嗚咽で次の言葉が出てこない。

「つらすぎるよ、ルーファス。あんたがいなくなるなんて、あたしはもう電話もハグも……」

そのとき、エイミーが俺から目を離し、俺の背後の何かを見て顔をしかめ、胸に当てていた手をおろした。

「誰か警察呼んだの？」

はじかれたように立ち上がると、家の前で赤と青のライトが点滅しているのが見えた。俺は一瞬でパニックになり、時間が異常に短く、かと思えば信じられないくらい長く、永遠の八倍くらいに感じられた。そんななか、驚きもせず、あわてでもいないやつがひとりだけいた。エイミーのほうを向くと、俺につられるように彼女の視線がペックに向く。

「あんた、まさか――」

エイミーはペックに向かって突進し、やつの手から自分のスマホをもぎ取る。

「あいつは俺に暴行を働いたんだぞ！」ペックが叫ぶ。「死にかけていようが、知るか！」

「そういう言い方はないでしょ！」

嘘だろ？　いったいどうやって通報したんだ？　ここに来てから、ペックはどこにも電話なんかかけなかった。とにかく、よりによって俺の葬儀の最中に、あいつは警察を呼びやがった。あのクソ野郎にも、もうじきデス＝キャストから電話がかかってくるのを願うのみだ。

「裏から逃げろ！」

首をピクッピクッと激しくひきつらせ、タゴエが言う。

「一緒に来いよ、おまえたちもあの場にいたんだから」

「俺たちは時間稼ぎしとくよ。なんとか引きとめる」とマルコム。

ドアをノックする音がする。

「行きなさい！」ジェン・ロリが奥のキッチンを指さす。

ヘルメットを素早く手に取ってキッチンのほうに向かいながら、プルートーズ全員の姿を目に焼きつける。前におやじが、別れの言葉は「絶対に無理だと思っても言えるもんだ」と言っていた。誰だってさよならなんか言いたくない、だけど言えるチャンスがあるときに言わないのは愚かだと。なのに俺は、場違いなやつが葬儀にあらわれたせいで、言うチャンスを奪われてしまった。

仕方がないとあきらめて裏口から飛び出し、いったん呼吸を整えてから、蚊やショウジョウバエがうようよいるせいで誰も足を踏み入れようとしない裏庭を大急ぎで駆け抜け、フェンスを飛び越える。そこからこっそり表に回りこみ、すきを見て自転車を取りにいけないかようすをうかがう。家の前にパトカーが止まっている。それでも警官はふたりとも家のなかにいるはずで、もしペックがチクったとすれば、もう裏庭まで来ているかもしれない。俺は自転車を取ると、押しながら歩道を走り、勢いがついたところで飛び乗った。

行くあてもないまま走り続ける。

どうにか葬儀は乗り切った。だけど、いっそ死んでしまったほうがよかったのかもしれない。

マテオ
二時五二分

三度目の正直、とはならなかった。エルが本当にデッカーなのかどうかもわからない。確かめるまでもなく彼女をブロックしたからだ。それは「死を招いたおもしろ動画」のスパムリンクを送ってきたからで、そのあと僕はアプリを閉じた。正直言うと、もっと最悪な人生もあるんだなと、これまでの自分の生き方を少しだけ正当化できたような気もする。それにしても、まともなやりとりひとつできないのに、ラストフレンドなんてとてもつくれそうにない。

まだ新着メッセージの通知が届くけど、それは無視して、僕はいま『ア・ダーク・バニシング』というゲームをやっている。主人公のコーヴは炎の髪を持つ魔法使いだ。彼がこの荒れはてた貧しい王国を通過するには、プリンセスに捧げものをしなければならない。そこで僕は（じゃなくて、コーヴは）、ブロンズのピンや錆びた錠前などを売りつけようとする行商人をかわしながら、海賊のもとに向かう。ところが港に行く途中、僕が間違った方向に進めてしまったらしく、コーヴは地雷を踏んでしまった。爆発が起き、コーヴの腕が小屋の窓から飛んでいき、頭はロケットのように空高く吹き飛ばされ、両脚は跡形もなく飛び散った。

ドキドキしながらローディング画面を見ていると、突然よみがえったコーヴは生まれ変わったように元通りになっていた。コーヴは運がいい。僕はそんなふうに復活《リスポーン》なんかできない。

　ここでこのまま時間を無駄にすれば……。

　僕の部屋には本箱がふたつあって、下の段の青い本箱にはお気に入りの本が入っている。近くの青少年クリニックに毎月本を寄付するときに、どうしても手放せなかったものだ。その青い本箱の上にある白い本箱には、いつか読むつもりだった本が山積みになっている。

　それをぜんぶ読み終える時間があるかのように、何冊かつかみ取る。ある儀式によって生まれ変わった少年が、彼が死んだあとも続いていた〝自分ぬきの世界〟とどう向き合うのかを僕は知りたい。ピアノの夢を見ているあいだに両親がデス＝キャストから通告を受け、そのせいで学校の演奏会に出られなくなった少女はどうなったんだろう。「人々の希望」と呼ばれる主人公が、デス＝キャスト風の予言者からメッセージを受け取り、彼が勝利の鍵となる「諸悪の王」との最終決戦の六日前に死ぬと告げられる話もある。読みたかったそれらの本を部屋の反対側に放り投げ、お気に入りの本も何冊か蹴散らした。お気に入りの本と、お気に入りにはもうけっしてなれない本とを分けておいても、なんの意味もない。

　そのあとスピーカーに駆け寄り、壁に投げつける寸前で思いとどまる。本と違ってステレオには電気が通っているから、ここで一巻の終わりになるかもしれない。スピーカーとピアノが僕をあざ笑うかのように、父さんが帰ってくる前にできるだけ長く練習したくて、学校から大急ぎで帰ってきた日々を思い出させる。僕はよく歌っていたけど、隣人たちに聞こえないように、あまり大きな声は出さなかった。

壁から地図を引きはがす。僕はニューヨークから一歩も外に出たことがない。いつか飛行機に乗ってエジプトに寺院やピラミッドを見に行くことも、プエルトリコにある父さんの故郷の町を訪れ、父さんが子どものころによく行っていた熱帯雨林を見に行くことも、もうできない。僕は地図をずたずたに引き裂き、国も、都市も、町も、すべてが足元に散らばった。

部屋はめちゃくちゃになった。人気のファンタジー映画の主人公が、戦争で荒廃した自分の村に立つシーンにそっくりだ。彼を見つけ出そうとする敵によって爆破されてしまった村。ただ映画と違って、僕の部屋の床には崩壊した建物や壊れたレンガの代わりに、傷ついた背表紙を突き出すようにして下向きに開いた本や、折り重なる本たちが散乱している。拾い集めて元通りに片づけるのは無理だ。片づけ始めたら、僕はきっとぜんぶの本をアルファベット順に並べ直したり、破いた地図をテープで貼り合わせたりしてしまう（これはけっして、部屋を片づけない言い訳なんかじゃない）。

数分前に地雷で吹き飛んだのが嘘のように元通りの姿になったコーヴは、棍棒をぶら下げてスタート地点に突っ立っていた。僕はゲーム機の電源を切る。

行動を起こさなくちゃいけない。スマホを拾い上げ、もう一度〈ラストフレンド〉アプリを開く。

地雷みたいに潜むアブナイ人たちを避けて通れればいいのに――。

⌛

ルーファス
二時五九分

デス＝キャストからの電話がもっと前に、俺が人生を台無しにする前に来ていたら――。

もし昨日の晩だったら、サイクルマラソンで三輪車に乗った幼い子どもたちに負けそうになっていた夢から一気に覚めただろう。一週間前なら、夜更かしして、まだ一緒だったころにエイミーがくれた手紙をぜんぶ読み返したりしなかった。もし二週間前に電話が来たなら、マーベルのヒーローがDCのヒーローよりどれだけかっこいいかという、マルコムとタゴエと戦わせていた議論は中断され（そして俺は、ヘラルドにも意見をきいたかもしれない）、一カ月前なら、エイミーが去ったあと誰とも口をききたくなくなった俺の重苦しい沈黙を、その電話は破っただろう。

ところが、デス＝キャストはよりによって、今夜俺がペックを殴りつけているところに電話してきた。そのせいで、エイミーはあいつがどうなったかを俺に突きつけるために里親ホームに引っぱってくることになり、おまけにペックが警察まで巻きこんだせいで葬儀は中断され、俺はいま完全にひとりぼっちになった。

電話があと一日早ければ、そのどれもが起きなかったはずだ。

パトカーのサイレンを聞きながらペダルをこぎ続ける。何か別の事件であってほしい。

少しようすを見たあと、休憩しようとマクドナルドとガソリンスタンドのあいだに自転車を止める。やけに明るいこんな場所に座りこむのは愚かかもしれないけど、身を隠すには、かえって人目につく場所のほうがいいとも言える。俺はジェームズ・ボンドじゃないし、悪党から隠れる方法が書かれた手引書もないから、本当のところはわからない。

っていうか、悪党はこの俺か。

とにかく、このまま走り続けるのはもう無理だ。心臓がバクバクし、脚は燃えるように熱い。ひと休みしないとだめだ。

ガソリンスタンドわきの縁石に腰かけると、小便と安いビールのにおいが鼻をついた。自転車の空気入れが置いてあるところの壁に、ふたりの人間のシルエットが描かれている。どっちも男子トイレのマークみたいな形で、オレンジ色のスプレー塗料で「ラストフレンドアプリ」と書いてある。

なんだって俺はいつも、ちゃんとお別れができないんだ。家族との最後のハグも、プルートーズとの最後のハグもできなかった。さよならのひとことも言えなかったし、いままでありがとうと、みんなに感謝の気持ちすら伝えられていない。マルコムは俺に何度も忠誠心を示してくれたし、タゴエはB級映画の脚本を書いて楽しませてくれた。『黄色いピエロと死のカーニバル』とか『ヘビのタクシー』とか——ただ、『代診のドクター』はB級映画にしてもひどかった。フランシスが登場人物の物まねをして、それが死ぬほどおかしくてあばらが痛くなった俺は、もうやめてくれと頼みこんだ。ジェン・ロリはある日の午後、俺が何かをしながらひとりの時間を過ごせるようにと、ソリティアの遊び方を教えてくれた。フランシスがすごくいい話をしてくれたのは、みんなが寝てふたりだけになった晩のことだった。魅力的な人に出会ったらルックスをほめるんじゃなく、口説き文句はもっと個人的《パーソナル》なものでなきゃいけない、「きれいな目を持つ人はいくらでもいるが、アルファベットの発音を聞いてその響きが好きになったら、それは本当に合う相手だからだ」と彼は教えてくれた。そしてエイミーは、いつも変わらず正直だった。現にさっきも、俺への気持ちは恋愛感情じゃなかったと告げることで、俺を解き放ってくれた。

最後にもう一度、プルートー太陽系のハグをしたかった……。けど、いまさら後戻りはできない。逃げないほうがよかったのかもしれない。逃げたせいでよけいに罪が重くなったと思う。だけど、あのときはそんなことを考える暇はなかった。

プルートーズには、この埋め合わせをしないとな。追悼でみんなが言ったことはぜんぶ本当だ。最近の俺はめちゃくちゃだったけど、もともと悪い人間じゃない。そうでなきゃマルコムもタゴエも俺についてこなかっただろうし、クズならエイミーも俺の彼女にならなかったはずだ。

プルートーズとはもう一緒にいられない。だからって、ひとりぼっちでいなきゃならないわけじゃない。

マジで、ひとりはいやだ。

立ち上がり、落書き《グラフィティ》のある壁のほうに行ってみると、油で汚れたポスターが貼ってあった。メイク・ア・モーメントという何かの宣伝だ。壁に描かれたふたりのラストフレンドのシルエットを見つめる。家族を失ってから、俺はきっとひとりで死ぬんだろうなと思っていた。実際そうなるのかもしれない。それでも、ひとり残された俺だってラストフレンドをつくってもいいはずだ。俺のなかには〝いいルーファス〟がいる。本来の俺を、ラストフレンドが引き出してくれるかもしれない。

アプリはあんまり得意じゃないけど、誰かの顔を殴るのだって得意じゃない。つまり、今日はもう苦手なことに挑戦済みだ。アプリストアを開いて〈ラストフレンド〉をダウンロードする。ダウンロードのスピードがやたらと速い。何か影響が出るかもしれないけど、気にしない。

デッカーとして登録し、プロフィールを書きこんでインスタグラムから古い写真をアップロードする。これで準備完了だ。

最初の五分間で七通のメッセージが届いた。さびしさをまぎらすには最高だ。ただ、ふざけたことを言ってくるやつもいる。パンツのなかに死を遠ざける魔法の道具を持ってるだって？　俺は死ぬほうを選ぶぞ。

⌛

マテオ
三時一四分

プロフィールの設定を調整し、一六歳から一八歳の人しか見られないようにしたから、それより年上の人たちはもう寄ってこない。さらにもう一歩進めて、デッカーとして登録した人だけがアクセスできるようにした。こうしておけば、ソファーや鍋を買い取りたい人の相手をしなくてすむ。これでネットワーク上の人数はかなり絞られた。今日デス＝キャストから通告を受けたティーンエイジャーは何百人、もしかすると何千人もいるかもしれないけど、いまネットワーク上には、一六歳から一八歳の登録済みデッカーは八九人しかいない。ゾーイという一八歳の女の子からメッセージが届いたけど、一七歳のルーファスのプロフィールが目に入ったから反応しなかった。ずっと前から、僕はルーファスという名前が好きだった。彼のプロフィールをタップする。

名前：ルーファス・エメテリオ
年齢：一七歳
性別：男性
身長：一七八センチ
体重：七六キロ
民族性：キューバ系アメリカ人
性的指向：バイセクシャル
職業：時間を浪費するプロ
趣味：サイクリング、写真
好きな映画／テレビ番組／本：〈無回答〉
これまでの人生：死ぬべきところで生き残った。
死ぬまでにやりたいこと：しっかりやり遂げる。

最後に思うこと：やっとこのときが来た。いろいろ失敗もしたけど、最後は立派に死にたい。

僕はもっと時間がほしいし、もっと生きたい。だけどこのルーファス・エメテリオは、すでに死を受け入れている。自殺願望がある人なのかな。死ぬのはわかっていても、自殺かどうかは予測できない。自殺しそうな人なら関わらないほうがいい――僕の人生を終わらせる原因は、もしかすると彼かもしれないから。でも写真を見るかぎり、そうは思えない。笑顔だし、人なつこそうな目をしている。まずチャットしてみよう。それで好感が持てる人なら、僕が自分に向き合えるように親身になって力を貸してくれるかもしれない。

こっちから話しかけてみよう。あいさつするくらい、どうってことない。

マテオ・T（三時一七分）：人生が終わるのは残念だね、ルーファス。

こんなふうに見ず知らずの相手に話しかけるのには慣れていない。プロフィールを設定してデッカーの話し相手になろうと考えたことも何度かあったけど、僕と話すことが大きななぐさめになるとは思えなかった。だけどいま自分自身がデッカーになってみて、誰かとつながりたいという切実な気持ちがよくわかる。

ルーファス・E（三時一九分）：やあ、マテオ。いい帽子だな。

彼は返事をくれただけじゃなく、プロフィール写真を見てルイージの帽子をほめてくれた。彼はすでに、僕がなりたい〝僕〟の心をつかんでいる。

マテオ・T（三時一九分）：ありがとう。でも、この帽子は家に置いていくつもり。注目を浴びたくないから。

ルーファス・E（三時一九分）：正しい判断だ。ルイージの帽子って、ふつうの野球帽じゃないだろ？

マテオ・T（三時一九分）：そうだね。

ルーファス・E（三時二〇分）：ちょっと待った。ひょっとして、まだ家を出てないってこと？

マテオ・T（三時二〇分）：そう。

ルーファス・E（三時二〇分）：数分前に通告を受けたばかりとか？

マテオ・T（三時二〇分）：デス＝キャストから電話が来たのは、真夜中ちょっと過ぎ。

ルーファス・E（三時二〇分）：ひと晩じゅう何やってた？

マテオ・T（三時二〇分）：掃除とゲーム。

ルーファス・E（三時二〇分）：なんのゲーム？

ルーファス・E（三時二一分）：やっぱいまのはナシ。ゲームはどうでもいいや。やりたいことはあるんだろ？　なんかを待ってるのか？

マテオ・T（三時二一分）：ラストフレンドになるかもしれない人たちとチャットしてたんだけど、みんな、なんて言うか……お世辞《せじ》にもあまりいい人じゃなくて……。

ルーファス・E（三時二一分）：まだ何も始めてないのに、なんでラストフレンドが必要なんだ？

マテオ・T（三時二二分）：きみはなんでラストフレンドが必要なの？　友だちはいるんでしょう？

ルーファス・E（三時二二分）：俺の質問が先だ。

マテオ・T（三時二二分）：そうだね。何かに——もしかすると誰かに——殺されるのがわかっているのにわざわざ外に出ていくのって、ばかげていると思うんだ。それに、外の世界にはパンツのなかに死を遠ざける魔法の道具を持ってるなんて言う〝ラストフレンド〟もいるし。

ルーファス・E（三時二三分）：俺もさっき、その変態野郎と話したよ！　そのあと通報してブロックしてやった。そいつよりは俺のほうがマシな人間なのは保証する。って言われてもあんまり意味ないか。そうだ、ビデオチャットしようか。こっちから招待状を送るよ。

電話している人のシルエットのアイコンが点滅する。急な展開に思わず着信を拒否しそうになるけど、コールがやまないうちに、ルーファスが去ってしまわないうちに出る。スマホの画面が一瞬真っ黒になり、そのあとルーファスのプロフィール写真と同じ顔をした見ず知らずの少年があらわれた。彼は汗をかいて下を向いていたけど、その目がすぐに僕の姿をとらえると、ぜんぶむき出しにされたような感じがした。彼は子どものころに聞いた恐ろしい伝説の人物で、画面の奥から手を伸ばし、僕を真っ暗な地下の世界に引きずりこもうとしているんじゃないかと、わずかに恐怖さえおぼえる。身を守ろうとするための行き過ぎた想像のなかで、僕はすでにルーファスに脅しつけられ、自分だけのこの世界から外の世界へ追いやられそうになっていた――。

「よう！　俺の顔、見える？」

「うん、どうも。マテオです」

「やあ、マテオ。いきなりビデオチャットにして悪かったな。顔の見えない相手ってなかなか信用できないっていうか、わかるかな？」

「気にしないで」

画面がまぶしくてルーファスがいる場所はよく見えないけど、明るい褐色の顔は見える。なんでそんなに汗をかいているんだろう。

「本物の友だちがいてもラストフレンドが必要な理由が知りたいんだったよな？」

「もし、そこまで立ち入ってもかまわないなら」

「ぜんぜんオーケー、心配するな。ラストフレンドのあいだに立ち入れない領域なんかあっちゃいけないと思うよ。かんたんに言うと、両親と姉貴と一緒に乗ってた車がハドソン川に突っこんで、家族が死んでいくのを、俺はただ見ているしかなかった。それと同じ罪悪感を友だちには背負わせたくない。だから俺は、みんなのいないところに行くしかない。念のため確認だけど、それはだいじょうぶか？」

「きみが友だちを置いて出てきたこと？」

「違う。俺が目の前で死ぬかもしれないってことだ」

僕はいま、今日起きる可能性のある最もヘビーな問題に直面していた。僕の目の前で彼は死ぬかもしれない――その逆でないかぎり、そうなる。どちらのケースを考えても吐き気がこみあげてくる。彼に対してすでに深い結びつきを感じているわけじゃないけど、誰かが死ぬのを見ると思っただけで気分が悪いし、悲しみや怒りも感じる。だから彼は、だいじょうぶかって訊いているんだ。でも、何もせずにいれば安心というわけじゃない。

「うん。だいじょうぶ」

「ほんとか？　それ以前に〝家から出られない問題〟があるんだろ？　ラストフレンドになるかどうかは別として、俺は残りの人生を誰かのアパートに閉じこもって過ごす気はないし、相手にもそうしてほしくない。だから、どこか中間地点で会おう。な、マテオ」

ルーファスは僕を名前で呼んだ。その呼び方は――あの変態男フィリーならこう呼びそうだと想像した呼び方よりも――ちょっと心地良かった。彼はまるで、満席のコンサートで演奏前に楽団員を励ます指揮者みたいだ。

「正直、外に出れば危険な目にあうかもしれない。俺だって前は、外になんか出ても無駄だと思ってた」

「じゃあ、なんで変わったの？」

反論するつもりはなくても、つい、そんな言い方になってしまう。そんなにかんたんに安全なこの部屋から出ていく気にはとてもなれない。

「きみは家族を失って、それから？」

「俺はこの人生にちゃんと向き合ってこなかった」

　そう言ってルーファスは顔をそむける。

「ゲーム感覚で、最後はゲームオーバーを迎えるだけだと思ってた。だけどそれは、両親や姉貴が俺に望んだ生き方じゃない。おかしな話だけど、生き残って初めてわかったんだ。死んでしまえばよかったと思いながらも生きてるほうが、もっと生きていたいと望みながら死んでいくよりマシなんだって。ぜんぶ失うことで、俺の生き方は変わった。だから手遅れになる前にやってみろよ。目標に向かってがんばれ！」

　目標に向かってがんばる——それは、僕がプロフィールに書いた言葉だ。ルーファスはほかの人たちよりも僕のことをちゃんと見てくれているし、友だちみたいに気にかけてくれる。

「わかった」と僕は答える。「どうすればいいのかな。握手機能かなんか、あるのかな？」

　僕の信頼がこれまでみたいに裏切られませんように。

「握手は会ったときにするとして、それまではとりあえず、俺がお前にとってのマリオになると約束する。俺はマリオほど目立ちたがり屋じゃないけどな。で、どこで会う？　いまドラッグストアの近くにいる。ここは——」

「ひとつだけ条件があるんだ」

僕がそう言うと、彼はいぶかしげに目を細めた。僕が何か突飛なことを言い出すんじゃないかと警戒しているんだろう。

「さっききみは、どこか中間地点で会おうって言ったよね。だけど、僕を迎えにきてほしいんだ。何かの罠じゃないよ、約束する」

「なんか怪しいな」とルーファス。「別のラストフレンドを探すよ」

「本当に違うから！　誓ってもいい」

僕はスマホを落としそうになる。すべてを台無しにしてしまった。

「本当なんだ、僕は――」

「冗談だよ。俺の電話番号を送るからショートメッセージで住所を知らせて。そのあと、どうするか考えよう」

デス＝キャストからの電話でティモシーと呼ばれて、よかった、もっと生きられると喜んだときと同じくらいほっとした。今回は本当に安心してもだいじょうぶ――だよね。

「わかった」

「じゃあまた」ともなんとも言わず、ルーファスは僕を品定めするようにじっと見ている。本当は罠におびきよせようとしているんじゃないかと疑っているのかもしれない。

「またあとでな、マテオ。俺が着く前に死なないようにしろよ」

「ここに来る途中で死なないようにね」と僕も返す。「気をつけて、ルーファス」

ルーファスはうなずき、ビデオチャットが終わる。そのあと送られてきた電話番号に電話をかけて、ちゃんと彼が出るかどうか、彼を買収して無防備な少年の住所を手に入れようとしている暴行魔がいないか確かめたい衝動にかられる。でも、そんなふうにルーファスを疑ってばかりいたら、ラストフレンドとしてうまくやっていけないだろう。

死を受け入れている相手と、しかも「いろいろ失敗もした」人とエンド・デーを過ごすのは少し不安だ。彼のことはもちろん何も知らないし、じつはとんでもなくアブナイ人かもしれない――なにしろこんな真夜中に、それも自分が死ぬはずの日に出歩いているんだから。でも、僕たちがどうすることになっても――別々か、一緒か――結果は同じだ。道路で何度左右を確認しようが関係ない。安全のためにスカイダイビングを避けたとしても、それは単に、僕の好きなスーパーヒーローみたいに空を飛べなくなるだけ。治安の悪いエリアでギャングとすれ違うとき、いくら目を伏せても意味がない。

どう生きたとしても、最後はふたりとも死ぬ。

PART 2
ラストフレンド
THE LAST FRIEND

港に停泊している船は安全だが

船は港にとどまるために造られたのではない。

——ジョン・オーガスタス・シェッド

アンドレア・ドナヒュー

三時三〇分

デス＝キャストはアンドレア・ドナヒューに電話しなかった。今日、彼女は死なないからだ。アンドレアは七年前にデス＝キャストが創業したころからの優秀なヘラルドのひとりで、エンド・デーを通告する電話のノルマを、彼女はすでにこなしていた。今夜、〇時から三時までのあいだに、アンドレアは六七人のデッカーに電話したが、彼女にとっては満足のいく数ではない。一回のシフトで九二人という自己ベストを超えるのは難しい。その人数を達成して以来、通話を急いで切り上げていないか監視されているからだ。

そう聞いている。

人事部が今夜の通話ログを調べないことを期待しながら、アンドレアは足をひきずり、杖をついて建物を出ていく。もっとも、この仕事に期待は禁物だとわかっている。早く次のデッカーに移りたいと思うあまり、アンドレアはデッカーの名前を何度か間違えて呼んでしまった。いまは失業するには最悪のタイミングだ。どんどん増えていく娘の教育費に加え、彼女自身も、事故後のいろいろな治療を必要としている。それに、これはアンドレアがうまくこなせている唯一の仕事だ。それは彼女がある重要なライフハックを見いだしたからで、そのおかげで、より精神的に負担の少ない仕事を求めて同僚たちが辞めていくなか、アンドレアはこの職場で生き残っている。

鉄則はただひとつ――〝デッカーはもはや人間ではない〟。

それに尽きる。この唯一の鉄則さえ守れば、会社の心理カウンセラーと何時間も無駄に過ごすことはない。自分がデッカーのためにできることは何もないとアンドレアは知っている。枕をふくらませてあげることも、最後の食事をふるまうことも、生かしておくこともできない。デッカーのために無駄な祈りをとなえるつもりもない。人生の物語に耳を傾け、彼らのために泣くこともない。あなたは死にますと告げたら、あとは次に進むだけだ。通話を早く切り上げれば、それだけ早く次のデッカーに電話をかけられる。

アンドレアは毎晩、自分が担当するデッカーはすごくラッキーなのだと自分に言い聞かせる。ただ死を告げるだけでなく、真に生きるチャンスを与えているのだから。

アンドレアが彼らに代わって人生を楽しむことはできない。それは彼ら自身にしかできないことだ。

彼女はすでに役目を果たした――それも、立派に果たした。

ルーファス

三時三一分

俺はいま、自転車で〝マテオ〟の家に向かっている。まさかシリアルキラーじゃないだろうな。だったら見てろ……いや、きっとあいつは違う。あれこれ考えすぎるタイプで、ほんとはすごくいいやつなのに引っ込み思案なだけだ。つまり俺は、高い塔に幽閉された王子様みたいに家から出られない彼を、いまから救出しにいくわけだ。打ち解ければ気の合う相棒になれそうな気がする。万が一だめでも、ラストフレンドはいつでも解消できる。ただでさえ残り少ない時間を無駄にしたとくやしい思いはするだろうが、仕方がない。もしラストフレンドができれば、逃げ回っている俺を心配している仲間たちも少しは安心するはずだ。そうなれば、俺も少しは気が楽になる。

マルコム・アンソニー
三時三四分

デス＝キャストは今夜、マルコム・アンソニーに電話しなかった。今日、彼は死なないからだ。けれども彼の未来はおびやかされていた。マルコムと親友のタゴエは、ルーファスが向かいそうな場所を警察にいっさい明かさなかった。ルーファスはデッカーだから追っても意味がないとマルコムは言ったが、ひどい暴行を加えただけに、警察は追跡をやめなかった。そこでマルコムは天才的な、そして自身の人生を台無しにしかねない作戦を思いつく。それは、彼自身が逮捕されるというものだった。

マルコムは警官に食ってかかり抵抗したが、彼の作戦の最大の欠点は、それが作戦だとタゴエに伝えられなかった点だ。そのためタゴエも口論に加わり、マルコム以上の攻撃性を発揮した。

そしてふたりはいま、そろって警察署に連行されていくところだ。

「無駄だ」

パトカーの後部座席でタゴエが言う。手錠をかけられるまでは、マルコムとエイミーが止めるのもきかず、俺は何もやってないとわめいていたタゴエだが、もう舌打ちも無実の訴えもやめていた。

「ルーファスが見つかるわけない。あいつは警察なんか振り切って突っ走——」

「黙れ！」

いまはマルコムも、タゴエの罪が重くなることを心配してはいられない。ルーファスが首尾よく自転車で逃げたのをマルコムは知っていた。警官に連行されて外に出たとき、自転車がなくなっていたからだ。ルーファスなら追跡をかわせるのもわかっている。けれどもマルコムは、警察が自転車に乗った少年に的をしぼってルーファスを突き止めるのを阻止したかった。そう易々《やすやす》と逮捕させるわけにはいかない。

友に新たな一日を与えることはできないが、今日という日を少しでも長びかせることはできる。ただし、ルーファスがまだ生きていると仮定しての話だ。

マルコムはルーファスの身代わりになるつもりだった。常識的に考えて、自分にも非があるのはわかっている。三人はペックを痛めつけてやるつもりで真夜中過ぎにホームを抜け出した。ただ、実際はルーファスがみごとひとりでやってのけた。マルコムは、これまでけんかをしたことが一度もない。身長が一八三センチあり、黒人で、体重も九〇キロ以上あることから乱暴者と思われがちだが、レスラー並みの体格だからといって暴力をふるうわけではない。ところがマルコムとタゴエはいま、「非行少年」のレッテルを貼られようとしていた。

それでも、ふたりにはまだ命がある。

車窓から外をながめ、通りの角から自転車に乗ってあらわれるルーファスの姿をひと目見たいと思ったとき、マルコムは初めて泣いた。声を上げ、むせぶように泣いた。犯罪歴がついてしまうからでも、警察署に行くのが怖いからでもない。ルーファスがもうすぐ死んでしまうからでもない。彼は今夜、重大な罪を犯した。それは、大切な友を抱きしめて、さよならを言ってあげられなかったことだ。

マテオ
三時四二分

ドアをノックする音がして、部屋をうろうろしていた僕は、足を止める。

不安が一気に押し寄せる。もしルーファスじゃなかったら？　だけどこんな夜中に、彼以外の人がノックするはずがない。来たのはルーファスでも、強盗団か何かを引き連れていたら？　もしかして、父さんが僕を驚かせようと、意識を取り戻したことを知らせずに帰ってきたとか？――エンド・デーの奇跡として、安っぽい映画に描かれそうなストーリーだ。

ゆっくりとドアに近づき、のぞき穴のカバーを持ち上げて見ると、ルーファスがまっすぐ僕を見ていた。もちろん、実際は彼のほうからは僕が見えていない。

「ルーファスだけど」と、ドアの向こう側から声がする。

彼しかいませんようにと祈りながら、チェーンをはずす。ドアを開けると、そこにはビデオチャットやのぞき穴から見た姿ではない三次元のルーファスがいた。ダークグレーのフリースを着て、アディダスのスポーツタイツの上にブルーのバスケットショーツをはいている。笑みは浮かべていないけど、さっきと変わらずフレンドリーだ。僕はドキドキしながら身を乗り出し、彼の仲間が壁にへばりついて、僕に飛びかかってわずかな持ち物を奪い取るチャンスをうかがっているんじゃないかと、おそるおそる廊下をのぞきこむ。だけど廊下には誰もいなくて、ルーファスは笑っていた。

「ここはそっちの縄張りだろ？　警戒するとしたら俺のほうだ。まさか、外に出られないふりをしてるんじゃないだろうな？」

「ふりなんかじゃない！　ごめんね、ただちょっと……ピリピリしてて」

「俺たちは運命共同体だ」

ルーファスが手をさし出し、僕が握り返す。彼の手のひらは汗ばんでいた。

「出る準備はできてるのか？ 心の準備はまだみたいだな」

「一応できてはいるんだけど……」と僕は答える。今日一日を一緒に過ごすために、彼はすぐに来てくれた。この安らぎの場所から僕を外に連れ出し、命が尽きるまでめいっぱい生きるために。

「ちょっと待ってて」

なかに入ってと僕は言わなかったし、ルーファスも自分から入ってこようとはせず、僕が隣人たちへの手紙と鍵を取りにいくあいだ、開いたドアを外から押さえていてくれた。明かりを消して部屋の外に出ると、彼がドアを閉め、僕が鍵をかけた。そしてルーファスはエレベーターのほうに向かい、僕は逆の方向に歩きだす。

「どこに行くんだ？」

「僕がいなくなって、近所の人たちが驚いたり心配したりするといけないから」

そう答え、４Ｆの部屋の前に手紙を置く。

「エリオットは最近、僕の分も食事をつくってくれてたんだ。僕がワッフルしか食べてなかったから」

それからルーファスがいるほうに戻り、こんどは４Ａの前に二通目の手紙を置く。

「ショーンに壊れたガスレンジを見てもらう予定だったけど、もうその必要はなくなった」

「おまえ、いいやつだな」とルーファスが言う。「俺なんか、手紙を書こうなんて思いもしなかったよ」

僕はエレベーターのそばまで行き、肩越しにルーファスを——僕のあとをついてくる初対面の相手を——ちらりと見る。不安はないけど、身構えてしまう。彼は前からの友だちのように僕に話しかける。でも僕は、まだ少し警戒している。だって、彼について僕が知っているのはルーファスという名前と、自転車に乗っていることと、悲しい経験を乗り越えたこと、そしてルイージにとってのマリオになろうとしていることだけなんだから。それともうひとつ——彼も今日死ぬということ。

「待った！　エレベーターはだめだ」

ルーファスが僕を制止する。

「デッカーふたりがエンド・デーにエレベーターに乗ってたら、死のうとしてるか、とんでもない惨劇が始まるかのどっちかだ」

「言えてるね」

確かにエレベーターは危険だ。最良のシナリオでも、なかに閉じこめられるだろう。最悪のシナリオなら——言うまでもない。ありがたいことに、僕にはルーファスがいていろいろ考えてくれる。ラストフレンドというのは、相手を導くライフコーチの役目も兼ねているんだろう。

「じゃあ、階段を使おうか」

こんなふうに言うと、外に出る方法がほかにもあるみたいだ。廊下の窓からロープでおりるとか、飛行機の緊急脱出用すべり台とか……。四階から一階まで、初めて自分の足で階段をおりる子どもみたいに、一段一段ゆっくりとおりていく。子どもの場合は数段下で親が見守っているけど、もしも僕が足を踏みはずしたり、ルーファスがつまずいて僕の上に転がってきたりしても、下で受け止めてくれる人はいない。

どうにかふたりとも無事に一階までたどりついた。ところが、ロビーから外に出るドアの前で、僕の手が宙をさまよう。だめだ、できない。階段を引き返しそうになったとき、ルーファスが僕の前に出てドアを押し開けた。夏の終わりの湿った空気が吹き込んできて、いくらか気持ちが軽くなる。それどころか、僕は――ルーファスには悪いけど、僕だけは――死なずにすむような希望すら感じた。ふと現実から遠ざかる、心地良い一瞬だった。

「行くぞ」とルーファスが僕の背中を押す。こうして一緒にいるのはそのためだ。僕はルーファスと自分を――特に自分自身を――がっかりさせたくなかった。

ロビーから出たあと、ドアの外でまた足が止まる。外に出るのは昨日の午後、父さんのところから帰ってきて以来だ。昨日は何もない平穏な労働者の日《レイバー・デー》だった。でも、今日は違う。生まれてからずっと住んでいたのに、特に注意を向けたことなどなかったこのアパートを、僕はいま出ていく。

隣人たちの部屋には明かりがついている。あるカップルが発するうめくような声や、コメディー特番の観客の割れんばかりの笑い声も聞こえる。別の窓からも誰かの笑い声がする。にぎやかなバラエティー番組を見て大笑いしているのか、恋人にくすぐられているのか、こんな時間にわざわざメールで送られてきたジョークがおかしくて笑っているのか。

ルーファスがパンッと手を叩く音で、はっと我にかえる。

「一〇点満点だな」彼は柵のところに行き、光沢のあるグレーの自転車の鍵をはずす。

「これからどこに行く?」ドアから少しずつ遠ざかりながら僕が訊く。「戦略《バトルプラン》を立てないと」

「バトルプランってのは、たいてい物騒になるだろ?　だからゲームプランにしようぜ」

ルーファスはそう言い、通りの角のほうに自転車を押していく。

「死ぬまでにやりたいことリスト《バケットリスト》なんかつくっても無駄だぞ。ぜんぶやるのはどうせ無理だし、なりゆきにまかせるしかない」

「死ぬのに慣れてるみたいだね」

ばかなことを言ってしまった。ルーファスが否定しなくてもわかる。

「ああ、まあな」

「ごめんね……」

頭が真っ白になりそうだ。胸が苦しくなって、顔が燃えるように熱くなり、肌がむずむずする。

「バケットリストがいるとしたら今日なんだってことを、まだちゃんと理解できてなくて」

僕は頭を掻き、深呼吸をする。

「きっとうまくいかないよ。どちらにとっても逆効果だと思う。一緒に出歩くのは良くない。デッカーがふたりいれば、死ぬ可能性が二倍になるだけだもの。ふたりで通りを歩いていて、もし僕がつまずいて消火栓に頭を思いきりぶつけたら――」

僕は途中で口をつぐむ。ほかにもスパイク付きフェンスの上に顔から落下したり、折れた歯が口から飛び出すほど激しく顔を殴られたりするのを想像するだけで、痛みにすくみ上がる。

「好きにしろ。ただ、出歩いてもじっとしてても、どっちみち俺たちは死ぬんだ。恐れてもしょうがないだろ」

「そんなにかんたんじゃない。だって、僕たちは自然死するわけじゃないんだよ。道を渡るときにトラックに轢かれるかもしれないとわかっていて、どうやって人生を楽しめるの？」

「右を見て、左を見て……ガキのころに教えこまれたとおりにすればいい」

「誰かが銃を取り出したら？」

「ヤバいエリアには近寄らなきゃいい」

「電車に轢かれるかもしれないよ」

「エンド・デーに線路の上を歩いたら、殺してくださいと言ってるようなもんだな」

「じゃあ、もしも――」

「あんまり自分を追いこむな！」

ルーファスは目をつぶり、こぶしでこすっている。僕のせいで彼はいらだっている。

「一日中このゲームを続けるのか、外に出ていって……思いきり人生を楽しむのか。最後の一日を無駄にするな」

ルーファスの言うとおりだ。彼が正しいのはわかっている。もう反論するのはよそう。

「きみと同じ境地に達するには、もう少し時間がかかると思う。何かをして死ぬか、何もせずに死ぬか、選択肢はそのふたつしかないのはわかってる。それでもやっぱり恐怖心はなくならない」

ルーファスは、いくらでも時間があるわけじゃないんだぞとダメ押しなんかしなかった。

「まず父さんと親友にさよならを言いに行かなくちゃ」

僕はそう言って、地下鉄の一一〇丁目駅のほうに歩きだす。

「いいよ、そうしよう。俺のほうは、どうしてもやらなきゃいけないことはない。もう葬儀もすんだし。予定どおりにはいかなかったけど、別にやり直したいわけじゃない」

彼のようにエンド・デーを果敢に生きている人なら、もう葬儀をすませたとしても不思議はない。彼にはきっと、お別れを言う相手はたったふたりじゃなく、もっとたくさんいたはずだ。

「何かあったの？」

「たいしたことじゃない」

ルーファスはくわしく語ろうとしない。

左右を見て通りを渡ろうとしたとき、道で鳥が死んでいるのを見つけた。食料雑貨店の日よけの明かりに照らされて、鳥は小さな影を落としていた。体はつぶれ、少し離れたところにもげた頭が転がっている。車に轢かれたあと、さらに自転車に轢かれて首がちぎれてしまったんだろう——ルーファスの自転車ではないと信じたい。この鳥が、今日（昨日かおとといかもしれない）あなたは死にますという通告を受けていないのは確かだ。せめて轢いたドライバーが、鳥を見てクラクションを鳴らしてくれたと思いたい。その警告はきっと、役に立たなかっただろうけど。

「ひどいな」鳥を見てルーファスが言う。

「道じゃないところに移してあげないと」

鳥をすくい上げるのに使えそうなものがないかと、僕はあたりを見回す。素手で触れちゃいけないのはわかっている。

「いまなんて言った？」

「死んだものはしょうがないと放っておくのはいやだから」

「俺だって、〝死んだものはしょうがないと放っておく〟ようなまねはしない」

少しむきになってルーファスが言う。僕の言い方が悪かったのかもしれない。

・

「ごめんね、また変なこと言って」

僕は探しものをやめてルーファスに向き直る。

「小学校三年生のとき、雨の日に外で遊んでいたら、鳥のヒナが巣から落ちてきたことがあったんだ。巣のふちからジャンプして、翼を広げ、そのあと落下するまで、僕は一瞬も目を離さずに見ていた。ヒナは助けを求めるようにあたりを見回してた。落ちた衝撃で脚が折れて安全な場所に移動できないヒナに、雨が容赦なく打ちつけて――」

「そんなふうに木から飛びおりたってことは、何か身の危険を感じたんだろうな」

少なくとも、ヒナが自分から巣を離れたのは確かだ。

「凍え死ぬか、水たまりで溺れ死ぬんじゃないかと心配で、僕はそばに駆けよって地面に腰をおろして、両脚で囲いこむようにしてヒナを守った」

そのとき冷たい雨風に打たれたせいでひどく具合が悪くなり、翌日の月曜日と火曜日の二日間、僕は学校を休まなければならなかった。

「で、ヒナはどうなった?」

「わからないんだ」と、僕は正直に認める。

「風邪をひいて学校を休んだのはおぼえてるのに、ヒナのことは……自分で記憶を遮断してしまったんだと思う。はしごを見つけて巣に戻してあげなかったのは間違いなくて、いまもときどきそのことを考えるんだ。ヒナをその場に置き去りにして雨のなかで死なせてしまったのかと思うと、たまらなくいやな気持ちになる」

あのときヒナを助けようとしたのが、僕にとって初めての親切な行いだったと思う。父さんや学校の先生が望むからじゃなく、自分が助けたいと思ったからそうした。

「この鳥には、あのときよりもちゃんとしてあげられると思う」

ルーファスは僕を見ると深いため息をつき、くるりと背を向け、自転車を押して離れていった。また胸が苦しくなる。どこか体に悪いところがあって、それが原因で僕は死ぬんだろうか。だけどルーファスが歩道のわきに自転車を止め、足でキックスタンドをおろしているのを見て、胸の痛みはなくなった。

「何か見つけてきてやるよ。だから触るなよ」

僕は一ブロック先まで見て、車が一台も来ないのを確かめる。

しばらくしてルーファスが戻ってきて、「これくらいしか見つからなかった」と、拾ってきた新聞紙を渡してくれた。

「ありがとう」とお礼を言い、その新聞紙を使って鳥の体とちぎれた頭をすくい上げる。それから地下鉄の駅の向かいにある、バスケットコートと運動場のあいだの小さな公園に向かう。

ルーファスもついてきて、僕の横でペダルをゆっくりとこいでいる。

「それ、どうすんの？」

「埋めてあげるんだよ」

公園に入っていくと、世界に少しでも彩《いろど》りを添えようと地域の園芸家たちが果樹や花を植えている場所からは離れた、一本の木の陰になったすみっこのスペースが目についた。地面にひざをついて、頭がどこかに転がっていかないかと心配しながら新聞紙を下に置く。ルーファスは何も言わないけど、説明しておいたほうがいいような気がして、「あのまま道に残しておいてゴミ箱に放りこまれたり、何度も何度も車に轢かれたりするといやだから」と言い添える。

早すぎる悲惨な死を遂げた鳥が、この公園でたくさんの生命に囲まれて眠っている。そう思うと気持ちがなぐさめられる。ここに生えている一本の木はもともと人間だったのではないかという想像までふくらんできた。その人は亡くなって火葬されたデッカーで、土のなかで生分解される骨壺に遺灰と一緒に木の種を入れてほしいと言い残し、そこから新たな命が芽生えたというわけだ。

「もう四時だ」とルーファスが教えてくれる。

「急ぐね」

彼はきっと、こんなことをするタイプじゃない。こういう感傷的なことが好きじゃない人や理解できない人はたくさんいる。たいていの人は、一羽の鳥なんか生身の人間に比べたら取るに足らないものだと思っている。人間はネクタイをして仕事に行き、恋をして結婚して、子どもを産み育てるからだと。だけど鳥だって、それと同じことをしている。鳥も働くし――確かに、ネクタイはしてないけど――つがいになって、ヒナが飛べるようになるまで育てる。なかにはペットとして人間の子どもたちを楽しませてくれる鳥もいて、鳥を飼うことで、子どもたちは生き物を愛し大切にすることを学ぶ。

それに、寿命が尽きるまで生き続ける鳥もいる――。

こういう感傷的なところがいかにも〝マテオ〟で、いつもみんなに気持ち悪いやつだと思われるんだ。こんな思いは誰にでも語れるものじゃないし、父さんやリディアにもめったに話したことがない。

握りこぶしふたつ分くらいの墓を掘って、不器用な手つきで鳥の体と頭を新聞紙から穴に移していると、背後でまばゆい光が炸裂した。まさか、エイリアンが僕を連れ去ろうと地上に戦士を送りこんできた……なんて思うわけない――でも本当は、真っ先にそう思った。振り向くと、ルーファスがスマホのカメラを僕に向けていた。

「わりぃ」とルーファスがあやまる。「鳥の埋葬シーンなんか、めったに見られないからさ」

僕は鳥の上に土をかけて平らにならし、立ち上がる。

「僕たちが死んだときにも、親切な誰かがこうしてくれたらいいいな」

ルーファス
四時〇九分

マテオはものすごくいいやつだった。じつは食わせ者で、いきなり襲いかかってくるんじゃないかと思ったけど、そんな疑念は完全に消えた。けど、なんていうか……ここまで純粋《ピュア》なやつがいるって、かなり衝撃的だった。俺のまわりにはろくでもない人間しかいなかったってわけじゃない。だけどマルコムとタゴエが鳥を土に埋めてやるなんて、一生に一度だってありえない。それだけは、はっきり言える。ペックをボコボコにしたのも、俺たちが無垢な人間じゃない証拠だ。マテオはきっと、こぶしの握り方も知らないし、自分が暴力をふるうなんて想像したこともないんだろう。悪いことをしても子どもだからと許され、帳消しにしてもらえたころから、ずっとそうだったに違いない。

そんなマテオにペックのことなんか話せやしない。この話は墓まで持っていくことにしよう。

「で、まず誰に会いにいくって？」

「父さん。この地下鉄で行こう」とマテオが言う。「ダウンタウン行きでたった二駅だけど、歩くより安全だから」

ダウンタウン行きで二駅なら、自転車で五分だ。別々に行って向こうで落ち合いたいところだけど、なんとなく、マテオの身に何かが起きて二度と会えなくなりそうな気がする。俺は自転車のハンドルとサドルを持って階段をおりていった。自転車を押して角を曲がっても、マテオは少し後ろでぐずぐずしている。見ると、おずおずとこっちをうかがっていた。何年か前に、オリヴィアと一緒にブルックリンにある幽霊屋敷を見にいったときの俺みたいだ――ただ、あのとき俺はまだ子どもだった。マテオが何と出くわすのを恐れているのかわからないし、こっちも尋ねるつもりはない。

「だいじょうぶだ、誰もいない」

マテオは俺の後ろにしのびより、自動改札機までのひと気のない通路をまだ警戒している。

「いまこの瞬間、ほかに何人のデッカーが初対面の相手と出歩いているんだろう。もう死んでしまった人もたくさんいるよね。交通事故に火事、銃撃されたりマンホールに落ちたり……」

そこで彼は口をつぐむ。悲劇的な場面を思い描くのがよっぽど得意らしい。

「もしかすると、親しい人にお別れを言いにいく途中だったのかも。そこで――」マテオがパンッと手を叩く。「何かが起きて、死んでしまった。そんなのフェアじゃない……せめて、ひとりぼっちで死んだんじゃないといいけど」

メトロカードの販売機にたどりつく。

「ああ、フェアじゃない。だけど、死ぬときに誰といようが関係ないだろ？　デス＝キャストから電話が来た以上、誰かと一緒にいたって死なずにいられるわけじゃないんだ」

ラストフレンドとしては禁句だろう。だけど、俺は間違ったことは言っていない。それでも、マテオが黙りこむのを見て少しだけ後悔する。

デッカーにはいくつか特典があって、たとえば窓口で手続きをすれば、地下鉄の無期限パスが無料でもらえる。ただ、〝無期限〟とは大嘘で、エンド・デーが終わればもう使えない。数週間前、プルートーズの三人で、自分たちはもうすぐ死ぬからコニー・アイランドにくり出すのに無料パスがもらえるはずだと言ってみた。あっさり認めてもらえると思ったらそうはいかず、デス＝キャストに確認を取るから待つようにと言われ、急行列車の待ち時間より長くなりそうだったから、俺たちは黙ってとんずらした。そんなわけで、俺は自分で無期限のメトロカードを買い、マテオもまねをする。非デッカー用——まだ明日がある人のためのカードだ。

改札を通ってホームに入る。地下鉄に乗るのは、もしかするとこれが最後かもしれない。

マテオが振り返って券売機を指さす。

「あと何年かしたら地下鉄の駅員がいらなくなるなんて、信じられないよね。機械が——たぶんロボットが――駅員の仕事をするようになるんだって。でも考えてみると、それはもう始まっているのかも……」

列車が近づいてくる轟音に、最後の部分がかき消される。それでも彼が何を言っているかはわかる。すぐに電車が来たのはラッキーだった。おかげで、線路に落ちて身動きできず、ネズミが横を駆け抜けていくなか、列車に細切れにされて押しつぶされるという運命は除外できる――ヤバい、マテオの悲観的な想像力に俺まで毒されている。

ドアが開く前から、〝車両乗っ取り《トレイン・テイクオーバー》〟の真っ最中だとわかった。マテオや俺が受けた通告を受けなかったことを祝って、大学生が電車でパーティーを開くのが流行っている。学生寮でのパーティーに飽きて、地下鉄で羽目をはずしているんだろう。よりによって、俺たちはそこに乗りこもうとしていた。

「乗るぞ、急げ！」

ドアが開いたところでマテオに声をかける。

場所を空けてもらいながら自転車を押して急いで乗りこむ。後輪が邪魔してマテオが乗れずにいないかと振り向くと、俺の後ろに彼の姿はなかった。

マテオは首を横に振りながらまだホームに立っていて、ドアが閉まる寸前にひとつ前のガラガラの車両に飛び乗った。そこには眠っている乗客が何人かいて、リミックス版の『セレブレーション』は鳴り響いていない（確かにお祝いソングの定番だけど、もう卒業してもいいんじゃないか？）。

マテオがなんでむくれているのか知らないけど、それで気分が盛り下がったりはしない。ここはパーティー車両で、なにもバンジージャンプやスカイダイビングをしようと誘ったわけじゃないし、命知らずの危険な行為とはまったく違う。

こんどは『シスコはロック・シティ』がかかり、両手に一個ずつポータブルステレオを持った女の子がベンチシートに飛び乗って踊りだし、男がナンパしにきても、目を閉じたまま自分の世界に浸っている。車両のすみで、フードを顔までかぶった男が酔いつぶれている。気持ちよく酔っぱらったのか、それともこの車両で死を迎えたデッカーなのか。

笑いごとじゃない。

空いているベンチシートに自転車を立てかけて（車両に自転車を持ちこむ迷惑なやつがいるけど、今日の俺がそれだ。もうすぐ死ぬってことで、大目に見てほしい）、眠りこけている男の足をまたいで隣の車両をのぞきこむ。マテオはこっちの車両をじっと見つめている。外に出ることを許されず、友人たちが遊んでいるのを寝室の窓から見ている子どもみたいだ。俺が手招きすると首を振ってうつむき、それっきりこっちを見ようとしない。

誰かに肩を叩かれて振り返ると、ヘーゼルナッツ色の目をした魅力的な黒人の女の子が、まだ開いていないほうの缶ビールをさし出し「飲む？」と訊いてきた。

「俺はいいや」

酔っぱらってる場合じゃない。

「じゃ、これもあたしが飲む。あたし、カリー」

ちょっと聞きのがした。

「ケリー？」

彼女は顔を近づけてきて、胸が俺の胸に押しつけられ、唇が俺の耳に触れる。

「カリー！」

「やあ、カリー。俺はルーファス」目の前にある彼女の耳に向かってそう返す。「これってなんの――」

「あたし、次でおりるから」カリーが俺の言葉をさえぎる。「一緒に来る？ あんたイケてるし、いい人っぽいし」

彼女はドンピシャ俺のタイプだ。ということは、タゴエのタイプでもある（マルコムは、自分を気に入ってくれるならどんな女の子でもいいらしい）。けど、ついていったところで、彼女のあからさまな誘いに乗るくらいしかできないんだから、パスだ。いかれたやつのバケットリストにはきっと、〝女子大生とセックスする〟という項目もあるんだろう。ほかにも若い子とか、既婚者、少年、少女……。

「行けない」と答える。俺はマテオを守らなきゃいけないし、それにエイミーのことが頭を離れない。好きでもない相手とヤッて、自分の気持ちをごまかすつもりはない。

「ねえ行こうよ！」

「ごめん、ほんとにだめなんだ。友だちを病院に連れてくんだよ、そいつのおやじさんに会いに」

「じゃあいい」

カリーは俺に背を向け、一分後にはもう別のやつと話していた。次の駅でそいつも一緒におりていったから、彼女にとっては正解だ。ひょっとすると、カリーとその男は一緒に年を重ね、地下鉄のパーティーで出会ったときのことを子どもたちに語り聞かせることになるかもしれない。だけど実際はきっと、ふたりは今夜セックスをして、朝になったら男は彼女を「ケリー」と呼ぶだろう。

俺は熱気がみなぎる車内のようすを写真におさめる。なんとかきれいな女の子の気を引くのに成功した男。一緒に踊っている双子。つぶれたビール缶や水のボトル。そして、腹が立つほどの生命力。俺はスマホをポケットにしまうと、自転車を押して車両と車両のあいだのドアを通る。天井のスピーカーからは、このドアは非常時専用ですと耳ざわりなアナウンスが絶えず流れている。トンネル内の空気は冷たく、線路を走る車輪がキーキーと悲鳴のような音をたてる。いくらデッカーでも、この音が二度と聞けなくなるのをさびしく思ったりはしない。隣の車両に入っていくと、マテオはまだ下を向いていた。

彼の隣に腰かけ、人生最後の日に年上の女の子からお誘いを受けたけど、俺は立派なラストフレンドだからちゃんと断ったぞ、と告げようとして思いとどまる。そんな恩着せがましい話が聞きたい気分じゃなさそうだ。

「なあ、話の続きを聞かせてくれよ。人の仕事をぜんぶロボットがするようになるっていう、さっきの話」

床を見つめていたマテオが一瞬顔を上げ、俺がからかっているのか確かめるようにこっちを見た。もちろんからかってなんかいない、大まじめだ。それがわかるとマテオはにっこりと笑い、一気に語りだす。

「まだだいぶ先の話だよ、そんなに急速に発達はしないからね。だけど、もうロボットは身近にいる。それはわかるよね？ ディナーをつくったり、食洗器の中身を出したりしてくれるロボットもいるよ。秘密の握手を教えこむこともできるし――それって、すごいよね――ルービックキューブだってできる。何カ月か前に、ブレイクダンスをするロボットのクリップ動画も見たよ。そういうロボットはすごく楽しいけど、それとは別に、どこか秘密の工場でひそかにロボットの職業訓練が行われていると思わない？ たとえば、道案内ならもうスマホがしてくれるよね。ロボットにそれができるようになればもっといいでしょう？ そうなると時給二〇ドルを払って人間を雇う必要はなくなる。僕たちはもういらなくなるんだよ」

話し終えたマテオの顔は、もう笑ってはいなかった。

「見通しは暗いな」

「うん」とマテオ。

「少なくとも俺たちは、ロボットに仕事を奪われてクビになる心配はしなくていい」

「少しはいいこともあるね」

「今日はいいことがいっぱいあるぞ。なんでパーティー車両に乗らなかった？」

「僕たちには関係ないから。何をお祝いするの？　死ぬこと？　これから父さんと親友にお別れをしにいくってときに、知らない人たちと踊る気にはなれないよ。ふたりのところにたどりつけない可能性だって十分にあるんだから。それに、僕はああいう場にはなじめないし、ああいう人たちも苦手で……」

「ただのパーティーだぞ」

そのとき列車が止まった。マテオは何も言わない。もしかすると、彼が無謀なことをしないおかげで、俺たちは少しだけ長く生きられるのかもしれない。だけどそれだけじゃ、最高のエンド・デーは過ごせない。

エイミー・デュボワ
四時一七分

デス＝キャストはエイミー・デュボワに電話しなかった。今日、彼女は死なないからだ。けれどもいま、エイミーはルーファスを失おうとしている――いや、すでに失ってしまった。それは彼女のボーイフレンドのせいだ。

足早に家に向かうエイミーのあとを、ペックがついてくる。

「残酷すぎるよ。本人の葬儀中に逮捕させようとするって、あんた、いったいどういう人間？」

「三人で俺に襲いかかってきたんだぞ！」

「マルコムもタゴエも、あんたに指一本触れてないよね！　なのに連行されたんだよ」

ペックがつばを吐く。

「それはあいつらが勝手にしゃべったからで、俺のせいじゃない」

「ついてこないで。あんたがルーファスを嫌ってたのは知ってる。彼はなんにも悪くないのに。あたしにとっては、いまもすごく大事な人なんだよ。ずっとつながっていたかったのに、もういなくなってしまう。しかもあんたのせいで、一緒にいられる時間がますます減ったんだよ。彼に会えないなら、あんたとも会いたくない」

「俺とはもう終わりってことか？」

エイミーが立ち止まる。ペックのほうを振り向きたくなかった。その問いへの答えはまだ考えていなかったからだ。人は誰でも過ちを犯す。ルーファスはペックを襲撃するという過ちを犯した。ペックは仲間たちを使って警察に通報した。そうするべきではなかったが、間違いではない。法的には正しいけれども、道義的には大きな過ちだ。

「おまえはいつだって、俺よりあいつが大事なんだろ？　そのくせ困ったことがあると、頼ってくるのはいつも俺だ――俺を襲ったやつじゃない。そこんとこ、よく考えてみろ」

エイミーはペックをじっと見つめる。彼は白人のティーンエイジャーで、ずり落ちたジーンズにぶかぶかのセーターを着て、髪はシーザーカット。自分とつきあっているせいで、顔には乾いた血がこびりついている。

去っていくペックを、エイミーは呼び止めない。

自分はペックとともに、この灰色の世界のどこにいるんだろう。エイミーにはそれがわからない。

自分自身の立ち位置すらよくわからなかった。

マテオ
四時二六分

僕は自分の殻をなかなか破れずにいる。

さっき僕は、知らない人たちのなかに入っていけなかった。彼らの大部分は害のない人たちだ。だけど、幸運にも生きていられる晩にさんざん飲みまくって酔いつぶれ、しまいには意識を失ってしまうような人たちとは一緒にいたくなかった。でも、本音を言うと、ルーファスには言えなかったけど、僕は電車パーティーがきっと好きだと思う。ただ、みんなをがっかりさせたり恥をかいたりするのを恐れる気持ちがどうしても勝ってしまう。

ルーファスが病院のゲートに自転車をつないでなかまでついてきてくれたことに、僕は驚いている。ふたりで受付に行くと、赤い目をした事務員が微笑みかけてくれたけど、用件は訊いてこない。

「こんばんは。父に会いたいんですが……集中治療病棟のマテオ・トーレスです」僕は身分証明書を出し、ガラスのカウンターの上をすべらせるようにしてジャレドに見せる（空色の制服の胸に留めてあるネームプレートに彼の名前が書いてあった）。

「ごめんね、面会時間は夜の九時で終わりなんだ」

「長くはいません、約束します」

父さんにさよならを言わずに帰るわけにはいかない。

「今夜は無理だよ、ぼうや」

ジャレドがまだにこやかに微笑んでいるせいで、なんだかよけいに不安になる。

「朝の九時になったらまた面会時間が始まるから。九時から九時。おぼえやすいだろう？」

「……わかりました」

「もうすぐ死ぬんだよ」とルーファスが口を挟む。

「きみのお父さん、危篤なの？」

ジャレドが僕に訊く。朝の四時に働いている人には似合わない笑みが、ついに消えた。

「違う」

ルーファスが僕の肩に手を置き、ぎゅっとつかむ。

「こ・い・つが死ぬんだよ。ここはなんとか目をつぶって、おやじさんにお別れを言いにいかせてやってほしい」

ジャレドはその言い方が特に気に入ったようには見えないし、僕もあまり好きじゃないけど、ルーファスがはっきりそう言ってくれなかったら、僕はいまごろどうしていたかわからない。ううん、本当はわかってる。いまごろ僕は病院の外にいて、泣きながらどこかに身を隠し、朝の九時になるまで生きていられるように祈っていただろう。それどころか、ルーファスがいなかったら、僕はまだ家にいてゲームをしているか、アパートから出なきゃだめだと自分に言い聞かせていたかもしれない。

「きみのお父さんは昏睡状態なんだね」パソコンの画面から顔を上げてジャレドが言う。

ルーファスがびっくりしたように目を見開いた。

「ちょっと待て。おまえ、そのこと知ってたのか？」

「知ってるよ」と僕は答える。「でも、お別れは言っておきたいんだ」

ジャレドはもう何も訊いてこなかった。最初に面会を断ったのはわかる。ルールはルールだ。だけど彼がいつまでもルールにこだわらず、僕がデッカーだという証明を求めたりせずにいてくれるのはありがたい。ジャレドは僕とルーファスの写真を撮ってビジターパスをプリントアウトし、僕に手渡した。

「悪かったね。それから……」と、彼は哀悼の気持ちを伝えようとした。それはほとんど言葉にならなかったけど、デス＝キャストのアンドレアの言葉よりもうれしかった。

僕たちはエレベーターのほうに歩いていく。

「おまえもあの男の顔にパンチを食らわして、貼りついた笑みをひっぱがしたいと思っただろ？」

「ぜんぜん」

駅を出てからルーファスと僕が口をきいたのは、これが初めてだ。ビジターパスをシャツに貼り、はがれないように何度も上から叩く。

「でも、ありがとう。おかげでここに来れた。僕じゃきっと、デッカーの切り札は使えなかった」

「別にたいしたことじゃない。俺たちには遠慮したり後悔したりする時間はないからな」

僕はエレベーターのボタンを押し、「ごめんね、パーティー車両に乗らなくて」とあやまる。

「あやまる必要なんかない。おまえが自分で決めたんだから、それで満足ならいい」

そう言って、ルーファスはエレベーターから離れて階段のほうに歩いていく。

「ただ、エレベーターに乗るのは問題ありだ。こっちにしよう」

そうだ、忘れてた。それにこんな時間には、看護師や医師、患者さんたちがいつでも使えるようにエレベーターは空けておいたほうがいい。

ルーファスのあとについて階段をのぼると、まだ二階なのに息が上がってしまう。僕は本当にどこか悪いのかもしれない。そして父さんにもリディアにも未来のマテオにも会えないまま、この階段で死んでしまうんだろう。ルーファスがじれったそうにしているからスピードを上げ、ときどき二段飛ばしをしながらのぼっていく。

五階までのぼったルーファスが、下にいる僕に言う。

「だけど、おまえには本気で新しいことに挑戦してほしい。電車パーティーなんかじゃなくていいからさ」

「さよならを言い終えたら、もっと勇気が持てると思う」

「わかった」

階段でつまずき、六階のフロアにバタンと倒れこむ。深呼吸しているとルーファスが助けにおりてきた。

「こんな転び方、まるで子どもみたいだね」

僕がそう言うとルーファスは肩をすくめ、「倒れたのが後ろじゃなく前でよかった」と言った。

それからさらに八階までのぼる。正面に待合コーナーがあり、自動販売機と桃色のソファーがあって、ソファーの両脇に折りたたみの椅子がいくつか置かれている。

「ここで待っててもらってもいい？　父さんとふたりきりになりたいから」

「わかった」とルーファスがさっきと同じ言葉をくり返す。

青い両開きのドアを押し開けて集中治療病棟に入る。何かのライトが点滅し、ピッピッという機械音がする以外、病棟内はひっそりとしていた。数年前にネットフリックスで見た、デス＝キャストの登場が病院にもたらした変化についてのドキュメンタリー番組を思い出す。それによると、医師はデス＝キャストと緊密に連携していて、デス＝キャストと契約している末期患者についてはすぐに最新情報が入る。だからその患者が死の通告を受ければ、看護師は生命維持装置のつまみをしぼり、〝安らかな死〟に向けて、最後の食事や家族への連絡、葬儀の段取り、遺言の整理、祈祷や告解のための聖職者の手配など、できる範囲の準備を行なうのだそうだ。

父さんはもう二週間近くここにいる。職場で脳梗塞を起こし、すぐに運びこまれた。僕はうろたえてしまい、入院した日の晩はずっと、父さんの携帯電話が鳴らないことを祈りながら過ごし、そのあとようやく病院のデータベースにアップロードされた父さんの連絡先情報にサインした。いまはやっと、ドクター・キンタナから父さんの危篤を知らせる電話が入るかもしれないという不安から解放された。父さんが少なくともあと一日は生きていられるとわかってうれしいし、できればもっとずっと長く生きてほしい。

看護師にビジターパスを見せて、大急ぎで病室に入っていく。身動きひとつしない父さんの代わりに機械が呼吸している。もしも目覚めたら、そこはもう僕のいない世界で、父さんがどれだけ悲しんでも、僕が寄り添ってなぐさめることはできない。そう思うと泣き出しそうになる。でも泣かずにベッドの横に腰かけ、父さんの手の下に自分の手をすべりこませ、重ねた手に額をのせる。僕が最後に泣いたのは病院で過ごした最初の晩で、真夜中近くになると何もかもがひどく不気味に見えた。あのとき、父さんは間違いなく死の一歩手前にいた。

認めたくないけど、いまこの瞬間に父さんが目覚めていないのが少しだけ腹立たしい。母さんが僕をこの世に産み落としてあの世に旅立ったとき、父さんはそばにいた。だから本当なら、こんどは僕のそばにいてくれきゃいけないんだ。僕がいなくなったら、父さんの世界はすっかり変わるだろう。夕食のとき父さんはよく、その日の出来事を語る代わりに、母さんがプロポーズに応じる前に課した数々の試練のことや、ふたりの愛がいかに、それを乗り越えるだけの価値があるものだったかをなつかしそうに話してくれた。そんなひとときはもう二度と訪れない。僕が何かばかなことを言うたびに父さんが取り出した、あの〝目に見えないノート〟も、もういらなくなるだろう。ちゃんとここに書いておいて、いつかおまえの子どもたちに「お父さんはこんな恥ずかしいことをしたんだぞ」と教えてやらなくちゃなと父さんは言ったけど、僕は自分の未来に子どもたちの姿を見たことはなかった。それから、父さんはもう父親ではなくなる。少なくとも、親として面倒を見る相手はいなくなる。

僕は父さんの手を離し、ベッドわきのキャビネットに置いてあったペンを手に取ると、持ってきた写真を取り出し、その裏に震える手でこう書いた。

父さん、いままでずっとありがとう。

僕は勇気を出して挑戦する、だからだいじょうぶ。

向こうに行っても、ずっと愛してる。

マテオ

写真をキャビネットの上に置く。

そのとき、誰かがドアをノックした。ルーファスかと思って振り向くと、父さんを担当している看護師のエリザベスだった。彼女は夜のあいだ父さんのお世話をしてくれていて、僕が病院に電話をかけて容体を尋ねるたびに、いつもていねいに教えてくれた。

「マテオ？」

エリザベスは悲しそうな目をしていた。きっと、もう知っているんだろう。

「やあ、エリザベス」

「邪魔してごめんなさいね。気分はどう？　下のカフェテリアに電話して、いつものフルーツゼリーがあるかどうか聞いてみましょうか？」

やっぱり彼女はもう知っている。

「ううん、ありがとう」そう答え、すっかり弱々しくなって静かに横たわる父さんにまた目を向ける。「父さんはどう？」

「安定してるわ。何も心配いらない。安心してまかせてくれてだいじょうぶよ、マテオ」

「そうだね」

家の鍵や財布、衣類が入ったキャビネットの上を指先でトントンと叩く。早くさよならを言わなくちゃ。ルーファスを待たせているし、もし意識があったとしても、父さんは僕がエンド・デーをこの病室で過ごすことを望まなかったはずだ。

「僕のこと、知ってるんでしょう？」

「ええ」エリザベスはそう答え、父さんの痩せこけた体を新しいシーツで覆ってくれた。

「こんなのフェアじゃない。父さんの声も聞けずに別れるなんて、いやだ」

僕はドアを背に、エリザベスはベッドの反対側の窓を背にしている。

「お父さんのこと、少し話してくれる？　わたしは二週間お世話してきたけど、左右ちぐはぐの靴下をはいていることと、すばらしい息子さんがいること以外、私生活を何も知らないの」

父さんが目を覚まして自分で語れる日は来ないと思っているから、エリザベスは僕に訊いているんだろうか。そうじゃないといいな。父さんには、僕のあとを追うように死んでほしくない。人は語られることで永遠の命を与えられる、誰かがその人の物語に耳を傾けてくれるかぎり生き続けられると、いつか父さんが話してくれた。母さんと同じように、僕の命の火も灯し続けてほしい。

「父さんはね、いろんなリストをつくるのが趣味なんだ。僕にブログを始めてリストのことを書いてほしがってた。そうすれば有名になってお金ももうかって、特注リストの注文も入ると考えたみたい。リストづくりの名人として、いつかテレビにも出られると信じてた。テレビに出るのが子どものころからの夢なんだって。父さんがつくるリストはそれほどおもしろくないよなんて、僕にはとても言えなかったけど、父さんが何を考えているのかがわかるから、新しいリストを見せてもらうのがいつも楽しみだった。それに、父さんは話の達人なんだ。もう臨場感がすごくて、たとえばコニー・アイランドの海岸での話は、聞いている僕まで一緒に歩いているような気分になった。その海岸で父さんは母さんに最初のプロポーズを――」

「最初のプロポーズ?」

ルーファスの声だ。振り向くと、戸口に彼が立っていた。

「立ち聞きしてごめん。おまえのようすを見にきたんだ」

「気にしなくていいよ。なかに入って。エリザベス、彼はルーファス。僕の……僕のラストフレンド」

僕のようすを見にきたというのは本当だろうか。やっぱり一緒に行くのはよそうとお別れを言いにきたんじゃないよね。

ルーファスは壁にもたれ、腕を組んでいる。

「で、プロポーズの話は？」

「母さんは二度、プロポーズを断った。父さんが言うには、難攻不落《なんこうふらく》の女を演じていたんだって。だけど、そのあと妊娠がわかって――その赤ん坊が僕なんだけど――父さんがバスルームの床に片ひざをついて三度目のプロポーズすると、母さんはにっこり微笑んで〝イエス〟と答えたんだ」

僕はその場面が大好きだ。

もちろん僕はその場にいなかったけど、長年のあいだに、頭のなかで鮮明な記憶ができ上がっていた。そこはふたりが最初に住んだちっぽけなアパートだから、僕はそのバスルームのことを知らないけれど、壁は落ち着いた金色で（僕は古ぼけた黄色と解釈した）、床のタイルはチェッカー柄だったといつも聞かされていた。父さんの話のなかで母さんも生き生きとよみがえり、さっきのプロポーズの場面ではうれし泣きをしていた。

「できるものなら、お父さんを目覚めさせてあげたいわ。あなたのためにも、本当にそうしてあげられたらいいのに」

残念だけど、もっと時間が必要でも、時計のようにねじを巻いて人生の歯車を回し続けることはできない。

「一〇分だけひとりにしてくれる？　やっとさよならが言えそうな気がする」

「急がなくていいからな」

ルーファスから思いがけず寛大な言葉が返ってくる。

「だいじょうぶ。一〇分たったら迎えにきて」

「了解」とルーファスがうなずく。

エリザベスが僕の肩にそっと手を置く。

「わたしは受付のところにいるから、何かあったら呼んでね」

エリザベスとルーファスが出ていき、ドアが閉まる。

僕は父さんの手を握る。

「今日はちゃんと話さないといけないね。父さんはいつも、僕の生活や毎日の出来事をもっと話してほしいと言ってた。頼むから話してくれと懇願したこともあったよね。それなのに僕はいつも口を閉ざしてしまった。でも、今日はぜんぶ話すよ。だからどうか、神様どうかお願いします、父さんの耳に僕の言葉を届けてください」

父さんが握り返してくれるのを期待しながら、手に力をこめる。

「父さん、僕……」

正直に生きなさいと言われて育った。でも、真実はときにややこしい。明かしても厄介なことにならない真実ならいいけど、誰にも言えない真実だってある。自分自身にすら秘密にしている真実もある。自分を偽って生きるほうが楽だからだ。

いまは亡きレナード・コーエンが歌った『テイク・ディス・ワルツ』をハミングで歌う。歌詞を自分と重ね合わせたことはなかったけど、入りこめる曲だ。ときどきつかえたり、変なところでくり返したりしながら、おぼえている歌詞を口ずさむ。父さんが大好きだった曲を聞かせたくて、歌えない父さんの代わりに僕は歌う。

⌛

ルーファス
四時四六分

俺はいま病室の外の床に腰を下ろし、時間が来たら、もう行こうとマテオに告げにいくことになっている。アパートからは連れ出せたけど、今回はあいつを殴りつけて病院から引っぱり出すことになるかもしれない。昏睡状態であろうとなかろうと、入院しているのが俺のおやじだったら、同じように誰かが力ずくで俺を引き離さなければならなかっただろう。

さっきのエリザベスという看護師が、壁の時計を見て、それから俺を見て、まずそうな食事がのったトレイを別の病室に運んでいく。

マテオを迎えにいく時間だ。

床から立ち上がり、病室のドアを少しだけ開けてのぞいてみると、マテオは父親の手を握り、聞いたことのない歌を歌っていた。俺がノックすると、マテオは驚いて飛び上がる。

「わりぃ。だいじょうぶか？」

立ち上がったマテオの顔は真っ赤だ。ひどく動揺している。

「うん、だいじょうぶ」

どう見ても嘘だとわかる。

「片づけなくちゃ」

まるで父親が引き戻そうとする手を無理やりもぎ取るかのように、一分くらいかけて、マテオはようやく手を離す。それからクリップボードを手に取り、ベッドの上の棚に片づけた。

「父さんはいつも、掃除や洗濯はぜんぶまとめて土曜日にやってたんだ。平日に仕事から帰ってきて、また仕事をするのがいやだから。週末になるとふたりで掃除と洗濯をして、そのあとごほうびとして、好きなだけテレビを見た」

そう言って、マテオはまわりを見回す。部屋はすみずみまで掃除が行き届いている。ここが病院じゃなければ、床に落ちた食べ物も口に入れられそうだ。

「ちゃんとお別れを言えたのか？」

マテオは「まあね」とうなずき、「あっちもきれいかどうか見てくる」とバスルームのほうに歩いていく。

「きれいに決まってるだろ」

「父さんが目覚めたときのために、きれいなカップが用意されているかチェックしないと」

「ちゃんと病院が面倒見てくれるよ」

「もっと暖かいシーツが必要かも。もし寒くても、寒いって言えないから」

俺はマテオのそばに行き、落ち着かせようと肩を抱く。彼は震えていた。

「いつまでもここにいたって、おやじさんは喜ばないぞ」

するとマテオは眉を寄せ、目が赤く染まる。怒りの赤じゃなく、悲しみの赤だ。

「そんなつもりじゃなかった。俺の言い方が悪かったよ。ここで時間を無駄にすることを、おやじさんは望んじゃいない。おまえはちゃんとお別れが言えたじゃないか。俺は仲間たちに何も言えなかった。なんて言おうか、さんざん考えたのにさ。おまえはちゃんと言えてよかったな。うれしい反面、すごくうらやましいよ。それでもまだ外に出る気になれないなら言う――おまえが必要だ。俺には、そばにいてくれる友だちが必要なんだ」

マテオがまた部屋を見回す。いまこの瞬間にトイレをこすったり、父親の手に汚れたカップが渡ることがないように病院じゅうのカップというカップをピカピカに磨いたりする必要はないんだと、自分に言い聞かせているんだろう。俺は彼を目覚めさせるように両肩をぎゅっとつかむ。マテオはベッドに近づき、父親のひたいにキスをする。

「さよなら、父さん」

それからゆっくりと後ずさり、眠っている父親に手を振って別れを告げる。俺は胸を高鳴らせながら、その瞬間をただ見守っていた。マテオは胸が張り裂けそうな思いでいるはずだ。肩に手を置くと彼はたじろぎ、戸口のところで「ごめんね」と言った。

「どうか今日じゅうに目覚めてほしい——間に合ううちに」

そうなるとは思えなくても、俺はうなずく。

ふたりで病室を出たあと、マテオは最後にもう一度なかをのぞきこみ、それからドアを閉めた。

⌛

マテオ
四時五八分

病院の角で立ち止まる。

いまならまだ、父さんの病室に駆け戻って、そこで最後の一日を過ごすこともできる。だけど病院にいる人たちを危険にさらすことはできない。僕は刻々と爆発の時が迫る時限爆弾だ。信じられないことに、僕はいま、自分を殺そうとしている世界に、同じように死ぬ運命にあるラストフレンドと一緒にまた出ていこうとしている。

この勇気がずっと続くわけがない。

「だいじょうぶか？」

僕はうなずく。いまはむしょうに音楽が聴きたい。さっき父さんの病室で歌ったあとだからなおさらだ。歌っているのをルーファスに見られたときは顔から火が出るほど恥ずかしかったけど、だいじょうぶ、問題ない。何も言わないところをみると、たいして聞こえなかったんだろう。そんな気まずさもあって、よけいに何か聴きたくてたまらなくなる。僕にとってかけがえのないものだった音楽を聴きながら、どこかに身を隠したい。たとえば、父さんが好きだったもうひとつの曲『カム・ホワット・メイ』。僕の出産を控えた母さんは、父さんと一緒にシャワーを浴びながらこの曲を僕たちのために歌い、そのあと破水した。永遠に誰かを愛し続ける、という歌詞が心に残る。僕が好きなもうひとつの曲、ミュージカル『レント』の『ワン・ソング・グローリー』もいい。失われたチャンス、空虚な人生、そして刻々と過ぎていく最後の時間を歌ったあの曲が聴きたい。特にデッカーになったいま、むしょうに聴きたい。僕の好きな歌詞は「一曲、わたしが逝く前に……」という部分だ。

「無理に引っぱり出したなら、悪かったな」とルーファスが言う。「病院から連れ出してほしいって言ってたけど、本当にそれでよかったのか――」

「連れ出してくれてよかった」

父さんだって、そう望んだはずだ。

左右をよく見て道を渡る。車は一台も走っていないけど、道の先の角のところで男の人がひとり、ゴミ袋を破って中身をあさっていた。もうすぐゴミ収集車がやってきてぜんぶ持っていかれてしまうとばかりに、死にものぐるいで。もしかすると、間違って捨ててしまった何かを探しているのかもしれない。だけど破れたジーンズや赤褐色のベストの汚れ具合から、ホームレスだと思って間違いないだろう。食べかけのオレンジを見つけてわきの下に挟み、次々に袋をあさっていく。僕たちが角に近づいていくと、その人はこちらを向いた。

「一ドル持ってないか？　小銭はないか？」

ルーファスと同じように、僕も顔を上げずに通り過ぎる。その人は僕たちを呼び止めもせず、もう何も言ってこない。

「あの人に少しお金をあげたい」

僕はルーファスに言った。でも、ひとりじゃすごく心細い。ポケットを探ると一八ドルある。

「きみも、あげてもいいお金持ってない？」

「ばかなことするな、いったいなんで……」

「あの人、お金がいるんだよ。ゴミをあさって食べ物を探してたじゃないか」

「ほんとはホームレスじゃないかもしれないぞ。前にまんまとだまされたことがある」

僕は立ち止まる。

「僕もだまされたことがあるよ」

それに、助けを求めている人を無視するという過ちを犯したこともある。それはいけないことだ。

「ずっと貯めてきたお金をあげようっていうんじゃない、ほんの少しだよ」

「いつだまされたんだ？」

「五年生のとき、学校に行く途中で。一ドル恵んでくれって言われて、ランチ代として持っていた一ドル札五枚を取り出したら、いきなり顔を殴られてお金を奪い取られた」

恥ずかしい話だけど、僕はすっかり打ちのめされて学校で大泣きし、父さんは仕事を早引きして、保健室にいる僕のようすを見にこなければならなかった。そのあと二週間、父さんは登校のときに付き添ってくれて、頼むから知らない人にはもっと用心してくれ、お金のことを言われたときはなおさらだと僕を諭した。

「僕はただ、誰かが助けを必要としているかいないかを、こっちが勝手に判断しちゃいけないと思うんだ。必要な人が何かの形で伝えてくれればいい。助けが必要なときに言ってくれたら、それで十分なんだよ。それに一ドルなんてたいしたことない。一ドルくらいまた稼げるし」

本当はもう一ドルを稼ぎ出すことなんてできないけど、もしルーファスが僕みたいに堅実（または極度の心配性）なら、彼の銀行口座にも十分すぎるくらいのお金が入っているはずだ。ルーファスの表情から気持ちは読めないけれど、彼は自転車を止めてキックスタンドをおろした。

「じゃあ、やろう」

ルーファスがポケットをさぐると、現金が二〇ドルあった。彼が先に立って歩きだし、僕があとをついていく。襲われないかと少し不安になり、鼓動が速くなる。ルーファスは男の人のそばで立ち止まり、僕に合図する。ちょうどそのとき、その人が振り向き、僕の目をまっすぐに見た。

ルーファスは僕の口から言わせたがっている。

「あの、いま僕たちが持っているのは、これでぜんぶです」

僕はルーファスから二〇ドルを受け取り、お金をさし出す。

「いたずらはやめろ」

僕たちがからかっていると思ったのか、その人はくるりと背を向けた。好意を受けるのに相手を疑わないといけないなんて、そんなのおかしい。

「いたずらなんかじゃありません」

僕は一歩踏み出し、ルーファスもすぐ横にいてくれた。

「これしかなくて、ごめんなさい」

「これは……」

男の人がこっちに向かってくる。きっと僕は心臓発作を起こして死ぬんだろう。レーストラックの真ん中で足が固まって動かなくなったところへ、猛スピードで走る一〇数台の車がカラフルなかたまりになって迫ってくるような――ところが、その人は僕を殴らなかった。彼は僕を抱きしめ、わきの下に挟んであったオレンジが足元に落ちる。しばらくして気を取り直し、体が動くようになると、僕も彼を抱きしめた。背丈や痩せた体など、その人のすべてが父さんを思い出させた。「ありがとう、ありがとう」と彼は言い、僕を抱きしめていた手をほどく。目が赤いのは、寝る場所もなくて疲れ切っているせいかもしれないし、にじむ涙のせいかもしれない。だけど詮索はしない。彼が僕に自分自身をさらけだす必要なんてないんだから。これまでもそう考えて生きてくればよかった。

その人はルーファスに会釈をして、お金をポケットにしまった。ほかには何も要求しないし、僕を殴りもしなかった。立ち去っていくその姿は、さっきよりも少しだけ堂々として見えた。行ってしまう前に名前を訊くか、せめて僕のほうが名乗ればよかった。

「渡せてよかったな」とルーファスが言う。「いいことをしたぶん、あとでおまえにもいいことがあるといいな」

「そういうんじゃないよ。僕は別に〝いい人ポイント〟を稼ごうとしているわけじゃない」

チャリティーに募金したり、お年寄りが道を渡るのを手助けしたり、子犬を助けたり――そういうのは見返りを期待してすることじゃない。僕にはガンを治すことも世界を飢餓から救うこともできないけど、小さな親切を積みかさねれば世の中の役に立てる。だけどルーファスには何も言わずにおく。こういう話をすると、いつもクラスメイトにばかにされたから。いい人間になろうとしていやな思いをするのはおかしい。

「僕たちが見て見ぬふりをしなかったから、あの人はうれしかったんだと思う。僕につきあってくれてありがとう」

「助けるべき人を助けたんならいいけどな」

僕が急に勇敢になれるなんて、ルーファスは期待しちゃいけない。同じように僕も、彼が急に寛大になれると期待しちゃいけない。

僕たちが死ぬことを、ルーファスが言わずにいてくれてよかった。持ち金をぜんぶ渡したのは、一〇分後にはもういらなくなるかもしれないからだと思ったら、ありがたみがなくなってしまう。だけどあの人はきっと、さっき僕たちと出会ったおかげで人を信じられるようになるだろう。僕にとっては、それが大きな救いだ。

⌛

デライラ・グレイ

五時〇〇分

デス＝キャストは二時五二分にデライラ・グレイに電話をかけ、彼女が今日死ぬことを告げたが、デライラはそれを真に受けなかった。悲しい現実を受け入れられずにいるのではない。別れた恋人からの悪質ないたずらだと確信していたからだ。元恋人はデス＝キャストの社員で、結婚を前提に一年続いた関係をゆうべ解消した彼女に嫌がらせをしているに違いなかった。

こんなふうに人をもてあそぶのは、とんでもない違法行為だ。このレベルの不正を働けば最低でも二〇年は刑務所に入ることになってもおかしくないし、ブラックリストに載り、もうどこにも雇ってもらえなくなるだろう。それに、デス＝キャストでの仕事中にくだらないいたずらで時間を無駄にするのは致命的だ。

ヴィクターがこんなふうに職権を乱用したことが、デライラには信じられなかった。

ヘラルドのミッキーとの通話を確認するデス＝キャストからのタイムスタンプ付きメールを、デライラは削除する。電話を切る前に、彼女はミッキーに悪態をついた。いますぐヴィクターに確かめたくてスマホを手に取るが、やっぱりやめようと、枕の横にスマホを置く。ここに泊まっていくとき、ヴィクターはいつもその枕で寝ていた。いま電話すれば、デライラが不安に怯えていると思い、ヴィクターは満足するだろう。そうはさせない。それに、デライラは怯えてなどいなかった。もしもヴィクターが、彼女がデス＝キャストのサイトにログインし、本当にデッカーとして自分の名前が登録されているかどうか確認するのを待っているとしたら――あるいは彼に電話をかけて訴えてやると脅しつけ、じつはミッキーに協力してもらったと白状させようとするのを期待しているとしたら――彼はかなり長いあいだ待つことになるだろう。なにしろ、デライラには時間がたっぷりあるのだから。

デライラは普段どおりの生活を続けている。婚約解消をあとで悔やんだりしなかったように、あのいまいましい電話についても、もしかすると本物かもしれないと思い直すことはないだろう。

バスルームで歯を磨きながら、鏡に映る髪をほれぼれとながめる。彼女の髪は鮮やかな――上司に言わせれば、鮮やかすぎる――色をしていた。ここ何週間か、ヴィクターとはもう終わりにしなさいと告げる頭のなかの声を黙殺しながら、デライラは変化を求めていた。それには髪を染めるのが手っ取り早いし、誰かが悲しむわけでもない。どのようにしますかと美容師に尋ねられたとき、デライラはオーロラ色に染めてほしいと答えた。ピンクとパープル、グリーン、ブルーの四色にするには多少の調整《タッチアップ》が必要だが、それは来週、いま抱えている仕事を終えてからでかまわない。

デライラはベッドに戻り、ノートパソコンを開く。ゆうべはヴィクターのシフトが始まる前に別れ話をしたせいで、仕事に身が入らなくなってしまった。この春に大学を卒業してから、彼女は『インフィニット・ウィークリー』誌の編集助手として働き、いまは秋の新番組の紹介記事を書いている。『ヒップスター・ハウス』のファンではないけれど、そこに登場するヒップスターたちのほうが、『ジャージー・ショア～マカロニ野郎のニュージャージー・ライフ～』に出てくる一団よりはまだマシで、少しは見てみようという気になれる。正規の編集者は大手放送局の番組紹介で手いっぱいだから、この手の番組についてはほかの誰かが書かなければならない。つまらない仕事でも担当させてもらえるだけでラッキーなのはよくわかっている。新人のうえ、出会ってまだ一年ちょっとの相手との結婚式のプランを立てるのに夢中になって、何度か締切《しめきり》を守れなかったこともある。それを思えば、仕事があるだけで幸運だった。

苦痛なほどばかばかしい新番組（混み合うブルックリンのコーヒーショップで、ヒップスターたちがタイプライターを使って短編小説の共同執筆にチャレンジするという内容）をもう一度見るためにテレビをつけたとき、ＦＯＸ５のキャスターが、デライラが大いに関心のあるビッグニュースを伝えた。

「……わたしたちは彼のエージェントにインタビューを試みました。悪魔的な魔法使いの少年が主役の大ヒット映画〝スコーピウス・ホーソーン〟シリーズ。二五歳の彼がこの作品で演じたのは若き敵役でした。ネット上では世界中のファンたちが、俳優ハウイー・マルドナードへの熱い思いを発信しています。新たな情報が入り次第、ツイッターやフェイスブックでお伝えします……」

デライラはベッドから飛びおりる。胸が激しく鼓動していた。

続報を待ってはいられない。

自分がこのストーリーを伝える記事を書こう。

マテオ
五時二〇分

僕が角のATMのほうに歩いていくあいだ、ルーファスが背後を見張ってくれている。ありがたいことに父さんは常識的な人だったから、僕が一八歳になると、デビットカードをつくりに銀行に行かせた。このATMで引き出せる限度額の四〇〇ドルを引き出し、ドキドキしながらリディアに渡す封筒に入れる。誰かが不意にあらわれて、金をよこせと銃を突きつけてきたりしませんように――そんなことになれば、どういう結果に終わるかはわかっている。明細書を取り、口座にまだ二〇七六ドル二七セント残っていることを頭に入れながら引き裂く。僕にはもうそんなに必要ないから、別のATMか、銀行が開いたら銀行で、リディアとペニーのためにもっと引き出せばいい。

「リディアのところに行くには早すぎるかも」と言いながら、封筒を折り曲げてポケットにしまう。

「こんな時間に行ったら、何かあるって感づかれる。アパートのロビーでしばらく時間をつぶせるとは思うけど」

「それはナシだ。親友を心配させたくないからって、ロビーでぼーっと座ってるなんてごめんだ。五時か。なんか食いにいこう。これが〝最後の晩餐《ばんさん》〟になるかもしれないぞ」

そう言って、ルーファスは先に立って歩きだす。

「俺の行きつけの、二四時間やってる軽食堂《ダイナー》がある」

「それ、いいね」

僕はモーニングにすごく興味があって、フェイスブックのモーニング特集ページをいくつかフォローしている。たとえば、ほかの街のモーニングを紹介する〈グッドモーニング・サンフランシスコ!〉や、世界各地のモーニングを集めた〈グッドモーニング・インディア!〉。だから僕のフィードには朝から晩まで、朝日に輝く建物や朝食、一日の生活を始めようとしている人たちの写真がたくさん表示される。朝日はフレッシュな気分にさせてくれる。もしかすると僕は昼まで生きられないかもしれないし、公園の木々のあいだからさしこむ日の光も見られないかもしれないけど、それでも今日という日を〝長い朝〟だと思って、しっかり目を覚まし、一日をスタートさせなければならない。

これくらい早いと、通りには誰もいない。もしもいまひとりきりなら、僕はたぶん憂鬱な曲をかけて口ずさむだろう。自分の気持ちに従えばいい、父さんにはそう教わったけど、ネガティブな気分からがんばって抜け出すことも大事だと思う。だから父さんが入院してからは、希望を失わないように、ビリー・ジョエルの『素顔のままで』みたいにポジティブでソウルフルな曲を聴いていた。

僕たちは〈キャノン・カフェ〉に到着した。ドアの上の三角形の看板に、店のロゴが描かれている。大砲《キャノン》が店名の文字をめがけてチーズバーガーを発射し、フライドポテトが花火のように飛び散っている絵だ。ルーファスがパーキングメーターに自転車をつなぐのを待ち、彼のあとに続いてほとんど客のいない店内に入ると、すぐにスクランブルエッグとフレンチトーストの香りがした。

疲れた目をした店長が僕たちを迎え、好きな席にどうぞと言ってくれた。ルーファスが先に立ってどんどん奥に入っていき、トイレの横のふたり席のブースに落ち着く。ネイビーブルーの革のシートには何カ所かひび割れができていて、子どものころにうちにあったソファーを思い出す。僕が無意識のうちに表面の布をはがしてしまい、なかのクッション材がむき出しになったので、父さんはそのソファーを処分していま使っているのに買いかえた。

「ここが俺の行きつけの店」とルーファスが言う。「週に一、二回は来てるから、〝いつもの〟で通じるようになった」

「なんでここなの？　この近くに住んでるの？」

そういえば、僕はラストフレンドがどこに住んでいるのかも、出身がどこなのかも知らなかった。

「まだ四カ月だけどな」とルーファスが答える。「いろいろあって、里親ホームで暮らしてた」

ルーファスのことを、僕はよく知らない。それだけじゃなく、彼のためにまだ何もしてあげていない。彼のほうはひたすら僕に付き添って一緒に動いてくれているのに。まず家から連れ出し、次に病院まで一緒に行ってそこからまた連れ出してくれて、このあとリディアのところにもついてきてくれる。ラストフレンドとしてのふたりの関係は、いまのところかなり不公平だ。

ルーファスが、テーブルに置かれたメニューを僕のほうに押して寄こす。

「裏にデッカー割引のことが書いてある。全品無料、信じられないだろ？」

こんなのは初めて聞いた。僕が読んだ〈カウントダウナーズ〉の書きこみは、デッカーたちが無料で最高級のもてなしを受けられると期待して五つ星レストランに行ったら、割引してくれただけだったというものばかりだった。ルーファスがここに連れてきてくれてよかった。

店の奥から出てきたウェイトレスが、僕たちのところにやってくる。ブロンドの髪を後ろできっちりとお団子にまとめ、黄色いネクタイに留めたバッジには「レイ」と書いてある。

「おはよう」

レイが南部の発音であいさつする。耳の上からペンを取ったとき、ひじの上のところにある渦巻き状のタトゥーが見えた——僕は、針を恐れない人には絶対になれないだろう。

「あなたたちにはまだ深夜かしら？」指でペンをくるくる回しながらレイが訊く。

「そうとも言える」とルーファス。

「というより、まさに早朝って感じだけど」と僕が反論する。

なぜ僕がわざわざ朝と言いかえたのか不思議に思ったとしても、レイはそんなそぶりを見せない。

「ご注文は？」

ルーファスがメニューを見る。

「きみは〝いつもの〟じゃないの？」

「今日は別のにする。最後のチャンスだしな」

ルーファスはそう言ってメニューを置き、レイを見上げて「きみのおすすめは？」と訊く。

「えっ、まさか例の通告でも受けたの？」

レイの顔からたちまち笑みが消える。彼女は次にこちらを向き、僕がうつむくと、テーブルの横にしゃがみこんだ。

「嘘でしょう……」レイはペンをおろし、メモ帳をテーブルに置く。「ふたりともだいじょうぶ？具合悪い？　もしかして、わたしをだましてただで食べようとしてない？」

ルーファスがかぶりを振る。

「嘘じゃない。この店にはずいぶん通ったから、最後にもう一度来たかったんだ」

「こんなときに、本気で食べ物のことを考えてるの？」

ルーファスは身を乗り出し、彼女のバッジの名前を読む。

「レイ。どれを食べてみてほしい？」

レイは手で顔を隠して肩を震わせ、小さな声でつぶやく。

「わからない。〝エブリシング・スペシャル〟はどう？　フライドポテトに、ミニバーガー、卵、サーロイン、パスタ……キッチンにあるものなら、好きなものをなんでも食べられるけど」

「まさかそんなに食わないよ。この店できみが好きなメニューは？　魚って言わないでくれよ」

「グリルチキンのサラダが好きだけど、それはわたしが小食だからよ」

「じゃ、それにしよう」とルーファスは決め、僕のほうを向いて「おまえはなんにする、マテオ？」と訊いた。

「僕は、きみの〝いつもの〟にしてみる」と、メニューも見ずに答える。彼と同じで、僕も魚でないことを期待している。

「なんなのかも知らないくせに」

「チキンテンダー以外なら、僕にはきっと初めて食べる料理だよ」

ルーファスがうなずき、メニューにある料理をふたつ指さす。すぐに持ってくるわねと言って、レイはペンとノートを置いたまま急いで奥に戻っていった。彼女がシェフに「あのテーブルのお客はデッカーだから最優先で」と伝える声が聞こえてきた。後回しにされるのがどの客なのかはわからない。後ろの席の人はもうコーヒーを飲みながら新聞を読んでいる。それでもレイの心づかいがうれしくて、僕はふと、デス＝キャストのアンドレアも以前はレイみたいにやさしい人だったのに、あの仕事のせいで同情心を失ってしまったんだろうかと考えた。

「ちょっと訊いてもいい？」

「いちいち断らなくていい。訊きたいことがあるならなんでも訊けよ」

言い方は少しきついけど、彼の言うことは正しい。

「僕たちが死ぬこと、なんでレイに話したの？　そのせいで彼女の一日が台無しになってしまわないかな？」

「なるかもな。だけど、死ぬせいで俺の一日は台無しだし、俺にはどうしようもない」

「リディアには、僕が死ぬことは言わずにおこうと思う」

「それは間違いだ。かえって残酷だぞ。せっかくお別れが言えるんだから、言うべきだ」

「リディアの一日を台無しにしたくない。彼女はシングルマザーで、ただでさえ恋人が死んでからずっとつらい思いをしてきたんだ」

本当は自分のためなのかもしれない――リディアに告げないのは、僕の身勝手なのかもしれない。でも、どうしても言えない。いちばん大切な友だちに、明日はもう自分はいないのだと、どう告げればいい？　死ぬ前に人生を思いきり楽しみたいから行かせてほしいと、どう説得すればいいんだろう。

シートの背にもたれかかる。自分がひどくなさけない。

「おまえがそう決めたんなら、それでいい。彼女がおまえを恨むかどうか、俺にはわからない。彼女のことをいちばんよく知ってるのはおまえだ。だけど、俺たちが死んだらまわりがどうするか心配したり、終わったことをくよくよ考えたりするのはやめたほうがいい」

「でも、これからのことはちゃんと考えないと。よく考えずに行動して死んだらどうするのさ?」と僕は訊く。「デス＝キャストがなかったころの人生のほうがよかったんじゃないかって、たまらなく不安になったりしないの?」

それを考えると息がつまりそうになる。

「前のほうがよかったかって?　そうかもしれないし、そうじゃないかもしれないな。どっちにしろ同じだし、何も変わらない。もうあきらめろよ、マテオ」

彼の言うとおりだ。あきらめられないのは自分のせいだ。自分で自分を邪魔している。これまでずっと、少しでも長く生きられるように用心しながら暮らしてきたのに、その結果がこれだ。一度もレースに出ないまま、僕はいまフィニッシュラインにいる。

レイがドリンクと料理を運んできて、ルーファスにグリルチキンのサラダを渡し、僕の前にはスイートポテトフライとフレンチトーストを置く。

「ほかに何かほしいときは、大声でわたしを呼んで。店の奥にいても、ほかのお客さんのところにいても、すぐに飛んでくるから」

僕たちがお礼を言ったあとも、レイはなかなか立ち去ろうとせず、どちらかの横に座ってもう少しおしゃべりをしていたそうだった。それでも気を取り直し、彼女は去っていった。

「俺の〝いつもの〟はどうだ?」と、ルーファスが自分のフォークで僕の皿をトントンと叩く。

「フレンチトーストなんて、もう何年も食べてない。父さんがトーストしたトルティーヤでBLTサンドをつくるのにハマっちゃって、毎朝それだったから」

フレンチトーストの存在すら忘れかけていたけど、独特なシナモンの香りに、がたつくテーブルを挟んで父さんと食べた朝食の記憶がいくつもよみがえる。食べながら一緒にニュースを聞いたり、父さんがつくる新しいリストのアイデアを出し合ったりした。

「文句なしにおいしい。少し食べる?」

ルーファスはうなずいたけど、僕の皿に手を伸ばしてこない。心ここにあらずといったようすでサラダをつつき、期待はずれだったのか、チキンだけを食べている。それからフォークを置き、レイが忘れていったメモ帳とペンを手に取ると、しっかりと太い線で円を描いた。

「俺は世界中を旅して写真を撮りたかった」

ルーファスが描いた円は地球で、そのなかに、もうけっして訪れることのない国々の輪郭を描いていく。

「フォトジャーナリストみたいに?」

「そうじゃない。気ままな旅だ」

「だったら、トラベル・アリーナに行こうよ。たった一日で世界を旅するなら、あれがいちばんだから。〈カウントダウナーズ〉での評価も高いし」

「ああいうのは読んだことがない」

「僕は毎日読んでた。人生最後の時間を思いきり楽しんでいる人たちを見ると勇気づけられるから」

ルーファスは地球の絵から目を上げ、あきれたように首を振る。

「勇気がほしいんなら、ラストフレンドの俺に任せとけ。お前をちゃんと男にしてやるよ。そっちの意味じゃないぞ……って言ってもわかんないか」

「わかるよ」……たぶん。

「おまえは何がやりたかった？　将来の夢とかさ」

「建築家になりたかった。家やオフィスを建てたり、ステージや公園をつくったり」

だけどオフィスで働きたいと思ったことは一度もないこと、自分がつくったステージで歌ったり演奏したりするのが夢だったことは言わずにおく。

「子どものころ、レゴでいっぱい遊んだ」

「同じく。俺の宇宙船はいつもばらばらに大破して、にこにこ顔の宇宙飛行士は二度と地球に帰還できなかったけどな」

ルーファスはこちらに手を伸ばし、フレンチトーストを少し切り取って口に入れると、下を向いて目をつむり、噛みしめながらゆっくり味わっている。好きだった食べ物の最後のひと口を飲みこんでしまうのを見ているのはつらい。

僕もしっかりしないと。

ものごとはたいてい、好転するよりも悪化することのほうが多い。だけど今日はその逆でなくちゃいけない。

皿が空っぽになると、レイが気づくようにルーファスは立ち上がった。

「手が空いたら会計してくれる？」

「店のおごりよ」

「ちゃんと払わせて。僕には大事なことだから」

死ぬからといって同情してほしくはなかった。

「俺も賛成」とルーファスが言う。彼はもうここに来られないかもしれない。だけど僕たちとしては、ほかのお客のためにもこの店にはできるだけ長く営業していてほしいし、それには経費をまかなうお金が必要だ。

レイは力強くうなずき、僕たちに伝票をさし出す。僕はデビットカードを出し、戻ってきた彼女に安い料理代の三倍のチップを渡した。

これで僕の口座残高は二〇〇〇ドルを切った。誰かが人生をやり直せるほどの金額じゃなくても、何かの役には立つはずだ。

　ルーファスが地球の絵をポケットにしまう。

「そろそろ行くぞ」

　僕はまだ席についたままだ。

「立ち上がるってことは、外に出るってことだよね」

「ああ」

「外に出るってことは、死ぬってことだよね」

「違う。外に出ていくのは、死ぬ前に人生を楽しむためだ。ほら、行くぞ！」

　僕は立ち上がり、レイと雑用係《バスボーイ》の少年、それから店長にお礼を言って店をあとにする。

　今日は〝長い朝〟だ。僕は目を覚まし、ベッドから出なければいけない。誰もいない通りをまっすぐ見つめ、ルーファスと彼の自転車のほうに歩きだす。時間が刻々と過ぎ去っていくなか、僕たちに背を向ける世界に立ち向かうように、僕は死に向かって歩きだす。

ルーファス
五時五三分

マテオはイケてるし、繊細でいい相棒だけど、正直、最後にもう一度だけプルートーズと〈キャノン・カフェ〉のテーブルを囲み、いいことも悪いことも、ありったけの思い出を語り合えたらどんなによかっただろう。だけどそれは危険すぎる。仲間に害が及ぶようなリスクはおかせない、俺にだってそれくらいの分別はある。

でもメールなら、あいつらも返信できるだろう。

チェーンロックをはずし、自転車を通りまで押していく。ぽんと放り投げたヘルメットを、マテオはどうにかキャッチする。

「で、リディアの家はどこの近くだって？」

「なんで僕にヘルメットを？」

「自転車から転げ落ちても頭が真っ二つに割れないように、かぶっとけ」

そう言って俺は自転車にまたがる。「ラストフレンドに殺されたんじゃ、しゃれになんないだろ？」

「これ、二人乗り自転車《タンデム》じゃないよね」

「ペグがあるだろ？」

タゴエはいつも後輪のペグに立って乗っていた。俺が車に突っこんで自分をあの世送りにすることはないと、タゴエは信じていた。

「僕を後輪のペグに立たせて、暗闇のなかを走り抜けるつもり？」

「そのためのヘルメットだ」

マテオのやつ、思いきって冒険してみる覚悟ができたんじゃなかったのか？

「やめよう。きっとこの自転車が命取りになる」

今日という日に、彼はすっかり翻弄されている。

「それはない。俺を信じろ。二年近く毎日これに乗ってるんだぞ。早く乗れよ、マテオ」

ものすごくためらっているのがわかる。それでも彼は、無理やりヘルメットをかぶる。あの世で「だから言ったじゃないか！」と責められちゃまずいと、よけい安全運転へのプレッシャーがかかる。マテオは俺の両肩につかまり、ペグに足をかけるとき、その手に力がこもる。がんばろうとしている彼が誇らしい。巣から飛び立とうとする鳥の背中を押してやっている気分だ――というより、何年も前に飛び立つべきだった鳥を、無理やり巣から押し出している感じか。

少し先の食料雑貨店はシャッターを上げて開店の準備中で、前方に見える銀行の上には、まだ月が出ている。ペダルを踏みこんだとき、マテオが急に飛びおりた。

「やっぱり、僕は歩いていく。きみも歩いたほうがいいよ」

そう言うと、マテオはバックルをはずしてヘルメットを脱ぎ、俺にさし出した。

「ごめんね、なんかいやな予感がして。自分の直感を信じたいんだ」

俺はそのヘルメットをさっとかぶり、そのまま走り去るべきだ。マテオは勝手にリディアのところに行けばいいし、俺も自分がやりたいことを——それがなんであれ——すればいい。ところが別々の道を進み始める代わりに、俺はヘルメットを自転車のハンドルにぶら下げ、ひらりと自転車からおりた。

「じゃあ、歩くか。あとどれだけ生きられるかわかんないけどさ、楽しむチャンスを失いたくないもんな」

マテオ
六時一四分

僕はすでに史上最低のラストフレンドだ。そしてこんどは史上最低の親友《ベストフレンド》になろうとしている。

「きっと最悪の結果になる」

「おまえの死を内緒にするからか？」

「僕はまだ死んじゃいない」

そう言って、角を曲がる。リディアのアパートは二ブロック先にある。

「それに、理由はそれじゃない」

ようやく空が明るくなってきて、僕の人生最後の日の出が、真っ黒な空をぼんやりとオレンジ色に染めようとしている。

「結婚するはずだった恋人が死ぬとわかったとき、リディアは立ち直れないくらい打ちのめされた。だって、彼はもうペニーに会えないんだからね」

「ペニーってのは、そのふたりの娘か」

「そう。ペニーはクリスティアンが亡くなって一週間後に生まれたんだ」

「なんでそんなことに？　あの電話か？」とルーファスが訊く。「無理に答えなくていい。自分の家族に電話が来たときも最悪だったから、俺もあんまりそういう話はしたくないし」

誰にも（特にリディアには）言わないと約束してくれるならそのときのことを話そうと思ったとき、ルーファスはもうすぐ死ぬんだと気づいた。あの世でうわさ話でもしないかぎり、彼になら何を話してもだいじょうぶだ。

「クリスティアンは、おじいさんから相続した昔の剣やダガーナイフをコレクターに売るために、ペンシルベニア州のはずれまで行こうとしていたんだ」

「その手の物は、たいていとんでもない高値で売れるからな」

「リディアは彼に行ってほしくなかった。お産が近づいて精神的に不安定になっていたからね。だけどクリスティアンは、長い目で見れば無理してでもそのお金を手に入れたほうがいいと言い張った。いいベビーベッドが買えるし、これからおむつや粉ミルク、ベビー服だって必要になる。それで彼は出かけていって、州内で一泊し、夜中の一時過ぎに着信音で目が覚めた」

そのときのことを思い出すと、おびただしい涙と泣き叫ぶ声も一緒によみがえり、胸が苦しくなる。僕は立ち止まり、塀にもたれる。

「クリスティアンはリディアに連絡しようとしたけど、彼女は眠っていて気づかなかった。彼はひたすらメールを送り続け、ヒッチハイクでトラックに乗せてもらった。ところがその運転手がデッカーで、家族が住むニューヨークに戻る途中、ふたりとも死んでしまったんだ」

「ひどい話だ」

あのとき、リディアはなぐさめようもない状態だった。クリスティアンの切羽詰まった最後のメールを何度も何度も読んでは、電話が鳴っても目覚めなかった自分を責めた。〈ザ・ヴェール〉を通じて彼ともう一度だけ会えるチャンスがあったのに――〈ザ・ヴェール〉はビデオチャットアプリで、バッテリーがすぐに減るのが難点だけど、自宅に向かって高速道路を走っているデッカーなど、電波が入りにくい場所にいる人には大人気だ――リディアはチャットへの招待にも気づかなかった。

出産予定日が近づいていてかなり体がきつかったから、恋人に残された最後の時間に、彼女は目覚めることなく眠りこけていた。これは本当かどうかわからないけど、ペニーについて話す口ぶりから、リディアは最初、そこまで自分を消耗させた娘を憎んでいるように思えた。だけど彼女が深い悲しみにくれていたのは確かだし、いまはもうそんなふうに感じることはない。

そんなことがあって、リディアは高校を中退し、いまは小さなアパートでおばあちゃんと一緒に子育てに専念している。自分の両親とはあまり親密ではなく、クリスティアンの両親も遠く離れたフロリダに住んでいる。そこへさらなる別れが加わらなくても、彼女の人生はもう十分に過酷だ。だから僕は、親友の顔を最後にもう一度見るだけでいい。

「きついな」

「うん」

ルーファスのそのひとことには、いろんな意味がこめられていた。「リディアに電話するね」と言って、僕は少し離れたところに移動する。

発信ボタンをタップする。

万が一リディアの身に何かあっても僕はもうペニーのそばにいてあげられないなんて、信じられない。そう思う一方で、リディアが死の通告を受けるという苦しみを僕はもう味わわなくてすむんだと、ほっとする気持ちもあった。

「マテオ？」と寝ぼけた声でリディアが電話に出る。

「うん。ごめんね、寝てた？　ペニーはもう起きてるだろうなと思って」

「起きてるわよ！　わが子がベビーベッドで自分とおしゃべりしてるあいだ、枕をかぶって寝ているわたしって、なんてすばらしいママなんでしょう。ねえ、今日はなんでこんなに早起きなの？」

「ちょっと……父さんに会いにいきたくて」

それは嘘じゃない。

「少しだけ寄ってもいいかな？　近くまで来てるんだ」

「もちろんよ、来て！」

「よかった。じゃあ、すぐに行くね」

ルーファスを呼び、歩いてリディアのアパートに向かう。やるべき仕事はいくらでもあるはずなのに——床を掃いてモップをかけるとか、点滅する廊下の照明器具を修理するとか、ネズミ捕《と》りをしかけるとか——管理人が玄関前の階段に腰かけて新聞を読んでいるようなアパートだ。だけどリディアは気にしない。雨の降る晩には気持ちのいい風が入ってくるし、隣にはクロエというお気に入りの猫がいて廊下を歩き回っている（この猫はネズミが怖い）。つまり、ここはリディアにとっての〝家〟だ。

「上には僕ひとりで行くね」と、ルーファスに言う。「ここで待っててもらってもいい？」

「いいよ。俺は仲間たちに電話してみないと。俺が出てから、ぜんぜん反応がないんだ」

「すぐに戻るね」と言う僕に、ルーファスは急がなくていいよとは言わなかった。

僕は階段を駆けのぼり、転んで段の端に顔をぶつけそうになる。手すりにつかまってどうにか倒れずにすんだけど、あと一センチで死んでいたかもしれない。リディアに早く会いたいからって、エンド・デーに急いじゃいけない。はやる気持ちが命取りになる——現にいま、死にかけた。三階にたどりつき、ドアをノックする。なかでペニーが泣き叫んでいる。

「開いてる！」とリディアの声がする。

なかに入ると、ミルクと洗濯したての衣類のにおいがした。ドアのすぐそばに置かれたランドリーバスケットからは服があふれ出ていて、空っぽの哺乳瓶が何本か床に転がっている。そしてベビーサークルのなかにペニーがいた。コロンビア系の母親の薄い褐色の肌は受けつがず、クリスティアンがそうだったように、ペニーも真っ白い肌をしている。ただ、泣いているせいでいまは顔が真っ赤だ。リディアはキッチンにいて、カップに入れたお湯で哺乳瓶を温めている。

「来てくれて助かった。ハグしたいけど、日曜からずっと歯を磨いてないの」

「いま磨いてきなよ」

「そのシャツ、似合ってる！」

リディアが哺乳瓶にキャップをはめて僕にぽんと放り投げると、泣き叫ぶペニーの声がさらに大きくなった。

「そのまま渡しちゃって。自分で持って飲まないと怒って大騒ぎなの」

リディアはぼさぼさの髪をゴムで束ね、急いでバスルームに向かう。

「すごい、ひとりでトイレに行けるなんて。もう我慢の限界」

僕はペニーの前にひざまずき、哺乳瓶をさし出す。ダークブラウンの目が怒っていたけど、僕の手から瓶をもぎ取ってクマのぬいぐるみの上に腰を落ち着けると、にっこり笑って四本の乳歯をのぞかせ、瓶を抱えて飲み始める。どの育児本を見ても、ペニーはもうとっくに粉ミルクを卒業していなければならないはずなのに、ふつうの食べ物は受けつけない。リアル《リアル》な世界が苦手な僕と同じだ。

リディアが歯ブラシを口にくわえたままバスルームから出てきて、プラスチック製の蝶のオモチャに電池を入れる。僕に何か訊いているけど、ハミガキ混じりのよだれがあごに垂れてきて、あわててキッチンに駆けこみシンクにつばを吐く。

「ごめん、汚かったね。朝食は？　何か食べない？　そんなに痩せちゃって。やだ、マテオのお母さんみたい」

そう言ったあと、リディアは否定するように首を振る。

「違うの、言いたいことはわかるよね。わたしの言い方が、まるでマテオの母親みたいだったってこと」

「気にしなくていいよ。朝食はもうすんだんだ。でもありがとう」

ミルクを飲んでいるペニーの足をつつくと、ペニーは哺乳瓶から口を離して笑った。そしてわけのわからない言葉を発して、また飲み始める。ペニーのなかではきっと、ちゃんと意味の通った言葉だったんだろう。

「ねえ、誰が通告を受けたと思う？」スマホを振りながらリディアが訊く。

ペニーの足を握ったまま、僕は凍りつく。僕が死ぬことをリディアが知っているはずがないし、知っていたとしても、こんな軽い調子で話すはずがない。

「誰？」

「ハウイー・マルドナード！」と答え、リディアはスマホを見る。「彼のファンたちがショックを受けてる」

「だろうね」

僕は好きな映画の悪役と同じ日にエンド・デーを迎えたのか。それをどう受け取ればいいのかはわからないけど。

「お父さん、どう？」

「安定してる。テレビみたいな奇跡を期待してたんだ、僕の声を聞いてパッと目覚めるみたいなね。だけどやっぱり、奇跡は起きなかった。あとは待つしかないみたいだ」

そんな話をしていると、胃がしめつけられるように苦しくなる。僕はベビーサークルの横に腰をおろし、ぬいぐるみを拾いあげた。笑顔のヒツジに、黄色いオウム――それをペニーのほうにぽんと放り投げ、それからペニーをくすぐった。僕が自分の子どもとこんなふうに遊ぶ未来は、けっして訪れない。

「心配だね。でもきっと乗り越えられる。お父さん、強そうだもん。わたしは自分にこう言い聞かせてる――マテオのお父さんは、本当はすごいつわものだけど、いまはちょっとお昼寝してるだけなんだって」

「そうかも。ペニーがもう飲み終えたから、げっぷをさせるよ」

「ありがとう、マテオ。すごい助かる」

ペニーの顔をきれいに拭いて抱き上げ、げっぷと笑い声が出るまで背中をトントンと叩く。そのあと得意の〝ダイナソー・ウォーク〟で、僕はペニーを抱いたままTレックスみたいにのっしのっしと歩き回る。こうすると、ペニーはいつもごきげんになる。リディアがテレビをつけにいく。

「さあ、六時半よ。アニメの時間。昨日ちらかしたものを片づけられる唯一の時間。またすぐに地獄の光景に逆戻りするんだけどね」

リディアはペニーに微笑みかけると、すべるようにそっと近づいてきて、小さな鼻にキスをする。

「ママはね、ペニーはだいじなだいじな宝物だって言いたかったのよ」

その言葉と笑顔とは裏腹に、リディアはこう付け加える。

「その宝物が、なんでもかんでも掘り起こしてしまうの」

僕は笑ってペニーを下におろす。リディアはペニーにプラスチックの蝶を与え、床に落ちている洋服を拾い集める。

「僕にできることはある?」

「まずは、ずっと変わらずにいてくれること。それから、オモチャをぜんぶ箱に戻してくれる?でもヒツジだけは残しておいて。じゃないと大騒ぎするから。お返しに、わたしはこれからもずっとずっとマテオのことを愛し続ける。ペニーの服をたんすにしまっちゃうから、一分ちょうだい。一〇分かも」

そう言うと、リディアはランドリーバスケットを持って部屋を出ていく。

「急がなくていいよ」

「ほんと助かる！」

僕はどんなリディアも大好きだ。ペニーを妊娠する前、彼女は高校をトップの成績で卒業して大学に進み、政治学と建築学、音楽史を勉強するつもりだった。ブエノスアイレスやスペイン、ドイツ、コロンビアにも行きたいと考えていた。ところがクリスティアンと出会って妊娠し、新しい世界に幸せを見いだした。

以前のリディアは、毎週木曜日の放課後にはストレートパーマをかけにいき、メイクなしでもいつも輝くばかりに美しく、〝変顔〟をして知らない人の写真に写りこむのが好きだった。いまの髪は、本人いわく「ちょっとキュートで、どこかライオンのたてがみに似て」いる。あまりにも疲れた感じに見えるからと、自分の写真をネットにアップするのをけっして許さない。だけど僕に言わせれば、以前よりももっと輝いている。それは彼女がある変化を――多くの人はうまく切り抜けられない進化を――遂げたからだ。それも、たったひとりでやってのけた。

オモチャをぜんぶ箱に戻し終えたあと、僕はペニーと一緒に床に座り、アニメのキャラクターが何かを問いかけるたびに、それに答えるように口を鳴らすようすを見つめる。ペニーにとって、いまは人生の始まりだ。そしていつかこの子もまた、デス＝キャストからの恐ろしい電話を受けるだろう。人はみな死ぬために育てられる……そう思うといやになる。確かに人は生き、少なくとも生きるチャンスを与えられる。だけど死への恐怖心のせいで生きにくくなったり、困難な人生になることもある。

「ペニー、永遠に生きられる方法をきみが発見して、この世界を好きなだけ支配し続けられるといいね」

僕が思い描くユートピアは暴力も悲劇もない世界で、そこで人はみな永遠に生き続けるか、〝あの世〟に行こうと自分で決めるまで、充実した幸せな人生を送ることができる世界だ。

ペニーがわけのわからない言葉で答える。

「なんでペニーにそんなことを話してるの？　この子、スペイン語で〝1〟をなんて言うかもまだおぼえてないのに」と、別室から出てきたリディアが言う。

「それはもちろん、ペニーには永遠に生きてほしいからだよ」そう答え、僕は微笑む。「そしてみんなの上に立つ人になってほしい」

リディアが驚いたように眉を上げる。そして身をかがめて床からペニーを抱き上げ、「ペニーを払うから、何を考えてるか話して」と差し出した。しらけたムードがただよう。

「いまのはウケると思ったんだけどな、だめか」

「次に期待してるよ」

「ほんと言うと、考えてることなんて話してくれなくていいし、ペニーがほしければただであげる」

そう言うと、リディアはペニーをくるりと自分のほうに向け、まぶたにキスをしてわきの下をくすぐり、「ママはね、ペニーはお金じゃ買えない宝物だって言いたかったのよ」と言ったあと、「お金じゃ買えないこの子に、ものすごくお金がかかるの」とぼやいた。そしてまたペニーをテレビの前に座らせ、片づけの続きを始める。

リディアと僕の関係は、映画で見るようなものとも、ごく普通の友人関係ともたぶん違う。僕たちはお互いを死ぬほど愛してるけど、そのことを大っぴらに口に出したりはしない。言わなくても、ふたりともわかっている。それに、なかなか口に出しては言えないこともある。八年のつきあいでも、それは同じだ。だけど、今日はちゃんと言葉で伝えなくちゃ。

倒れていた写真立てを起こす。リディアとクリスティアンの写真だ。

「クリスティアンはきっと、きみをものすごく誇りに思ってるはずだよ。ろくに希望も持てない、確かなものなんて何もなくて、正しい人がむくわれるともかぎらない世界だけど、きみがいればペニーは幸せになれる。真面目に生きてても、そうじゃない人と同じように運命にもてあそばれる。

そんな世界で、きみは誰かのために人生を捧げてる。誰もがそんなふうにできるもんじゃないよ」

リディアが掃除の手を止める。

「マテオ、そのわけのわからないお世辞はいったいなんなの？　なんかあった？」

僕はジュースの瓶を流しに運んでいく。

「何もないよ」

何も問題ない。これからも、リディアはきっとだいじょうぶだ。

「そろそろ行こうかな。疲れちゃって」

嘘はついていない。

リディアの目がひきつる。

「行く前に、もう少しだけ仕事を頼んでもいい？」

ふたりとも無言のまま、リビングのなかを動き回る。リディアはクッションについたオートミールをこすり落とし、僕はエアコンのほこりを拭く。彼女はカップを集め、僕はペニーの靴をぜんぶ玄関に並べる。彼女はときどきこちらをうかがいながら洗濯物をたたみ、僕はおむつの箱をたたむ。

「ゴミ出しもお願いしていい？」

リディアの声が、少しうわずる。

「それが終わったら、マテオとお父さんがペニーに買ってくれた、あのかわいい本棚の組み立てを手伝ってほしいの」

「いいよ」

リディアは感づいているような気がする。

彼女が部屋を出ていったすきに、現金が入った封筒をキッチンのカウンターに置く。

ゴミ箱から袋を取り出したときには、もうここには戻れないとわかっていた。廊下に出て、ダストシュートに袋を投げこむ。部屋に戻れば、二度と外には出られないだろう。もし出ていかなければ、僕はこのアパートで、もしかするとペニーの目の前で死ぬことになる――そんな形で記憶に残るのはいやだ。ルーファスは、なんて賢くて友だち思いなんだろう。

スマホを取り出し、リディアの番号をブロックする。これで彼女は僕に電話できないし、戻ってこいとメールも送れない。

胃がむかつき、軽いめまいを感じながら、リディアがわかってくれますようにと祈るような思いで、ゆっくりと階段をおり始める。そして猛烈な自己嫌悪に突き動かされるようにどんどん加速しながら、転がるように駆けおりていく――。

ルーファス

六時四八分

人生最後の日だっていうのに、俺はインスタグラムなんか見ている。

プルートーズからは、メールにも電話にもまったく反応がない。あいつらはデッカーじゃないかららそれほど心配はしていないけど、せめて警察がまだ俺を追っているかどうかくらい誰か知らせてくれてもいいんじゃないのか？　きっとみんな眠りこけているんだろう。目の前にベッドがあったら、俺もひと眠りしたい。ひじかけ付きの椅子でもいい。ふたりが腰かけたらいっぱいになるこのロビーベンチじゃ、横になるのは無理だ。かといって、ひざを抱えた胎児スタイルで寝るのはごめんだ。俺らしくない。

インスタグラムをスクロールして、マルコムのアカウント（@manthony012）から新しい投稿がないか見ている。あいつの名前が入ったコカ・コーラのボトルの写真が九時間前にアップされてから、なんの投稿もない。マルコムはペプシ対コカ・コーラ世界大戦ではペプシ派のくせに、食料雑貨店の冷蔵庫に自分の名前が入ったボトルが並んでいるのを見て、うれしさのあまり買わずにはいられなかった。あのけんか以前は、彼をコーラ以上に興奮させるものはカフェインしかなかった。

ペックとのあの一件を〝けんか〟と呼ぶべきじゃないだろう。馬乗りで押さえつけられたペックは、俺をただの一発も殴り返せなかった。

俺はいま、エイミーに謝罪のメールを打っている。とはいえ、本気で悪いと思ってるわけじゃない。こうなったのも、彼女のクソ彼氏がよりによって俺の葬儀の最中に警察を送りこんできやがったせいだ。そのとき、マテオが危ういほどのスピードで階段を駆けおりてきた。そのまま玄関に向かって突進していく彼に追いつく。大泣きしたいのを必死にこらえているように、目が真っ赤で息が荒い。

「だいじょうぶか？」

ばかな質問だ、どう見てもだいじょうぶじゃない。

「ううん」と答え、マテオはロビーのドアを押し開ける。「リディアが追いかけてこないうちに行こう」

俺だって、さっさと次に進みたい。けど、マテオが〝だんまりモード〟のままじゃ一緒に楽しめない。俺は自転車を押し、彼と並んで歩く。

「なあ、ぜんぶ吐き出してすっきりしろよ。丸一日、そうやって悶々と過ごすのか？」

「丸一日なんてないよ！」

一八歳で死ぬことにようやく怒りをおぼえたみたいに、マテオが声を荒らげる。こいつも胸のなかで怒りの炎を燃やしていたんだな。マテオは立ち止まり、歩道の縁石に腰をおろした。苦しみから逃れるために車に轢き殺されるのを待っているのか？　無謀すぎる。

俺は自転車のキックスタンドをおろし、わきの下を持ち上げるようにしてマテオを立たせ、縁石から離れたところの壁にふたりでもたれる。外に出てくるのがよほどいやだったのか、彼は震えていた。マテオはずり落ちるように地面に腰をおろし、俺も一緒に座る。彼はメガネをはずし、抱えたひざに額をのせた。

「言っとくけど、感動的な言葉なんかかけないぞ。ガラじゃないし、そんなつもりもない」俺はもっとマシなことが言えないのか。

「だけど、おまえが落ちこむ気持ちはわかるよ。ありがたいことに、まだ選択肢はある。父親か親友のところに戻りたいんなら、引き留めない。俺を厄介払いしたいなら、あとは追わない。最後の一日なんだから好きなように生きればいい。だけど、人生を楽しむ手助けが必要なら、俺が引き受ける」

マテオが顔を上げ、ちらりとこっちを見る。

「僕にはすごく感動的に聞こえたけど」

「だよな。失敗した」

俺はメガネのマテオのほうが好きだけど、メガネなしも悪くない。

「で、どうしたい？」

もう俺はいらないって言うなら仕方がない、こっちは次の行動を考える。だけどプルートーズがどうしてるのか探りたくても、まだ警察が張ってるのかわからない以上、こっそりホームに戻るわけにもいかない。

「僕はこのまま前に進みたい」とマテオが答える。

「いい選択だ」

マテオはまたメガネをかける。そして彼は新たな視点で世界を見つめ直す――というベタな展開になるかどうかはわからない。俺はただ、最後の一日をひとりで過ごさずにすんでほっとしている。

「さっきは大きな声を出してごめんね」とマテオがあやまる。「リディアにお別れを言わなかったのは、いまでも正しかったと思ってる。でもきっと、そのことを一日中後悔し続けるんだろうな」

「俺も仲間たちに何も言えなかった」

「葬儀のとき、何があったの？」

正直になれとか、ぜんぶ吐き出せとかさんざん言っておきながら、俺のほうが正直に打ち明けられずにいる。

「途中で邪魔が入って、それっきり仲間たちと連絡がつかなくなった。何か言ってきてほしい、そうしないと……」

指の関節をポキポキ鳴らしていると、車が数台通り過ぎていった。

「俺が無事だってことを知らせたいんだ。もう死んだのかまだ生きてるのかがわかるようにしたい。とは言っても、ついに何かが起きるまでずっとメールを打ち続けるのは無理だ」

「〈カウントダウナーズ〉のプロフィールを設定するといいよ」とマテオが提案する。「僕はいろんな投稿を読んでたから、ナビゲートの仕方ならまかせて」

なるほど。その論理でいくなら、いろんなポルノ動画を見てきた俺はセックスの達人ってことになる。

「そういうのは苦手なんだ。タンブラーもツイッターもやってないし。やるのはインスタグラムだけ。始めてまだ二、三カ月くらいだけど、けっこうハマってるよ」

「きみのアカウント、見てもいい？」

「もちろん」

俺はマテオにスマホを渡す。

どこの誰に見られてもかまわないから、俺はプロフィールを公開している。とはいえ、目の前で自分の写真を次々に見られるのは別だ。まるで丸裸にされたみたいな、シャワーから出てきて腰にタオルを巻くところを見られているような気分だ。最初のころに撮った写真は照明が暗くていかにも素人っぽいけど、編集をしてないわりには上出来だろう。

「なんでぜんぶ白黒なの？」

「アカウントをつくったのは、里親ホームに来て数日後だった。マルコムっていうやつが、俺のこの写真を撮ったんだ、ほら……」

俺はマテオの横に行って、最初のころの写真までスクロールする。自分の汚れた爪が気になったのもほんの一瞬で、あとは平気になった。ベッドに腰かけて両手で顔を覆っている写真をタップする。これを撮ったのもマルコムだ。

「これは、ホームに来て三日目か四日目の晩の写真だ。みんなでボードゲームをやってて、俺は頭が混乱してた。こんな楽しい時間を過ごしてていいのかって罪悪感が——違う、いまのはナシ。めちゃくちゃ楽しくて、それでよけいに頭がごちゃごちゃになって。なんにも言わずに部屋を出ていったら、なかなか戻ってこないのを心配してマルコムが探しにきて、俺の泣いてる姿を撮った」

「なんで？」

「人の成長を追うのが好きらしい、体の成長だけじゃなく。マルコムは自分に厳しいけど、ほんとはものすごく頭がいいやつなんだ」

本当言うと、何週間かたって初めてその写真を見せられたとき、こそこそ撮りやがってと、俺はマルコムのデカいひざを蹴とばした。

「写真が白黒なのは、家族が死んで、俺の人生は色を失ったからだ」

「自分の人生を生きているけど、それは家族の人生でもあるってこと？」

「そういうこと」

「インスタを始める人って、ただインスタをやることが目的なのかと思ってた」

俺は肩をすくめる。

「レトロな発想だな」

「きみの写真もレトロな感じだね」

そう言ってマテオは体をずらし、大きな目で俺を見つめる。初めて見せた笑顔は、まるでデッカーらしくなかった。

「〈カウントダウナーズ〉のアプリがなくても、ここになんでも投稿できるよ。ハッシュタグもつけられるし。でも、きみが生きて活動している姿を投稿するなら、カラーにしたほうがいいと思う……それがプルートーズの記憶に残るんだから」

ふと、マテオの顔から笑みが消える。そういう日だから仕方がない。

「いまのは忘れて。つまんないこと言っちゃった」

「つまんなくなんかない。いいアイデアだ。プルートーズは俺と一緒に過ごした日々を白黒写真で振り返る。そっちは落ち着いた歴史書みたいな感じだ。で、俺のエンド・デーのほうはカラーのままでいこう。ここに座ってる写真、撮ってくれよ。ひょっとするとこれが最後の投稿になるかもしれないし、みんなに俺の生きてる姿を見せてやりたい」

自分が写真に写るみたいに、マテオがまた微笑む。そして立ち上がり、俺にカメラを向けた。

俺はなんのポーズもとらず、ただ壁にもたれて座っている。勇気を出して前に進むとラストフレンドに決心させた場所。そして彼が、俺のプロフィールに生き生きとした色彩を与えるアイデアをくれた場所。俺はにこりともしない。ろくに笑顔なんか見せなかった俺が、いまさら微笑むのもおかしい。あいつらに別人みたいな顔なんか見せたくない。

「撮ったよ」とマテオがスマホをさし出す。「気に入らなければ撮り直すから」

写真写りを気にするほど、俺は自意識過剰じゃない。それでも見てみると、驚くほどいい写真が撮れていた。マテオがカメラにおさめた俺は、さびしげで、どこか誇らしげだ。オリヴィアが高校を卒業した日、両親もこんな顔をしていた。写真には自転車の前輪もさりげなく写りこんでいる。

「サンキュー！」と礼を言って、なんの加工もせずにそのままアップする。〈#エンド・デー〉とキャプションをつけようかとも思ったけど、「それは大変、安らかに眠って‼」みたいな同情もどきのコメントなんかほしくないし、死をジョークにした荒らしコメントも迷惑だ。それに、今日が俺のエンド・デーなのは、大事な人たちはもう知っている。

できるなら、本来の俺としてみんなの記憶に残りたい——正当な理由もなしに誰かの顔をさんざん殴りつけた男としてじゃなく。

ペック（パトリック・ギャヴィン）

七時〇八分

デス＝キャストは〝ペック〟ことパトリック・ギャヴィンに電話しなかった。今日、彼は死なないからだ。もっとも、彼を攻撃している相手が通告の電話を受けるまで、ペックは自分に死の通告が来るんじゃないかと思っていた。

彼は家に帰り、痣になった部分に凍ったハンバーガーパテを押し当てている。肉のにおいがするが、片頭痛はおさまりつつあった。

通りにエイミーを残して帰ってくるべきではなかったが、会いたくないと言われたし、彼女に対する不満もある。ペックは古いスマホを使ってエイミーに電話をかけたが、延々と口論が続くばかりで、しまいにエイミーのほうが疲れ果てて意識が朦朧《もうろう》とし始めた。なんとかしてもう一度ルーファスに会って彼のエンド・デーを一緒に過ごしたいとエイミーが言ったとき、ペックは一方的に電話を切らずにはいられなかった。

ペックには、ルーファスのような人間を相手にするときの〝やり方〟がある。誰かにコケにされたときに役立つ方法が。

ひと眠りしたら、ペックには考えるべきことがたくさんあった。彼が目覚めたときにルーファスがまだ生きていたら――事態はルーファスにとって良からぬ方向に動きつつあった。

ルーファス
七時一二分

スマホが振動し、やっとプルートーズから連絡が来たと思ったら通知音が鳴り、期待が打ち砕かれる。マテオも自分のスマホをチェックすると、**「メイク・ア・モーメントが近くにあります。この先一・二マイル」**という、俺に来たのと同じ通知が届いていた。今日ふたりがそろって受け取った、ふたつ目のメッセージだ。

「なんだよ、これ」俺は思わず舌打ちをする。

「聞いたことない？　去年の秋にできたんだよ」

「ない」

マテオの言葉をいいかげんに聞き流し、なんでプルートーズから反応がないんだろうと思いながら通りを進んでいく。

「難病の子どもたちの夢をかなえるメイク・ア・ウィッシュっていう財団があるよね」とマテオが説明する。「メイク・ア・モーメントはそのデッカー版。ちょっとしたバーチャルリアリティ設備があって、スカイダイビングとか、レーシングカーの運転とか、ほかにも危険すぎてエンド・デーに挑戦できないことを、デッカーはそこでバーチャル体験してスリルを味わえるんだ」

「ってことは、メイク・ア・ウィッシュをパクって、ショボくした感じか」

「そこまでひどくないと思うよ」

見逃しているメッセージがないか、スマホをまたチェックする。縁石から車道に踏み出そうとしたとき、マテオが俺の前に腕を出し、強く制止した。

俺が右を見ると、彼も右を見る。俺が左を見ると、彼も左を見る。

車が一台も走っていない道は、しんと静まりかえっている。

「道の渡り方くらい知ってる」と俺が言う。「生まれてからずっと歩き回ってたようなもんだからな」

「でも、いまスマホを見てたよね」

「車なんか来ないってわかってたからだ」

道の渡り方は体がおぼえている。車が来なければ渡る。来たら渡らないか——急いで渡る。

「ごめんね」とマテオがあやまる。「今日という日を少しでも長引かせたくて」

不安でピリピリしているのはわかる。それでも、どこかで腹をくくらなきゃいけない。

「わかったよ。でも歩きか？　こいつがあるのに」

そこでまた左右を見て、誰もいない道を横断する。ナーバスになるとしたら、沈んでいく車のなかで家族が溺れ死ぬのを見たやつのほうだろう。俺はあのときの悲しみを克服できず、平気な顔をして車に乗るには、あと数年は必要だったと思う。その点マルコムは、自宅の火事で両親を失ったくせに暖炉が好きだ。俺はそんなふうにはなれない。それでもマテオみたいに、右を見て左を見て、左を見て右を見て、それでやっと道を渡るようなことはしない。まるで左右を確認してからわずか〇・五秒のうちに九九パーセントの確率で車がどこからともなくあらわれ、俺たちを轢き殺すとでも言わんばかりだ。

マテオのスマホが鳴る。

「メイク・ア・モーメントのコールセンターからじゃないか？」

マテオは首を横に振る。

「リディアがおばあさんの携帯からかけてきた。出るべきなのか……」

迷いながらも、結局は出ずにスマホをポケットにしまう。

「彼女も考えたな。でもさ、そうやっておまえに連絡しようとしてくれてるじゃないか。それにひきかえ、俺の友だちは誰も何も言ってこない」

「あきらめないで」

もちろんだ。俺は自転車を壁に立てかけ、ビデオ通話アプリの〈フェイスタイム〉でマルコムとタゴエを呼び出す。ふたりとも応答はない。次にエイミーを呼び出す。あきらめて切り、俺が中指を立てている写真をプルートーズ全員に送ってやろうと思ったそのとき、エイミーが応答した。息が上がり、張りつめた目をして、髪の毛が額にはりついている。エイミーは自宅にいた。

「爆睡してた！」と頭を振る。

「いま何時……ああ、まだ生きてる。ルーファス……」エイミーが一瞬俺から目を離し、半分だけ映っているマテオの顔をじっと見つめる。スマホのカメラは窓で、そこからのぞきこめばこっちがよく見えるかのように、カメラに顔を近づけてくる。俺も一三歳のころ、雑誌を見ていてスカートをはいた女の子や半ズボンをはいた男子の写真を見つけると、その下がどうなっているのか見ようと雑誌を傾けたりしていた。

「その人は？」

「こいつはマテオ。俺のラストフレンド」

そう紹介すると、マテオが手を振る。

「彼女は友だちのエイミー」

俺のハートにボディスラムを食らわした相手だなどとは言わずにおく。この場を気まずい雰囲気にしたくない。

「ずっと電話してたんだぞ」

「ごめん。あんたが出てってから大変なことになって」と、こぶしで目をこすりながらエイミーが言う。

「あたしもうちに帰ったのが二時間くらい前で、スマホがバッテリー切れで充電してたら、復活する前に寝ちゃってた」

「何があったんだ？」

「マルコムとタゴエが逮捕された。警官に食ってかかって、それにペックが、あんたと一緒にいたんだから、ふたりも同罪だって――」

ここから動かずにいてくれと言って、俺は急いでマテオから離れる。彼はひどく怯えた表情をしていた。これでもう、俺はヤバいやつかもしれないという疑念を墓まで持っていってくれることはないだろう。

「だいじょうぶなのか？　どこの警察だ？」

「わかんない。でもルーフ、最後の一日を留置場で過ごしたくなかったら、ふたりを探しにいっちゃだめだよ。留置場なんかに入ったら、どんなひどい目にあうかわかんないんだからね」

「嘘だろ、あいつらは何もやってない！」

こぶしを振り上げ、そばにある車の窓に叩きつけそうになって、思いとどまる。違う、そんなのは俺じゃない、絶対に。俺は物を叩き壊したり人を殴ったりするような人間じゃない。ペックのことは魔がさしただけだ。

「ペックはどうした？」

「家までついてきそうだったけど、話す気になれなかった」

「じゃあ、あいつとは別れたんだな？」

エイミーは答えない。これがビデオ通話じゃなく電話なら、表情を見てがっかりすることもなかったはずだ。顔が見えなきゃ、きっと彼女はいま電話の向こうでうなずいている、まだ別れていなくても、別れる決心はついていると勝手に思いこめただろう。ところが、目の前のエイミーはとてもそうは見えない。

「いろいろややこしいの」

「俺と別れたときは、ややこしくなんかなさそうだったけどな。その屁理屈《へりくつ》も最低だけど、プルートーズを見捨てて、あいつらを留置場に追いやったパンク野郎の肩を持つなら、それ以上の裏切りはないぞ。俺たち四人は固い絆で結ばれてたんじゃないのか？　そこから俺はもうすぐいなくなる。その俺に向かって、これからもあのクソ野郎と一緒にいるって言うんだな？」

俺の心にボディスラムをかけてきたこの少女は、自分の心なんかとっくの昔に引き裂いてしまったんだろうか。

「あいつらにはなんの罪もないんだぞ」

「ルーファス、ふたりが完全に潔白じゃないって、あんたもわかってるでしょ？」

「もういい、じゃあな。俺は本当の友だちのところに戻るよ」

お願いだから切らないでと懇願されても、容赦なく通話を切る。俺がばかなことをしたせいで仲間が勾留されているのも信じられないし、エイミーがもっと早く知らせてこなかったのも信じられない。

マテオに洗いざらい打ち明けようと振り向くと、そこに彼の姿はなかった。

エイミー・デュボワ
七時一八分

ルーファスに電話をかけ続けていたエイミーは、ついにあきらめる。彼が電話に出ない理由として考えられる説明は三つあり、最も希望が持てるものから最悪の事態まで順に並べるとこうなる。

(1)彼はエイミーを無視しているが、いずれ折り返しかけてくる。
(2)彼はエイミーの番号をブロックし、自分からかける気はない。
(3)彼は死んでしまった。

エイミーはルーファスのインスタグラムを見て、投稿された写真に「電話をください」とコメントを残す。それからスマホを充電し、通知音量を上げ、ルーファスの古いTシャツと自分の短パンに着がえる。

プルートーズの一員になってから、エクササイズがすっかり習慣化していた。もともとは里親夫妻の部屋にしのびこんだのがきっかけだった。自分をあまり歓迎してくれなかったフランシスから何か盗み取ってやろうと物色していたとき、ジェン・ロリのベッドの横にダンベルがあるのを見つけ、ちょっと持ち上げてみた。エイミーの実の両親はふたりで強盗を働き、いまは刑務所にいる。盗癖はその両親の影響だが、人のものを盗むよりも自分の体を鍛えるほうがよりパワフルな気分が味わえることをエイミーは知った。

ルーファスに自転車で伴走してもらいながら走っていた日々が、すでに恋しい。

正しい腕立て伏せのやり方をルーファスに教えたときのことも、エイミーは一生忘れないだろう。

これから何が起きるのか、彼女には想像もつかなかった。

⏳

マテオ
七時二二分

僕は通りをひたすら走り、ルーファスからだいぶ遠ざかった。

ラストフレンドはいなくなってしまったけど、ずっとひとりぼっちだった人間にとっては、ひとりで死ぬエンド・デーも悪くないのかもしれない。

友だちが逮捕されるって、ルーファスはいったいどんな悪事に関わっていたんだろう。彼は僕を何かのアリバイに利用しようとしていたのかもしれないけど、僕はもういない。

立ち止まって呼吸を整え、託児所の玄関口の階段に腰かけて、痛むあばらに手を押し当てる。

うちに帰ってゲームでもしたほうがいいのかもしれない。もっと手紙を書いてもいい。また高校生に戻って、カランプーカス先生の授業に出たいとさえ思う。先生はいつだって、僕をちゃんと見てくれていたから。ただ化学物質を混ぜ合わせながらメールばかり打っている生徒たちと一緒に実験室にいるのは恐ろしかった。エンド・デーでもなんでもなかったときでさえ、怖かった。

「マテオ！」

ルーファスが自転車でこちらに向かってくる。ハンドルにぶら下げたヘルメットが揺れている。

立ち上がってまた歩きだしたけど、無駄だった。ルーファスは僕の横で自転車を止め、左脚を後ろに大きく振って飛びおりる。自転車が地面に倒れるのと同時に、ぐいと腕をつかまれた。僕をじっと見つめるその目から、怒っているんじゃなく怯えているんだとわかったとき、彼に殺されることはないと確信した。

「おまえ、なに考えてんだよ？　俺たちは離れちゃだめなんだ」

「だったらきみだって、得体の知れない他人のままじゃだめだと思うよ」

僕はそう言い返す。僕たちはもう何時間も一緒にいる。行きつけの軽食堂《ダイナー》で、もし将来があるなら何になりたかったかを彼は語ってくれた。でも――。

「きみはどうやら警察から逃げてるみたいだし、そのことを何も話してくれていないじゃないか」

「警察がほんとに俺を追ってるのかどうかはわからない。俺がデッカーなのは知ってるはずだし、別に銀行強盗をしたわけでもない。だから全力で俺を探すわけはないんだ」

「いったい何をしたの？」

ルーファスは僕の腕を放し、あたりをうかがう。

「どこかに行って話そう。最初からぜんぶ正直に話す。俺の家族を奪った事故のことも、ゆうべ俺がどんな愚かなことをしでかしたかも。もう何も隠さないよ」

「ついてきて」

場所は僕が選ぶ。彼のことはだいたい信じてるけど、すべてを知るまでは、もうふたりきりになりたくない。

無言のままセントラルパークに入っていく。すれ違う人たちは、僕たちに負けず早起きだ。ここならサイクリングやジョギングをしている人がたくさんいるから安心だし、特にルーファスが僕から離れて芝生の上を歩きだしてからは、なおさら安心感が高まった。芝生ではゴールデンレトリーバーが飼い主を追いかけている。その犬を見て、通告を受けたときに読んでいた〈カウントダウナーズ〉の投稿を思い出したけど、同じ犬じゃないのは確かだ。

最初のうち、僕が無言のままでいたのは、まずどこかに落ち着いてからルーファスの話を聞きたかったからだ。だけど公園の奥へ入っていくにつれて、ますます言葉を失っていった。それは純粋に驚きのせいだ。特に『ふしぎの国のアリス』のキャラクターのブロンズ像が目の前にあらわれたときは驚いた。深緑色の木の葉を踏みしめながら、僕はアリスと白ウサギ、いかれた帽子屋《マッドハッター》に近づいていった。

「これ、いつからここにあるんだろう？」

そう訊いて恥ずかしくなる。どう見ても新しいものじゃない。

「さあ。ずっと前からじゃないか？　見たことないのか？」

「ない」と答え、巨大なキノコに腰かけているアリスを見上げる。

「ほんとか？　この街に住んでるくせに、まるで観光客だな」

「でも、じつは観光客のほうがこの街のことをよく知ってるかもね」

本当に思いがけない発見だった。父さんも僕もアルシアパークのほうが好きだったけど、セントラルパークにもよく来ていたのに。父さんは、ここで上演されるシェイクスピア劇が大好きだった。僕は演劇にはあまり興味がないけど、一度だけ一緒に観にきてみたら楽しかったのをおぼえている。僕が好きなファンタジー小説に出てくる円形舞台や、映画で見る古代ローマの剣闘士の戦いを連想させる舞台だったからだ。このブロンズ像も、もし子どものころに見つけていたら、アリスと一緒にキノコに乗って、僕だけの冒険の物語をつくりあげただろう。

「今日初めて知ったんなら、来た甲斐があったな」

「そうだね」

この像がずっと前からここにあったなんて、驚きだ。公園なんて木々や噴水、遊び場くらいしかないと思っていた。だけどじつは、こんな思いがけないものもあった。だったら僕にだって、みんなが驚くような意外な一面があるのかもしれない。そう思うと希望が湧いてくる。

どんな驚きでも歓迎というわけじゃないけど。

僕は白ウサギの横のキノコに座り、ルーファスは帽子屋の隣に腰かける。彼が黙っていると気まずくて、歴史の授業でデス＝キャスト以前の大きな出来事を振り返ったときのことを思い出した。

ポーランド先生はよく、デス＝キャストのサービスがあるいまは「本当に恵まれている」と言っていた。先生は僕たちにレポート課題を出して、たとえばペストの流行や世界大戦、9・11など大量に人が死んだ時期に、もしもデス＝キャストがあって死を予告していたら人々はどう行動したか、考えをまとめさせた。正直、その課題をやったことで、革新的な進歩を遂げた時代に育ったことが、なんだか申し訳なく思えた。いまなら治療薬もあるありふれた病気で、昔はたくさんの人が死んでいた、そんな状況に似ている。

「きみは誰かを殺したんじゃないよね？」

ついに訊いた。僕をこの場に引き留める答えはひとつしかない。それ以外の答えなら警察に通報して、さらに誰かを殺す前に彼をつかまえてもらう。

「殺すわけないだろ！」

僕はバーをかなり高く設定したから、彼は余裕でその下にとどまることができた。

「じゃあ何をしたの？」

「襲撃した」

ルーファスは小道のわきに止めてある自転車をまっすぐ見つめている。

「エイミーの新しい彼氏だ。そいつにいろいろ言いふらされて頭にきて……いろんな意味で、俺はもうおしまいだと感じてた。いらない人間なんだと。失望し、途方に暮れて、誰かに八つ当たりせずにいられなかった。だけどそれは本当の俺じゃない。どうかしてたんだ」

僕はその言葉を信じる。彼はモンスターのような人間じゃない。そんな人がわざわざ僕の家まで来て、人生を楽しめるように手を貸したりはしない。モンスターなら僕をベッドに追いこんで生きたままむさぼり食っただろう。

「誰にだって間違いはあるよ」

「俺のせいで仲間たちが罰を受けてるんだ。警察が来て、俺は自分の葬儀の途中で裏口から逃げた。それが俺の最後の姿としてあいつらの記憶に残るんだろうな。俺は仲間を置いて逃げた……。この四カ月、俺は死んでいった家族に見捨てられたような気持ちで過ごしてきた。その俺が一瞬にして、新しい家族を見捨てる側になってしまった――」

「言いたくなければ、事故のことはそれ以上話さなくていいよ」もうすでに罪悪感に苦しんでいるのに、僕の信頼を失わないためにさらに苦しむ必要なんかない。施《ほどこ》しをするべき相手かどうか判断するためにホームレスの人から事情を聞き出したりはしない。それと同じだ。

「話したくはない」とルーファスは言った。「それでも話さなくちゃいけない」

ルーファス
七時五三分

ラストフレンドがいてよかった。仲間が勾留され、元カノをブロックしたいまとなってはなおさらだ。俺はやっと家族のことを人に語れるようになった。

空には雲が広がり、風も強くなってきた。それでもまだ雨はぱらついてこない。

「五月一〇日に、両親はデス＝キャストからの電話で目を覚ました」

ここまで話しただけで、もうかなりつらい。

「トランプで遊んでたオリヴィアと俺は、電話が鳴るのを聞いて両親の寝室に飛んでいった。電話に出ているおふくろは冷静だったけど、おやじは部屋の反対側で、スペイン語で悪態をつきながら泣いてた。おやじが泣くのを初めて見たよ」

痛々しかった。おやじは人一倍マッチョな男じゃなかったけど、俺はそれまで、泣くのは女々しい行為だと思っていた。だけど大間違いだった。

「そのうち、デス＝キャストのヘラルドがおやじに電話を代わってくれと言いだして、おふくろもついに怒りを爆発させた。まさしく悪夢そのものだよ。半狂乱になった親を見るのは恐ろしかった。

俺はうろたえながらも、まだオリヴィアがいる、そう信じてた」

ひとりぼっちにはならないと。

「ところが、こんどはオリヴィアに代わってくれと言われて、おやじは電話を切り、部屋の向こう側に投げつけた」

俺たち親子は、電話を投げつける遺伝子を持っているらしい。

マテオが何か訊きかけて途中でやめる。

「言えよ」

「だいじょうぶ、たいしたことじゃないんだ。ただ、きみはその日、自分もエンドリストに入っているのかどうかわからなくて不安じゃなかったのかなと思って。オンライン・データベースを調べたの？」

俺はうなずく。そういうときにはデス＝キャストのサイトが役に立つ。その晩、社会保障番号を入力して自分の名前がデータベースにないとわかったときは、ほっとしたような妙な気分だった。

「だけど、家族が俺だけを残して死ぬのはずるいと思った。こう言うと、家族旅行に自分だけ連れてってもらえなかったみたいに聞こえるよな。エンド・デーはみんなで過ごしたけど、すでに取り残された気分だった。オリヴィアはまともにこっちを見ようともしないし……」

もちろん、俺が生き残るのは俺のせいじゃないし、オリヴィアが死ぬのもオリヴィアのせいじゃない。

「ふたりは仲が良かったの？」

「めちゃくちゃ良かった。オリヴィアのほうがひとつ年上で、この秋にふたりそろってロサンゼルスのアンティオーク大学に行けるように、親は貯金してたんだ。オリヴィアは学費の一部が支給される奨学金をもらえるはずだったけど、俺が一緒に進学できるようになるまで離ればなれになるのがいやで、地元に残ってコミュニティカレッジに通ってた」

ペックを殴りつけていたときみたいに、胸がしめつけられる。嫌いだったこの街の学校になんか入らずに、先にロサンゼルスに行けと親に説得されても、オリヴィアはうんと言わなかった。親の言うとおりにしていれば、まだ生きていたかもしれない——朝も、昼も、夜も、そのことを考えないときはない。オリヴィアは、俺と一緒に人生を再起動《リブート》しようとしていた。

「俺が最初にカミングアウトした相手はオリヴィアだった」

「えっ……」

俺が〈ラストフレンド〉のプロフィールに書いたことに気づいていないふりをしているのか、俺と姉貴の話に衝撃を受けたのか。それとも、プロフィールのその部分を本当に見落としていた、ひ・・・・・・・・とのキスの相手が気になるまぬけ野郎なのか。そうでないことを祈る。俺たちはもう友だちだ、それは間違いない。無理やり友だちにさせられたわけじゃない。俺が数時間前にこいつと出会ったのは、どこかのクリエイティブな誰かがアプリを開発してくれたおかげだ。せっかく築いた関係を壊したくはない。

「何か言いかけたんじゃないのか？」

「なんでもない。ほんとに、なんでも」

「ちょっと訊いてもいいか？」

この問題は早いとこ片づけてしまおう。

「親にも打ち明けたの？」とマテオが訊く。質問を別の質問で封じる常套《とう》手段だ。

「ああ、一緒に過ごす最後の日に話した。それ以上は先延ばしできなかったからな」

エンド・デーにしてくれたようなハグを、それまで両親からしてもらったことはなかった。それだけでも、正直に話してよかったと思う。

「未来の〝義理の娘か息子〟にはもうけっして会えないんだと、おふくろはすごく残念がってたよ。俺はまだきまりが悪かったから、ただ笑って、家族全員でやりたいことはないかとオリヴィアに訊いた。俺への反感がそれで少しはやわらぐだろうと思ったんだ。ところが両親は俺を置いていこうとした」

「きみを思ってのことだよね？」

「ああ。だけど俺は一分でも一秒でも長く一緒にいたかった。目の前で家族全員が死んでいった記憶がずっと残ることになってもかまわないと思った。その程度にしか考えてなかったんだ」

そんな愚かさも、家族と一緒に消え去った。

「それで、どうしたの？」

「細かいところまで聞かなくていいんだぞ。知らないほうがいいかもしれない」

「きみがそれを背負い続けるのなら、僕も一緒に背負うよ」

「おまえが話せって言うから話すんだぞ」

俺は彼にすべてを語った。オリヴィアは、最後にもう一度あの山小屋に行きたいと言い出した。オールバニーの近くにあるその山小屋は、毎年みんなでオリヴィアの誕生日を祝った場所だ。ところが北に向かう途中、すべりやすい道で車がスリップし、ハドソン川に突っこんだ。そのとき俺は助手席に座っていた。両親がそろって前の席にいないほうが、車が正面衝突しても生き残れる可能性が高いと考えたからだ。だけど席は関係なかった。

「何かを変えても結果は同じだ」

俺はマテオにそう言って話を続ける。タイヤがキーッと甲高い音をたて、車はガードレールを突き破って川に転落した。

「ときどき、家族の声が思い出せなくなる」

あれからまだ四カ月しかたっていない。それでも、本当に思い出せないことがある。

「身近にいる誰かの声と混じってしまうんだ。そのくせ、悲鳴だけははっきりと耳に残ってる」

それを考えただけで腕に鳥肌が立ってくる。

「もういいよ、ルーファス。ごめんね、話してなんて言わなければよかった」

マテオも結末はわかっている。だけど話はそれで終わりじゃない。それでも話すのをやめたのは、だいたいのところは伝わったはずだし、俺もちょっとだけ泣いていたから、彼を動揺させないように気持ちを落ち着かせる必要があったからだ。マテオが俺の肩に手を置き、そっと背中を叩いてくれた。これまでメールやフェイスブックで俺をなぐさめようとした大人たちのことを思い出す。大切な人を失った経験のない彼らは、どんな言葉をかけ、何をすればいいのかわからずにいた。

「だいじょうぶだよ。何かほかのことを話そう。たとえば……」そう言って、マテオはまわりを見回す。「鳥とか、いまにも崩れそうな建物とか――」

俺は背筋をぴんと伸ばす。

「まあそんなこんなで、マルコム、タゴエ、エイミーと出会って、プルートーズになったわけだ。俺にはそういう仲間が必要だった――四人ともつらい状況だったけど、一緒なら平気でいられた」

握ったこぶしで涙をぬぐい、マテオのほうに体をずらす。

「こんどはおまえと、死ぬまで一緒だ。もう逃げるなよ。じゃないと誰かにさらわれて、低俗なスリラー映画の元ネタにされるぞ」

「どこにも行かないよ」と、マテオがやさしく微笑みかける。「これからどうする？」

「なんでもいいからやってみよう」

「じゃあ、楽しいときを過ごし《メイク・ア・モーメント》に行ってみる？」

「もうとっくに楽しんでるつもりだったけどな。いいよ、行ってみよう」

マテオ
八時三二分

メイク・ア・モーメントに向かう途中、スポーツ用品店の前でルーファスが立ち止まる。ショーウィンドウには自転車に乗る男性やスキーウェア姿の女性、並んで走る男女のポスターが貼られていて、みんな汗ひとつかかず優雅に微笑んでいる。

ルーファスがスキーウェアの女性を指さして言った。

「スキーをしてる人たちの写真を撮って、いつもオリヴィアに送ってた。うちは毎年、ウィンダムにスキーに行ってたんだ。最初の年に、おやじが岩に突っこんで鼻の骨を折った。デス＝キャストからの電話は来なかったけど、死ななかったのが不思議だよ。次の年にはおふくろが足首をねんざして、二年前には俺が、斜面をすべりおりたあと脳震盪《しんとう》を起こした。止まるのが苦手な俺は、子どもにぶつかる寸前に左にそれて、マンガのキャラクターみたいに木に激突したんだ。それでも懲りずにまた行くって、ばかな一家だと思うだろ？」

「確かにきみの言うとおり、懲りずにまた行っちゃう理由がわからないね」

「俺が入院したあと、オリヴィアはもう絶対に行かないと言い張った。だけどやっぱり、チャンスさえあれば一家そろってウィンダムに行った。俺たちは山を愛し、雪を愛し、そして山小屋の暖炉の前でゲームをするのが大好きだった」とルーファスが語り続ける。「これから行く場所も、あの山小屋みたいに安らげる楽しい場所だといいな」

数分後、メイク・ア・モーメントに到着した。ルーファスは建物の前で立ち止まり、エントランスの部分と、ドアの上に掲げられた〈ノーリスクで味わうスリル！〉という青い垂れ幕《バナー》の写真を撮り、それをフルカラーでインスタグラムにアップした。「ほら」と僕にさし出すスマホを見ると、前にアップした写真へのコメントが表示されていた。

「俺がなんでこんなに早起きしてるのか、みんな不思議がってるよ」

エイミーからも、お願いだから電話に出てというコメントが入っていた。

「エイミーと何があったの？」

ルーファスはかぶりを振る。

「彼女とはもう縁を切った。自分の彼氏のせいで、俺の身代わりにマルコムとタゴエが勾留されてるってのに、まだそいつとつきあってる。誠意ってものがない」

「そう思うのは、彼女に対してまだ特別な思いがあるからじゃない？」

「違う」と答え、ルーファスはパーキングメーターに自転車をつなぐ。

それが本心かどうかはどうでもいい。

僕はもうそれ以上は訊かず、一緒に建物のなかに入っていく。

予想に反して、そこは旅行代理店みたいな場所だった。受付カウンターの奥の壁は、半分がサンセットオレンジ、もう半分がミッドナイトブルーで、ロッククライミングやサーフィンをはじめ、いろんなアクティビティをする人々の写真が飾ってある。なかなか楽しそうだ。カウンターにいる二〇代の若い黒人女性が僕たちに気づき、ノートに何かを書いていた手を止める。黄色いポロシャツの胸のネームプレートには「ディアドリ」とある。どこかで見たことのある名前だ。ファンタジー小説の登場人物かもしれない。

「メイク・ア・モーメントにようこそ」と言うディアドリの声は明るすぎもせず、そっけなくもなく、おごそかな感じがほどよく伝わってくる。彼女は僕たちがデッカーかどうかを尋ねもせず、バインダーをさし出した。

「〈熱気球に乗ろう〉と〈サメと泳ごう〉はいま、三〇分待ちです」

「嘘だろ、サメって……」ルーファスは僕のほうを向いてそう言ったあと、ディアドリのほうに顔を戻して訊いた。

「〈サメと泳ごう〉って、サメに襲われるのをリアルに体験するわけ？」

「そちらは人気のアトラクションなんですよ」とディアドリが答える。「絶対に嚙まれないなら、サメと泳いでみたいと思いませんか？」

「水にどっぷりつかるのはごめんだ」

ルーファスがぞっとしたようにそう言うと、ディアドリは彼がたどってきた道をすべて理解したかのようにうなずく。

「だいじょうぶですよ。ご質問があったらいつでもどうぞ」

ルーファスと僕は椅子に腰かけ、バインダーのページをめくる。〈熱気球に乗ろう〉と〈サメと泳ごう〉のほかにも、スカイダイビングやレーシングカーの運転、パルクール、ジップライン、乗馬、ベースジャンプ、ホワイトウォーターラフティング、ハンググライダー、アイスクライミングにロッククライミング、マウンテンバイクでのダウンヒルレース、ウィンドサーフィンなど、たくさんのアトラクションがあった。このビジネスはいずれ、フィクションの世界のスリルにも手を広げていくんだろうか。たとえば、追いかけてくるドラゴンから逃げたり、一つ目の巨人《キュプロス》と戦ったり、魔法のじゅうたんに乗ったり……。

でも僕たちは、もうそれを知ることができない。

そんな思いを振り払い、「マウンテンバイクをやってみたい？」とルーファスに訊く。彼は自転車が大好きだし、これなら水は関係ない。

「いい。どうせなら新しいことをやってみたい。スカイダイビングなんかどうだ？」

「危険だね。でもいいよ。もしものことがあったら、僕のことを語り伝えて」ノーリスクのスリルが約束された場所で死んだとしても、僕は驚かない。

「わかった」

ディアドリが、免責事項が書かれた六ページもある書類を僕たちに手渡す。デッカー向けのビジネスではめずらしくないけど、これを読み飛ばすデッカーもめずらしくないはずだ。だって、もし何か問題が起きたとしても、僕たちは訴えることなどできないんだから。不慮の事故はいつ起きてもおかしくない。一分でも長く生きていられるだけで、僕たちには奇跡なんだ。

ルーファスのサインはめちゃくちゃで、僕には最初の二文字しか読み取れず、残りの文字はただのくねくねした曲線にしか見えない。まるで不規則に上下する営業成績のグラフみたいだ。

「よし、サイン完了。これで死んでも文句は言えないぞ」とルーファスが言っても、ディアドリは笑わない。ひとり二四〇ドルの料金を支払う。かなり高い。ここで使わなければ預金が無駄になってしまう人に請求するなら、許されるぎりぎりの金額だ。

「こちらです」とディアドリが案内する。

長い通路は、父さんの職場の保管倉庫を思い出させた。もっとも、倉庫のなかからは楽しげな絶叫や笑い声なんか聞こえてこなかった。少なくとも、僕はそのどちらも聞いたことがない。ここの部屋はカラオケルームに似ているけど、なかには二倍か三倍くらい広い部屋もある。ピンボールみたいにジグザグの通路を進みながら各部屋の窓をのぞくと、ゴーグルをつけたデッカーたちが見えた。レーシングカーに乗っている人たちもいる。車は揺れていても、レーストラックを疾走しているわけじゃない。ひとりで〝ロッククライミング〟をしているデッカーもいて、同じ部屋でスタッフがスマホに何かを打ちこんでいた。別の部屋では熱気球に乗ったカップルがキスをしている。気球は二メートルくらいの高さに浮かんでいるけど、そこは大空ではない。また別の部屋では、ゴーグルをつけていない男の人が、馬に乗って笑っている女の子の背中にしがみついて泣いていた。どちらがデッカーなのかはわからない。もしかするとふたりともデッカーなのかもしれないけど、僕はすごく悲しい気持ちになって、もう部屋をのぞくのをやめた。

僕たちが案内されたのは、大きな窓のある、さほど広くない部屋だ。壁に安全マットが立てかけてあって、ちぢれた茶色の髪をポニーテールにした飛行士のような服装のインストラクターがいた。僕たちも同じような衣装とハーネスを身につけると、三人はまるでX-メンのコスプレをしているみたいだ。ルーファスがマデリーンというその若い女性インストラクターに頼み、僕たちの写真を撮ってもらう。肩に腕を回すべきかわからなかったから、彼のポーズをまねて両手を腰に当てた。

「これでだいじょうぶ?」とマデリーンがスマホをさし出す。

写真のなかの僕たちは、あらゆる悪から世界を救うまではけっして死なないと覚悟を決め、重要な任務に乗り出す飛行士のようだ。

「かんぺき」とルーファス。

「ダイビングしているところを、もっと撮ってあげるわよ!」

「そうしてもらおうかな」

マデリーンがアトラクションについて、ていねいに説明してくれた。ゴーグルをつけたらバーチャル体験が始まり、この部屋そのものにも、できるだけリアルに感じられるような工夫がこらされている。僕たちはハーネスを懸垂フックに固定してもらい、はしごをのぼって厚板に乗った。板はダイビングボードのように見えるけど、床からの高さは二メートルもない。

「準備ができたら、ゴーグルについているボタンを押してジャンプして」と言いながら、マデリーンは安全マットを引っぱってきて僕たちの下に敷いた。「これでだいじょうぶ」

彼女がハイパワー送風装置のスイッチを入れると風が起こり、室内が騒々しい音で満たされた。

「準備はいいか？」ルーファスが口の動きで僕に伝え、ゴーグルを目の位置におろす。

僕も同じようにゴーグルを下げてうなずく。レンズの横についている緑色のボタンを押すと、バーチャルリアリティがスタートした。僕たちは飛行機に乗っていて、開いたドアのところで立体映像の男が僕に向かって親指を立て、真っ青な大空に飛びこんでいけと合図している。僕がなかなかジャンプできずにいるのは、飛行機から飛びおりるのが怖いんじゃなく、目の前にある実際の空間に飛ぶのが怖いからだ。一〇〇パーセント安全だと思ってはいても、ハーネスが壊れる可能性だってある。

ルーファスが長い雄叫《おたけ》びを上げ、僕から少し離れたところで降下していったかと思うと、急に静かになった。

首がねじれた状態で床に倒れていませんようにと祈りながらゴーグルを上げてみると、彼は宙に浮かんだまま、送風装置からの風を受けて左右に揺れていた。こんな状態のルーファスを見たくはなかったけど、せっかくの体験が少しだけ台無しになったとしても、彼が無事かどうか確かめずにはいられなかった。ルーファスが経験した高揚感を僕も味わいたくて、またゴーグルをおろし、三つ数えてジャンプする。両腕をぎゅっと胸に引き寄せ、雲を突き抜けて急降下する――というよりも、無重力状態でトンネルスライダーを猛スピードですべりおりていくような感じだ。だけど実際は、そのどちらでもないんだろう。いくつも浮かぶ雲の端っこに触れようと手を伸ばす。本当に雲をつかみとって、雪玉のように両手で丸められそうな気がする。

数分後、魔法が少しずつ解け始めた。緑の野原がだんだん近づいてきたら、もうすぐ地上だ、また安全な場所に戻ってきたと、ほっとするべきなんだろう。だけど最初から本当の危険なんかなかった。あまりにも安全すぎて、ドキドキもわくわくもしなかった。

文字どおり〝ノーリスク〟だ。

僕の足がマットに深く沈みこむのと同時に、バーチャル・マテオも無事に着地する。僕は無理にルーファスに笑顔を見せ、彼も微笑み返す。それからふたりでマデリーンにお礼を言い、飛行士の衣装を脱いで外に出た。

「楽しかったよね？」と僕。

「待ってサメと泳げばよかったよ」ディアドリがいる受付カウンターの前を通って外に出るとき、ルーファスが言った。

「ありがとう、ディアドリ」と僕があいさつすると、ディアドリは「楽しいひとときを過ごされ、おめでとうございます」と手を振ってくれた。人生を楽しんでおめでとうと言われるなんてなんだか変だけど、またのお越しをお待ちしていますと言うわけにもいかないんだろう。

ディアドリに会釈をして、ルーファスのあとについて外に出る。

「きみは楽しんだのかと思ってた！　歓声を上げてたから」

ルーファスは自転車をつないでいたチェーンをはずしている。残念ながら誰にも盗まれなかった。

「楽しかったよ、ジャンプそのものは。そのあとが興ざめだった。おまえはマジで気に入ったのか？　それならそれでいいけどさ」

「僕もきみと同じことを感じてた」

「ここに来たのはおまえのアイデアだぞ」

自転車を押して歩きながらルーファスが言う。

「今日はもうアイデアは出すな」

「ごめんね」

「冗談、冗談。おもしろかったよ。ただ、安全にこだわりすぎだったな。あそこまでノーリスクじゃぜんぜん楽しくない。金をつぎこむ前にレビューを見とくんだった」

「ネット上のレビューはあんまり多くないんだ」

デッカー専用のサービスの場合、多くのレビューは期待できない。財団をほめたりけなしたりするのに貴重な時間を使おうとするデッカーは、そういないからだ。

「ほんとにごめんね。お金よりも、時間を無駄にしちゃったね」

ルーファスが立ち止まり、ポケットからスマホを出す。

「時間の無駄なんかじゃなかった」

そう言って、彼は飛行士姿で撮ったふたりの写真を見せてくれた。それからインスタグラムにアップし、〈#ラストフレンド〉とタグ付けする。

「これで〈いいね！〉が一〇個はつくかな」

⏳

リディア・ヴァルガス
九時一四分

デス＝キャストはリディア・ヴァルガスに電話しなかった。今日、彼女は死なないからだ。けれども、もし死ぬとしたら、正直に打ち明けてくれなかった親友とは違い、彼女は自分が死ぬことを愛する人たち全員に告げただろう。

リディアは気づいた。ヒントはいろいろあった。それをたどってつなぎ合わせ、答えを見つけた。

マテオがやけに早い時間にやってきたこと。リディアはすばらしい母親だと、だしぬけにやさしい言葉をかけてきたこと。四〇〇ドルが入った封筒がキッチンのカウンターに置いてあったこと。そして、リディアの電話番号がブロックされていること――ブロックの仕方を教えたのは彼女だ。

マテオが姿を消した直後、リディアはすっかり取り乱し、薬局で働いているおばあちゃん《アブエリータ》に電話をかけ、いますぐ帰ってきてと泣きついた。帰宅したアブエリータの問いに答えもせず、リディアは携帯電話を取り上げてマテオに電話をかけたが、やはり出てくれなかった。出ないのは、アブエリータの番号が彼の電話帳に登録されていたからであってほしい――すでに逝ってしまったからではなく。

マテオがもう死んだとは思わない。彼が長生きできないなんて、ばかげた話だ。この世に彼ほど善良な人間はいないのに。マテオはきっと長い一日を過ごすだろう。死ぬのは日付が変わる直前の二三時五九分――それより一分でも前ではなく――かもしれない。

ペニーは泣いていて、何が気に入らないのかアブエリータにはわからない。リディアにはペニーが泣く理由はすべてわかっているし、どうすれば泣きやむかもわかっている。熱があれば、リディアはペニーをひざにのせて歌を聞かせる。転んだら抱き上げ、ライトがピカピカ光るオモチャか音の鳴るオモチャを手渡す。その両方を兼ねそなえたオモチャもある。おなかがすいているか、おむつが濡れているなら、どうすればいいかはかんたんだ。いまペニーは、マテオおじさんを恋しがっている。なのにリディアは、〈フェイスタイム〉でマテオを呼び出し、何度も「ハーイ」とあいさつを交わすことができない。こちらもリディアの番号がブロックされているからだ。

リディアはフェイスブックにログインする。以前は高校の友人たちとの近況報告に使っていたアカウントで、いまはクリスティアンの家族のためにペニーの写真をアップしている。そうすれば彼の両親や祖父母、おじおば、それにしょっちゅうデートのアドバイスを求めてくる彼のいとこに、わざわざメールせずにすむからだ。

マテオのページを開く。そこは〝共通の友だち〟が一九人と、〈グッドモーニング・ニューヨーク！〉のファンページで見つけたゴージャスなブルックリンの夜明けの写真が二枚、NASAが開発した宇宙の音が聞ける装置に関する記事だけの不毛地帯だ。志望するオンライン大学への入学が決まったという何カ月も前の投稿にも、ほとんど〈いいね！〉がついていない。マテオは自分のことを発信するのは苦手なくせに、誰かが写真をアップすれば必ずコメントするし、投稿には〈いいね！〉をつける。相手にとって大事なことは、彼にとっても大事なことなのだ。

マテオがたったひとりでどこかにいるのが、リディアはいやだった。いまは二〇〇〇年代初頭のような、なんの前触れもなく人が死んでいった時代とは違う。デス＝キャストがあるのは、デッカー本人と愛する人たちが死への心構えをするためで、デッカーが愛する人に背を向けて出ていくためではない。マテオの人生にもっと深く入りこませてほしかった。最後の瞬間までずっと関わっていたかった。

最新のものから順に、マテオの写真に目を通す。いまリディアが座っているソファーで昼寝をしているマテオとペニー。ペニーを抱っこして動物園の爬虫類《はちゅう》コーナーを見て回るマテオ。あのときはふたりとも、ヘビが檻から逃げ出すんじゃないかと怯えていた。リディアのアパートのキッチンにいるマテオと彼のお父さん。お父さんがふたりに〝ペガオ〟のつくり方を教えている。ペニーの一歳の誕生日のために、リボンで部屋を飾っているマテオ。アブエリータの車の後部座席で笑っているマテオ、リディア、ペニー。卒業式用の帽子とガウンを身につけて、花と風船を持っていったリディアとハグするマテオ。リディアはタップしてアルバムを閉じる。彼がまだ生きてどこかにいるのはわかっているのに、なつかしい思い出をたどるのはつらすぎた。彼のプロフィール写真を見つめる。マテオが自分の部屋で窓の外をながめ、新しいゲーム機を届けにやってくる配達員を待っているところをリディアが撮ったものだ。

明日のいまごろ、リディアは親友の死について投稿するだろう。するとクリスティアンのときと同じように、みんなが連絡をくれて哀悼の言葉をかけてくれるだろう。そうしてマテオのことを教室やランチのテーブルにいた男の子として思い出したみんなは、急いで彼のページを開き、デジタル追悼式さながらにコメントを残すだろう。どうぞ安らかに眠ってください。その若さで亡くなるなんて早すぎる。生きているうちにもっと話をすればよかった……。

マテオがエンド・デーをどう過ごしているのか、リディアにはそれを知るすべがない。それでも大切な友が探し求める何かに出会えることを、リディアは心から願っていた。

⌛

ルーファス
九時四一分

北のクイーンズボロ橋につながる幹線道路の下の溝に、公衆電話が七台も捨てられているのを見つけた。

「ちょっと見にいくぞ」

マテオが異議をとなえそうになるのを、俺は人さし指を立てて瞬時に封じる。

自転車を地面に寝かせ、這いつくばって金網フェンスの下をくぐり抜ける。錆びた鉄パイプが転がっていて、中身のつまったゴミ袋が、腐った食べ物や小便みたいなにおいを放っている。公衆電話のまわりには、ねばねばした黒っぽい跡がくねくねとついていた。ペプシのボトルがコカ・コーラのボトルをぶん殴っている落書き《グラフィティ》を見つけ、写真を撮って〈#マルコム〉とタグ付けし、インスタグラムにアップする。俺がエンド・デーにマルコムのことを考えていたと彼に知ってほしいからだ。

「なんだか墓場みたいだね」とマテオは言い、一足のスニーカーを拾い上げる。

「足の指かなんかが入ってたら、さっさと逃げるぞ」

マテオがなかを確かめ、「足の指も、ほかの部分も入ってない」とスニーカーを地面に戻す。

「去年、はだしで鼻血を流している人とたまたま出会ったんだ」

「ホームレスか？」

「ううん、僕たちと同い年くらい。殴られてスニーカーを奪い取られたって言うから、僕のをあげた」

「おまえらしいな。誰もまねできないよ」

「あっ、別にほめてもらうつもりで言ったんじゃないよ、ごめんね。ただ、彼はいまどうしてるかなと思って。顔が血だらけだったから、いま会ってもきっとわからないと思うけど」

そう言って、マテオは記憶を追い払うように首を振る。

地面にしゃがみこんで一台の公衆電話を見ると、もともと受話器がついていたあたりに青い油性マーカーでメッセージが書いてある。「リーナ、会いたいよ。電話してくれ」

誰が書いたか知らないけど、公衆電話じゃ、リーナだってかけようがない。

「すごい発見だぞ！」

俺は目を輝かせながら次の電話機に移る。「インディ・ジョーンズになった気分だ」と言うと、マテオがこっちを見てにっこりと笑う。

「どうした？」

「子どものころ、あのシリーズは夢中になって見てたのに、いままでずっと忘れてた」

そのあとマテオは、父親がアパートのどこかに宝を隠し、その宝がいつも決まって、コインランドリー用に貯めてある二五セント硬貨が入った瓶だったという話をした。『トイ・ストーリー』のウッディのカウボーイハットをかぶり、投げ縄の代わりに靴ひもを持ったマテオが宝の瓶を見つけそうになると、父親は近所の人からもらったメキシコの仮面をかぶり、彼をソファーに投げ飛ばして壮大な戦いを挑んできた。

「それ最高！　おまえのおやじ、かっこいいな」

「うん。僕はラッキーだった。それより、きみが何か話すところだったのに割りこんじゃって、ごめんね」

「いいって、気にすんな。世紀の大発見ってわけじゃないし。俺は別に、街の通りから公衆電話を撤去したことが世界的断絶を引き起こしたとか、しょうもないことを言い出すつもりはない。だけどこれはマジですごいことだと思う」

俺はスマホで何枚か写真を撮る。

「だってヤバくないか？　そのうち公衆電話はもう存在しなくなるんだ。俺なんか誰の電話番号もおぼえてないよ」

「僕は父さんとリディアの番号だけだ」

「もし警察につかまったら、どうしようもなかっただろうな。でもまあ、誰かの電話番号を知っててもしょうがないか。二五セントあれば自由に電話できるってわけじゃないからな」そう言って、俺はスマホを目の前にかざす。

「カメラなんか、もうぜんぜん使ってないよ。フィルムカメラも絶滅寸前だな」

「次は郵便局と手書きの手紙だね」

「レンタルビデオ屋にＤＶＤプレーヤー」

「固定電話に留守電も」

「新聞。それと置時計に腕時計。何もしなくても時間がわかるものを、きっともう誰かが開発してるはずだ」

「紙の本と図書館も。すぐじゃなくても、いずれはなくなるよね」

そこでふと、マテオが黙りこむ。彼のプロフィールに書いてあった〝スコーピウス・ホーソーン〟シリーズのことでも考えているんだろう。

「絶滅の危機にある動物たちのことも忘れちゃいけない」

俺はすっかり忘れていた。

「そうだな。おまえの言うとおりだ。人も、物も、みんな死んで消え去ってしまう。人間なんて最低だ。自分たちはものを考えて自力で生きていけるから、公衆電話や本と違って未来永劫《えいごう》、不滅だと思ってる。だけど恐竜だって、永遠に世界を支配し続けるつもりでいたと思うよ」

「人間は何も行動を起こさないからね。残り時間がもうあまりないと気づいて、やっと動きだす」

そしてマテオは自分を指さし、「ここにも見本がいる」と言った。

「じゃあ、固定電話の次に絶滅するのは人間かもな。新聞や時計、図書館より先に人間がいなくなる」

俺は先に立ってフェンスをくぐり、振り返る。

「実際、固定電話なんかもう誰も使ってないよな？」

タゴエ・ヘイズ

九時四八分

デス＝キャストはタゴエ・ヘイズに電話しなかった。今日、彼は死なないからだ。けれども彼は、目の前で親友が通告を受けたときのことをけっして忘れないだろう。あのときルーファスの顔に浮かんだ表情は、タゴエが好きなスラッシャー映画に出てきたどんな殺戮《さつりく》シーンよりも強烈に、いつまでも彼の脳裏に焼きついて離れないだろう。

タゴエとマルコムはまだ警察署にいて、彼らの寝室の二倍ほどある監房に一緒に入れられていた。

「きっと小便くさいんだろう思ってたよ」

ベンチがひどくぐらつき、動くたびにギーギーと鳴るので、タゴエは床に座っている。

「ゲロのにおいだったな」爪を噛みながらマルコムが言う。

ホームに帰ったら、いまはいているジーンズは捨ててしまおうとタゴエは考えていた。メガネをはずすと、マルコムと管理官の姿がぼんやりとかすむ。彼がたまにこうするときは、まわりで起きていることをいったん遮断したいのだとみんな知っていた。一度だけ、ボードゲームの途中でメガネをはずしマルコムを怒らせたことがある。タゴエはけっして認めなかったが、彼が引いたカードが自殺を茶化したもので、自分を棄《す》てた男のことを思い出したからだ。

　ルーファスがまだ無事に生きているだろうかと考えると、首がうずく。

ときどきチックが起きそうになるのを、タゴエはぐっとこらえる。一分おきに首がピクッ、ピクッと動いたのでは、自分が落ち着かないだけでなく、荒っぽく近寄りがたい人物に見えてしまうからだ。あるときルーファスに、首を動かしたい衝動が起きるとどんな感じなのかと尋ねられたタゴエは、ルーファスとマルコム、エイミーに息を止めさせ、限界までまばたきもするなと言った。一緒にやってみるまでもなく、また息をしてまばたきができるようになった三人がどれほどの解放感を味わうかを彼は知っていた。タゴエにとって、チックは呼吸やまばたきと同じくらい自然なことなのだ。それでも、勝手に動く首にあっちこっちの方向に引っぱられるたびに小さな衝撃を感じ、一回ごとに骨がくだけていくような気がした。

　またメガネをかける。

「あの電話が来たら、おまえならどうする？」

　タゴエの問いにマルコムがぶつぶつと答える。

「たぶんルーファスと同じだ。ただ、俺なら自分の葬儀に元カノは呼ばないな。それも、いまの彼氏をボコボコにした直後にさ」

「あれがまずかったよな」

「おまえだったらどうする?」

「同じだよ」

「なあ、もしそうなったら……」

マルコムが何かを訊きかけて、途中でやめる。以前、『代診のドクター』の脚本を書いていたタゴエがスランプにおちいったとき、マルコムは〝患者の心が読める聴診器を持つ悪魔のドクター〟なんかどうだとアイデアを出しかけてやめたことがある（すごくいいアイデアだった）。そのときは遠慮したのだが、いまは違う。さっき言いかけてやめたのは、訊けばきっとタゴエを怒らせると思ったからだ。

「俺は母親を探す気はないし、おやじが死んだ理由を知りたいとも思わない」

マルコムが何を訊こうとしたのかを察し、タゴエが言う。

「なんでだよ。自分の家を燃やしたやつが誰かわかったら、俺はきっと生まれて初めて人を殴る」

「俺にとって大事なのは、一緒にいたいと思ってくれる相手だけだ。ルーファスみたいにな。あいつがカミングアウトしたときのこと、おぼえてるか？　俺たちとひとつの部屋で暮らすのがあんまり楽しいもんだから、部屋を別にされるんじゃないかと、ものすごく不安がってた。一緒にいたいっていうのはそういうことだ。だから俺も、あいつのそばにいてやりたい。残り時間があとどれくらいだとしても――」
タゴエはメガネをはずし、暴走する首の動きを止めようとはしなかった。

⌛

ケンドリック・オコンネル
一〇時〇三分

デス＝キャストはケンドリック・オコンネルに電話しなかった。今日、彼は死なないからだ。命は失わなくても、彼はたったいまサンドイッチショップでの仕事を失った。エプロンをつけたままなのもおかまいなしに店から出ていき、タバコに火をつける。
ケンドリックは幸運に恵まれたためしがない。去年ついに両親が離婚して舞いこんだ幸運も、それが尽きるのに時間はかからなかった。彼の両親はまるで大人の足に子どもの靴をはかせたように相性が悪く、ケンドリックがそのことに気づいたのは、まだ九歳のときだった。父親はソファーで眠り、母親は夫がアトランティックシティで若い女たちと浮気していると知っても気にしない。幼いケンドリックにはまだよくわからなかったが、それが〝愛〟でないのは確かだった（ケンドリックには、周囲のことを気にしすぎるところがある。もう少し無頓着でいられたら、彼はもっと幸せだったかもしれない）。

ちょうど新しいスニーカーが必要になったタイミングで、最初の児童手当の小切手《チェック》が届いた。古いスニーカーは靴底の前の部分がはがれ、歩くたびにつま先がパクパクと開いて、閉じてと〝おしゃべり〟するせいで、ケンドリックはクラスメイトにさんざんからかわれていた。最新のジョーダンがほしいと頼みこむと、母親は三〇〇ドルかけてそれを買ってくれた。ケンドリックにも「ひとつくらいはいいことがないと」というのがその理由で、少なくとも彼の父方の祖父に母はそう告げた。その祖父というのがひどい男なのだが、その話はここでは重要ではない。

新しいスニーカーを履いたケンドリックは、背丈が三メートルにもなったような気分だった。だがそれも、一八〇センチくらいの四人組に襲われ、スニーカーを奪い取られるまでの話だ。鼻血を流し、靴下だけでとぼとぼと家に向かうケンドリックの姿は痛々しかったが、その苦しみを拭《ぬぐ》い去ってくれたのが、メガネをかけたひとりの少年だった。彼はバックパックから出したポケットティッシュをさし出し、何も言わず自分のスニーカーを脱いでケンドリックにくれた。それっきり、その少年に会うことはなく、名前も知らなかったが、ケンドリックは気にしなかった。もう二度と襲われたくない――それしか頭になかった。

そんな彼を強くしてくれたのが、元クラスメイトでいまは名誉の落第生《ドロップアウト》となったデミアン・リーヴァスだ。ケンドリックはある週末をデミアンと過ごし、殴りかかってきた相手の手首をへし折る方法を教わった。どう猛なピットブルを放つようにデミアンは彼を街に送り出し、無防備な高校生たちを襲撃させた。ケンドリックは誰かに近づいては殴りかかり、一発で倒した。

こうしてケンドリックは〝ノックアウト・キング〟となり、いまもその名で通っている。

失業したノックアウト・キング。

いまや殴る相手もいないノックアウト・キング。三番手のペックが彼女をつくり、まっとうに生きることを望んだせいで彼のギャング団は解散したからだ。

ノックアウト・キングの王国では、しっかりと人生の目標を持つ人々が、あごの骨をへし折ってくれとばかりに、絶えず彼をあざ笑っていた。

⌛

マテオ
一〇時一二分

「僕はもうアイデアを出しちゃいけないってわかってるんだけど……」

「さあ、行くぞ」

歩いている僕の横で、ルーファスは自転車に乗っている。その〝死のトラップ〟に僕を一緒に乗せたがっているけど、これまでも乗らなかったし、いまも乗るつもりはない。でも、僕の強い不安感《パラノイア》のせいで、彼に自転車に乗るのをやめさせるわけにもいかなかった。

「なんか思いついたのか？」

「母さんに会いに、墓地に行きたいんだ。僕は父さんから聞いた話でしか母さんのことを知らなくて。だから少しのあいだ一緒に過ごしたい。さっき公衆電話の墓場を見たせいかも」

墓地に行くのを僕がためらったせいで、父さんはいつもひとりで母さんに会いにいっていた。

「ほかにやりたいことがなければでいいんだけど」

「自分がこれから死ぬって日に、ほんとに墓地に行きたいのか？」

「うん」

「じゃあ行こう。どこの墓地だ？」

「ブルックリンのエヴァーグリーンズ墓地。母さんはね、その近くで育ったんだ」

コロンバス・サークルから地下鉄のA系統でブロードウェイ・ジャンクションまで行くことになる。

ドラッグストアの前を通りかかったとき、ちょっと寄ろうとルーファスが言った。

「何を買うの？　水？」

「とにかく入ろう」

ルーファスは自転車を押して通路を進み、オモチャの特売コーナーを見つけて立ち止まる。そこには水鉄砲、粘土、アクションフィギュア、ハンドボール、香りつきの練り消しゴム、それにレゴがあった。ルーファスはレゴのセットを手に取る。

「行くぞ」

「えっ、何を……あっ、そういうこと」

「心の準備をしとけよ、建築家」

そう言うと、ルーファスは会計カウンターに向かう。

「腕前を見せてもらうからな」

この小さな奇跡に、思わず顔がほころぶ。こんなすてきなことが起きるなんて思いもしなかった。

僕が財布を取り出すと、ルーファスは払いのけるようなしぐさをする。

「いいよ、これは俺が。インスタのアイデアのお返しだ」

レゴを買って、店を出る。ルーファスは袋をバックパックにしまい、僕と並んで歩きながら、前からずっとペットを飼いたかったという話をする。ペットといっても、彼のお母さんがひどいアレルギーだったから犬や猫じゃなく、ヘビとか、ウサギとか。獰猛なヘビをウサギと同じ部屋に同居させずにすむのなら、それもいいと思う。

地下鉄のコロンバス・サークル駅に到着すると、ルーファスは自転車を持って階段をくだり、改札機にメトロカードを通して、発車まぎわの電車に乗りこむ。

「絶妙なタイミングだったね」

「自転車なら、もっと早く着いたかもしれないぞ」

ルーファスが冗談っぽく言う。僕が勝手に冗談だと思っただけかもしれない。

「霊柩車に乗せてもらえば、もう墓地に着いてたかもね」

夜中に乗った電車と同じようにこの車両もガラガラで、一〇人ちょっとしか乗っていない。僕たちの座席の後ろには、ワールド・トラベル・アリーナのポスターが貼ってあった。

「行ってみたかったところとか、ある？」

「山ほどあるよ。俺はかっこいいことがやりたかった。モロッコでサーフィンとか、リオデジャネイロでハンググライダーとか。メキシコでイルカと泳いだり――イルカだぞ、サメじゃなく」

もしも今日死なないとしたら、サメと泳ぐデッカーたちのことを、彼はいつまでも茶化し続けるような気がする。

「世界中のいろんな場所で写真も撮りたかった。ピサの斜塔やコロッセウムみたいな歴史的名所じゃなくても、すごい場所はいっぱいある」

「そういうの、いいね。きみは――」

そのとき、車内の照明がちらついたかと思うと、突然すべての明かりが消え、空調の音さえ聞こえなくなった。ここは地下で、あたりは完全な闇だ。天井のスピーカーから、「運行にわずかな遅延が生じており、システムはまもなく復旧する見込みです」とアナウンスが流れる。幼い男の子が泣いていて、「また遅延か」と男の人が悪態をつく。なんだかすごくいやな予感がする。ルーファスと僕には、どこかに着くのが遅れるだけじゃすまない、もっと重大な不安がある。怪しい乗客はいなさそうだけど、僕たちはいま車内に閉じこめられている。誰かに刺されても、明かりがつくまで誰も気づかないかもしれない。僕はルーファスのほうに体をずらし、ふたりの脚が触れる。僕が盾になって彼を守れば少しは時間稼ぎができて、プルートーズが今日じゅうに釈放されれば、ルーファスは彼らに会えるかもしれない。もしかすると彼の死も防げるかもしれないし、そうしたら僕はヒーローとしてこの世を去り、ルーファスはデス＝キャストの一〇〇パーセント的中記録を打ち破る例外となるだろう。

横で何かが光っている。

懐中電灯のようなその光は、ルーファスのスマホから発していた。

僕はかなり荒い呼吸をしていて、心臓がドキドキして気分も悪い。ルーファスが肩をさすってくれてもおさまらない。

「だいじょうぶ。こんなのしょっちゅうだ」

「そんなことないよ」

電車はしょっちゅう遅れるけど、ふつうは照明が消えたりしない。

「確かに、それは言えてる」

ルーファスはバックパックに手を突っこんでレゴの袋を引っぱり出すと、僕のひざの上に中身を少し出す。

「ほら。何か組み立ててみろよ、マテオ」

彼もやっぱり、僕たちはこのまま死んでしまうと思っているんだろうか。だから死ぬ前に、僕に何かつくらせようとしているのかもしれない。彼の気持ちはわからないけど、僕は言われたとおりにする。激しい鼓動はまだおさまらない。それでも震えを抑えながら、最初のブロックに手を伸ばす。何をつくろうとしているのか自分でもわからないまま、ほかには明かりのない真っ暗な車内で文字どおり〝スポットライト〟を浴びながら、僕は漫然と手を動かし、大きめのブロックで何かの土台を組み立てていく。

「おまえは？　どこに行ってみたかった？」

暗闇とその問いで、胸が苦しくなる。

思いきっていろんな場所に行ってみればよかった。どこにも行けなくなったいまになって、世界中を旅したくなっている。サウジアラビアの砂漠で道に迷ってみたい。テキサス州オースティンのコングレス・アベニュー橋の下で、コウモリの大群に追われてみたい。軍艦島で一夜を明かしてみたい。日本にあるその島は廃墟となった昔の炭鉱で、幽霊が出る島として知られている。タイの〝死の鉄道〟にも乗ってみたい。そんな不吉な名前だけど、断崖絶壁といまにも崩れそうな木造の橋を、僕は生きて通り抜けることができるかもしれない。ほかにもあらゆる場所に行ってみたい。すべての山にのぼり、すべての川をくだり、すべての洞窟を探検し、すべての橋を渡り、すべての浜を走り抜けたい。すべての町、都市、国――全世界のあらゆる場所を、ひとつ残らず訪れたい。各地のドキュメンタリー番組やビデオブログを見るだけじゃなく、この目で見に行けばよかった。

「僕は、わくわくするような感動が味わえる場所に行ってみたい。リオでハンググライダーなんて、すごくいいね！」

途中まで組み立てたところで、自分が何をつくろうとしているのかがわかった。サンクチュアリ――心安らぐ隠れ家。それは家を思い出させる。家は、僕がわくわくする出来事から逃げて身を隠していた場所だ。だけどその一方で、僕がここまで生きてこられたのは家のおかげだ。それも、ただ生きるだけじゃなく、幸せに暮らすことができた。だから家は何も悪くない。

ようやく組み立て終えたとき、ルーファスはちょうど、両親が彼にケインという名前をつけそうになった話をしていた。彼のお母さんが好きなプロレスラーの名前だったというところで僕のまぶたが閉じ、首がかくんと前に倒れ、はっと目が覚めた。

「ごめんね、話がつまらなかったわけじゃないよ。きみとのおしゃべりは好きだし。ただ、すごく疲れてて……。でも寝ちゃいけないのはわかってる。昼寝なんかしてる暇はないものね」

とは言っても、今日という日にすべてを吸い尽くされてしまった気分だ。

「しばらく目をつぶってろ。まだ動きそうにないし、少し休んだほうがいい。着いたら起こしてやるから心配するな」

「きみこそ眠ったら？」

「俺は疲れてない」

それは嘘だ。だけど疲れてなんかいないと言い張るのはわかっていた。

「うん、わかった」

オモチャのサンクチュアリをひざに置いたまま、座席の背に頭をあずける。もう僕にライトは当たっていない。それでもルーファスの視線がまだ注がれているのがわかる——そんな気がするだけかもしれないけど。最初はなんだか変な感じだったのに、だんだん心地良くなってくる。たとえかん違いだとしても、僕だけの守護者が、残された時間を守ってくれているような気がするからだ。

僕のラストフレンドが、最後までずっとそばにいてくれる。

⌛

ルーファス
一〇時三九分

マテオの寝顔を写真に撮っておこう。

そう言うと気色悪く聞こえるのはわかってる。それでも、この夢見るような表情に永遠の命を与えたい。これでもやっぱり気色悪さは変わらないか。だけど、俺はこういう一瞬を撮りたかった。真っ暗になった電車で一八歳の少年がひとり、レゴの家を手に、母親が眠る墓地に向かっている。そんな場面にはめったに出会えない。そう、これこそインスタ映えするシーンだ。

もっと広角で撮ろうと立ち上がり、暗闇のなかでカメラを向けてマテオを写す。フラッシュで目がくらんだ次の瞬間、嘘みたいに車内の照明と空調が復活し、列車が動きだした。

「俺は魔法使いだ」

自分が超能力の持ち主であることを、まさかエンド・デーに知るとは。さっきの瞬間を誰かがカメラにおさめていたら、一気にバズったかもしれないのに。

最高の写真が撮れた。ネットにつながったらアップしよう。さっき寝顔を撮っておいてよかった（はいはい、気色悪いのはもうわかった）。というのも、マテオの顔つきが変わり、左目がピクピクと痙攣《けいれん》し始めたからだ。なんだか不安そうで、呼吸も荒い。そして震えている。ひょっとして癲癇《てんかん》の発作でも起こしたのか？　そんなことはひとことも言っていなかったからわからない。俺も訊いておくべきだった。これが発作ならどうすればいいか、「どなたか知りませんか」と車内の人たちに呼びかけようとしたそのとき、マテオが「いやだ」とつぶやき、そのあと何度も同じ言葉をくり返した。

マテオは怖い夢を見ているんだ――。

俺は隣に座り、悪夢から彼を救い出そうと腕をつかんだ。

⌛

マテオ
一〇時四二分

ルーファスに揺り起こされる。

そこはもう山の中ではなく、地下鉄の車内だった。明かりがつき、列車は動いている。

僕は深呼吸をして窓のほうを向く。いまにも巨岩や頭のない鳥たちがこちらに向かって飛んできそうな気がした。

「怖い夢を見てたのか？」

「スキーをしている夢だった」

「俺がスキーの話をしたからか。どんな夢だった？」

「最初のうちは、子どもでもすべれる緩やかな斜面をすべっていたんだ」

「初心者用ゲレンデか」

僕はうなずく。

「そのうちに、ものすごく急な氷の斜面になって、僕はストックを落としてしまった。探そうと振り向くと、巨大な岩がこっちに転がってくるのが見えた。そのとき急に大きな音がして、その音がどんどん大きくなって、僕は斜面のわきに積もった雪に飛びこもうとするけど、すっかりうろたえてしまって……。するといつのまにか、こんどは別の斜面をすべりおりていて、見ると、僕がつくったレゴのサンクチュアリがあった。ただ、山小屋くらい大きかったけどね。ところが途中でスキーがなくなって、僕はそのまま山から転落し、どんどん落ちていく僕の上を、頭のない鳥たちが円を描きながら飛んでいた」

ルーファスがニヤリと笑う。

「笑いごとじゃないよ」

すると彼は僕のほうに体をずらし、ひざとひざがぶつかる。

「だいじょうぶだ。今日は巨大な岩に追いかけられることも、雪山から転落することもないから心配するな。俺が保証する」

「じゃあ、ほかのことは?」

僕が訊くと、ルーファスは肩をすくめる。

「頭のない鳥も、たぶんだいじょうぶだ」

もう二度と夢を見ることはないのに、あれが最後の夢かと思うとやるせない。

いい夢でさえなかった。

⧗

デライラ・グレイ
一一時〇八分

『インフィニット・ウィークリー』誌は、ハウイー・マルドナードへの最後のインタビュー権を獲得した。

けれども、インタビューするのはデライラではない。

「ハウイー・マルドナードのことなら、なんでも知ってます」

デライラがそう主張しても、彼女の上司で編集主任のサンディ・ゲレーロは取り合わない。

「大物スターにインタビューするには、あなたはまだ経験が浅すぎる」

サンディはそう言って、ハウイー側が手配した黒塗りの車に向かう。

「確かに、わたしは社内で最悪の作業スペースで、誰よりも古いパソコンを使って仕事しています。ですが、今回のインタビューでせめてアシスタントをつとめる資格はあるはずです」

デライラは必死に訴える。傲慢で不愉快なやつと思われようと、引き下がるつもりはない。彼女は自分の価値を知っている。今回のインタビューで署名記事を書けば、この業界で大きく躍進できるだろう。『ピープル』誌をさしおいて『インフィニット・ウィークリー』が選ばれたのは、業界でのサンディのステータスがものを言ったのかもしれないが、デライラは〝スコーピウス・ホーソーン〟シリーズの本を読んで育っただけでなく、八本ある映画もぜんぶ見て、映画という媒体への愛をはぐくんできた。そしていまや、ただの映画ファンから、それを職業とする映画ファンになった。

「死を迎える俳優は、なにもハウイー・マルドナードが最後じゃないのよ」

車のドアを開け、サングラスをはずしながらサンディが言う。

「あなたはまだまだ先が長いんだから、いくらでもセレブの賞賛記事が書けるわ」

ゆうべヴィクターは、デス＝キャストの通告という、たちの悪いいたずらをしかけてきた。彼があそこまで卑怯なまねをしたことが、デライラはまだ信じられなかった。

サンディが、デライラのカラフルな髪をちらりと見る。ここで上司の機嫌を取るためにも、それとなくほのめかされたときに茶色に染め直しておけばよかったとデライラは悔やむ。

「ハウイーがMTVムービー・アワードをいくつ受賞したか知ってますか？　子どものころにやっていたスポーツは？　彼は何人兄弟でしょう？　何カ国語を話せますか？」

　サンディは一問も答えず、デライラがすべての問いの答えを言う。

「最優秀悪役賞を二回。フェンシング。ひとりっ子。彼は英語とフランス語が話せます……サンディ、お願いです。わたしは彼の大ファンですが、私情を仕事に持ちこまないと約束します。あなたの邪魔は絶対にしませんから。ハウイーに会えるチャンスは、もう二度と訪れないんです」

　彼の死は、デライラの職業人生を大きく変えるかもしれない。

　サンディはやれやれとばかりに首を振り、ため息をつく。

「わかったわ。彼はインタビューを承諾したけど、絶対にできる保証はないの。理由はわかるでしょ？　ミッドタウンのレストランの個室をおさえてあって、それでいいかどうか、広報担当者のほうからハウイーに確認してもらってる。彼は早ければ二時に会ってくれるわ」

　デライラが一緒に車に乗りこもうとしたとき、サンディが〝だめ〟と人さし指を振る。

「会うまでにまだ時間があるから、ハウイーの本を見つけてきてくれる？　彼が書いた本よ」

　その口ぶりからは、皮肉がありありと伝わってきた。

「息子のためにサインしてもらえたら、わたしはヒーローよ」

サンディは車のドアを閉め、窓を開けて言う。

「わたしなら、一分たりとも無駄にしないわ」

車が走り去るとすぐ、デライラはスマホを取り出し、近くの書店の電話番号を調べながら街角に向かって歩きだす。その瞬間、縁石でつまずいて道にばたりと倒れ、近づいてきた車がクラクションを鳴らす。車はブレーキをかけ、彼女の顔の数十センチ手前で止まった。心臓が暴走し、目に涙がにじむ。

それでも彼女は生きている。今日、デライラは死ぬ予定ではないからだ。それに、人はしょっちゅう転ぶものだ。

デライラも例外ではない。デッカーでなくても転ぶときは転ぶ——彼女は自分にそう言い聞かせた。

⌛

マテオ
一一時三二分

僕たちがエヴァーグリーンズ墓地に入っていくころには、空に雲が広がり始めていた。最後にここに来たのは一二歳のとき、母の日の週末だった。なにしろ久しぶりで、どの入口が母さんのお墓にいちばん近いのかもまったくわからないから、しばらくさまようことになると思う。風に運ばれて、刈られた草のにおいがただよってくる。

「変な質問だけど、〝あの世〟ってあると思う？」

「別に変じゃない、俺たちは死ぬんだから」

「そうだね」

「で、変な答えだけど、俺はあの世がふたつあると思ってる」

「ふたつ？」

「ふたつだ」

「どういうこと？」

いくつものお墓のあいだを巡り歩きながら——古すぎてもう名前が読めなくなった墓石もたくさ

んあるし、墓石に立てた十字架が長すぎて、石に剣が刺さっているように見えるものもある——大きなピンオークの木の下で、ルーファスは死後に関する持論を語ってくれた。

「俺たちはもう死んでると思うんだ。みんなじゃなく、デッカーのことだぞ。デス＝キャストのシステムは途方もなさすぎて現実とは思えない。最後の一日を有意義に生きるために、その日がいつ来るかを知るって、空想の世界そのものだろ。今日が人生最後の一日だから精いっぱい生きろ、最後だと知っていれば、まだ生きていることを実感しながら有意義な一日が過ごせる。デス＝キャストにそう告げられた時点で俺たちは死んで、そこからが最初のあの世だ。そのあともう一度、何も思い残すことがなくなった状態で、こんどは最終的なあの世に行く。わかるか？」

僕はうなずいて答える。「おもしろいね」

ルーファスが語るあの世は、父さんが考えるあの世よりもずっと印象的で、よく考えぬかれたものだった。父さんが信じているのは、黄金の門がある天空の島みたいなよくあるイメージだ。それでも、リディアが信じているように何もないよりはましだ。

「自分がもう死んでいるとわかっているなら、そのほうがいいかもね。そうすれば、どんなふうに死ぬのか怯えながら生きずにすむでしょ？」

「違う」

ルーファスは自転車を押し、智天使《ケルビム》の石像を回りこむ。

「それじゃ意味がない。死にはリアルな実感が必要だし、死のリスクは恐ろしく、別れはつらいものでなきゃいけない。でないと嘘っぽくなってしまう――メイク・ア・モーメントみたいにな。有意義に生きられるなら、一日でも十分だ。それ以上この世にとどまれば、幽霊になって人に取りついたり殺したりする。誰もそうはなりたくないだろう？」

僕たちは誰かのお墓に腰かけて、あの世の話をしながら声を上げて笑う。一瞬、もうすぐ自分たちがそこへ行くことを忘れてしまう。

「あの世の次は？　エレベーターに乗って次のレベルにのぼっていくの？」

「そうじゃない。よくわかんないけど、時が来たら自然に消えるか何かして、いわゆる〝天国〟に行くのかもな。宇宙のどこかに創造主みたいなのがいて、死者のたまり場みたいな場所もあると思う。だけど俺は信心深くないから、それを神と天国とは呼ばない」

「そうだよね！　神様とかのこと、僕もそう思う」

ほかのことも、ルーファスの言うとおりなのかもしれない。僕はもう死んでいて、勇気を出して新しいことに挑戦した（たとえば、〈ラストフレンド〉アプリを試した）ごほうびに、人生を一変させてくれる相手と最後の一日を過ごさせてもらっているんだろうか。たぶんそうなんだろう。

「きみが考える〝二番目のあの世〟ってどんなところ？」

「人それぞれ違う。なんでもありだ。天使とか光の輪、犬の亡霊が好きなら、それもいい。空を飛びたきゃ飛べばいいし、時間をさかのぼって過去に行ってみたけりゃ、自由に行けばいい」

「そういうこと、いろいろ考えてたんだね」

「夜中にプルートーズとしゃべってた」

「本当に〝生まれ変わり〟があるといいな」

僕はすでに、今日一日を精いっぱい生きれば十分だとは思えなくなっていた。一度の人生だけじゃ足りない。墓石にそっと触れながら、ここに眠る人たちの何人かは、もう生まれ変わっているんだろうかと考える。僕も誰かの生まれ変わりかもしれない。もしそうなら、僕は〝過去の僕〟の期待を裏切ってしまったことになる。

「俺も、もう一度生きてみたい。期待はしてないけどな。で、おまえの〝あの世〟は?」

水色のティーポットみたいな大きな墓石があらわれた。母さんのお墓はその何列か後ろにある。小さいころの僕は、このティーポット型の墓石をジーニーのランプに見立てて、母さんが生き返って、家族が全員そろいますようにと願いをかけていた。

「僕のあの世は、人生を初めから終わりまで見直せるホームシアターみたいなところ。それで、たとえば母さんが自分のシアターに招待してくれたら、僕も母さんの人生を見ることができる。ただ、僕があの世でみじめな人生を送らずにすむように、まずい部分は誰かがフェードアウトして見えなくしてくれたらいいな」

僕はリディアにこのアイデアを受け入れさせることはできなかったけど、まあ悪くはないと認めてくれた。

「そうそう！　僕のあの世には、話したことがぜんぶ書かれた本もあるよ、生まれてから――」

そこで僕は口を閉ざす。それは曲がり角に着いたから――そして、母さんのお墓の横に男の人が穴を掘っていて、そこに墓地の管理人が僕の名前と生年月日、死亡年月日が刻まれた墓石を立てているところだったからだ。

僕はまだ死んでいないのに――。

両手が震え、レゴのサンクチュアリを落としそうになる。

「生まれてから……？」ルーファスはそう尋ね、すぐに「あっ」と声を発する。

僕は自分のお墓に近づいていく。

前もって穴を掘っておくのはわかるけど、僕が通告を受けてからまだ一一時間しかたっていない。墓石が完成するまであと数日かかるのは知っているし、僕が動揺したのは、未完成のこの墓石のせいじゃない。誰だって、自分の墓を掘っているところなんか見ちゃいけないんだ！

ついさっき、ルーファスがきっと人生を一変させてくれると思ったばかりなのに、僕はもう希望を失っている。ルーファスは自転車を置くと、墓掘り人に近づいて肩に手を置き、声をかけた。

「ちょっとだけ時間をくれないかな」

すると汚れた格子縞のシャツを着たひげ面の墓掘り人は、僕のほうを振り返り、それから母さんのお墓を見て訊いた。

「その子のお母さんのか？」そしてまた穴掘りを続ける。

「ああ。そしていま掘ってるやつが彼の墓だ」

木々が乾いた音をたて、シャベルが土をすくい上げる。

「そりゃあなんとも気の毒な話だけど、掘るのをやめたってどうなるもんでもないし、俺の作業が遅れるだけだ。さっさとやっちまって、早く帰って――」

「知るか！」

ルーファスが一歩さがり、ぎゅっとこぶしを握りしめるのを見て、この男とけんかするつもりなんだと怖くなる。

「頼むよ……一〇分でいいから、俺たちに時間をくれ！　目の前にいるやつのじゃなく、別の誰かの墓を掘ってろよ！」

僕の墓石を立てているほうの人が、墓掘り人をどこかに引っぱっていく。「近ごろのデッカーのガキは」と文句を言いながらも、ふたりは離れたところに行ってくれた。

そのふたりとルーファスにお礼が言いたいけど、すっかり気持ちが沈んで頭がくらくらする。どうにかまっすぐに立ち、手を伸ばして母さんの墓石に触れる。

エストレーヤ・ローサ＝トーレス
一九六九年七月七日
一九九九年七月一七日
最愛の妻、そして母として
永遠にわれらの心のなかで生き続ける

「一分だけ、母さんとふたりにしてくれる？」

僕は振り向きもせずにそう言った。母さんのエンド・デーで僕の誕生日でもある日付から目が離せなくなったからだ。

「じゃあ、そのへんにいるよ」

そう遠くへは行かないだろうし、離れてもほんの数メートル、もしかするとまったく動かないかもしれない。そのへんにいる、という言葉どおり、振り向けばいつでもそこに彼の姿があるはずだ。

母さんと僕のあいだで、ひとつの輪のようにすべてがつながった。母さんは僕が生まれた日に死んで、僕はじきに母さんの隣に埋葬される。再会だ。一〇年前、八歳の僕は、母さんは僕を九カ月のあいだおなかに宿していただけで、ほかに母親らしいことは何もしてくれていないのに、墓石に

「最愛の」母と刻まれているのが不思議だった。その人が僕の母さんだという実感さえなかった。だって母さんは一度も僕と遊べなかったし、僕が最初の一歩を踏み出すのを、転んだらいつでも受け止められるように両手を広げて見守ってくれたことも、靴ひもの結び方を教えてくれたこともない。ほかにも何ひとつしたことがないんだから。だけど父さんが、母さんが母親らしいことを何もできなかったのは難産だったからだとやさしく教えてくれた。「ひどい難産だった」と父さんは言った。そのとき母さんは、自分のことよりも僕が無事に生まれるほうを優先したのだと。一〇年たったいまならよくわかる。間違いなく「最愛の」と呼ぶにふさわしい母親だ。

僕は母さんの墓石の前にひざまずく。

「やあ、母さん。もうすぐ会えてうれしい？　僕を産んでくれたのは知ってるけど、考えてみると、僕たちまだ会ったことがないんだよね。いつか訪れるこの日のことを、母さんはもう思い描いていたのかな。これまで長いことホームシアターで過ごしてきたんだから、きっとそうだね。母さんが息を引き取って、人生を振り返る映画が始まったとき、僕は看護師に抱かれて産声を上げた。僕を抱いていなかったなら、その看護師は大量出血を止める処置ができたのかもしれない――わからないけど。僕を生かすために母さんが死ななければならなかったのは本当に残念で、心から申し訳ないと思ってる。僕がいよいよそっちに行くときが来たら、国境警備隊か何かを派遣して僕を閉め出したりしないでね。でも、父さんからいろいろ聞いてるから、母さんがそんな人じゃないのはわかってる。僕のお気に入りは、おばあちゃんが亡くなる数日前にお見舞いに行ったときの話。同じ病室にいるアルツハイマーの患者さんに、秘密を教えてあげようかって何度も何度も言われたんでしょう？　その人は甘いもの好きで、まだ小さかった子どもたちに見つからないようにいつもチョコレートを隠していたっていうのがその秘密で、何度も聞かされてすっかり頭に入っているのに、『知りたい？』って訊かれるたびに、母さんは毎回『ええ、知りたいわ』って答えてあげてたんだよね」

墓石の表面に手のひらを当てる。こうすると、母さんの手を握っているような気持ちになった。

「ねえ母さん、僕はこの世で愛する人に出会えなかったけど、そっちに行けば出会えるのかな？」

母さんは答えてくれない。不思議なぬくもりに包まれることも、風に運ばれて声が聞こえてくることもない。でもだいじょうぶ。もうすぐわかるだろう。

「今日一日、もう一度だけ、僕を見守っていてね。もう死んでいるってルーファスは言うけど、まだ死んでなんかいないってわかるから。それに、人生ががらりと変わるような一日を過ごしたいんだ。じゃあ、またあとで」

僕は立ち上がり、自分が入る墓を見る。穴の深さはまだ一メートルくらいで、底はでこぼこだった。穴に入って腰をおろし、墓掘り人がまだ掘っていない部分に背中をあずける。サンクチュアリをひざに置いた僕は、きっと公園でブロック遊びをしている少年のように見えるだろう。

「一緒に入っていいか？」

ルーファスの声がする。

「ひとり分のスペースしかないよ。きみもお墓をつくらないと」

それでもルーファスは、僕の足を蹴とばしてねじこむように入ってきて、穴にぴったりおさまるように片方の脚を僕の脚に重ねた。

「俺の墓はない。家族と同じように、火葬されることになってる」

「家族の遺灰はまだあるの？　どこかにまきに行こうか。〈カウントダウナーズ〉に〝遺灰とのお別れ〟っていう大人気のフォーラムがあって——」

「一カ月くらい前に、プルートーズと一緒にすませた」

僕の話をさえぎるようにルーファスは言った。ネット上の他人のことはあまり話題にしないようにしよう。

「前に住んでた家の外にまいたんだ。それ以来、心にぽっかり穴があいたような気分だ。とりあえず家族は家に帰れたけどな。俺の遺灰も、プルートーズの手で別の場所にまいてもらいたい」

「どこがいいの？　里親ホーム《プルートー》？」

「アルシアパーク」

「僕もあの公園は大好きだよ」

「知ってるのか？」

「小さいころ、父さんとよく行ってたから。いろんな種類の雲のことを教わって、僕は空に向かってブランコをこぎながら、大きな声で雲の名前を呼んでた。きみはなんで、あそこがいいの？」

「どういうわけか、いつもあそこなんだよ。キャシーって子と初めてキスしたのもあの公園だし、家族が死んだあとも、初めてサイクルマラソンに出場したあとも行った」

ひとつの墓に並んで座る、ふたりの少年――霧雨が降り始めるなか、僕たちは掘りかけの穴のなかで、今日死んでしまうなんて嘘みたいに語り合う。すべてを忘れさせてくれる安らかなこのひとときが、今日一日を生き抜く力を僕に与えてくれる。

「変な質問だけど、運命って信じる？」

「変な答えだけど、俺はふたつの運命を信じてる」

「ほんと？」

「嘘だ」

そう答え、ルーファスは微笑む。

「ひとつだって信じてないよ。おまえは？」

「運命じゃないなら、僕たちが出会ったことをどう説明するの？」

「ふたりは同じアプリをダウンロードして、一緒に出歩くことに同意した」

「でもほら、僕の母さんもきみの両親も、もうこの世にいない。それに父さんは昏睡状態だし。両親がそばにいたら、僕たちは〈ラストフレンド〉で出会わなかったと思うんだ」

〈ラストフレンド〉はティーンエイジャーじゃなく、おもに大人向けのアプリだ。

「ふたつの〝あの世〟を信じるなら、宇宙のどこかにいる創造主が僕たちを操っているという説も信じられるんじゃない？」

ルーファスはうなずく。雨がだんだん強くなってきた。彼が先に立ち上がり、僕に手をさしのべ、僕はその手を取る。手を借りて自分の墓から出るところなんて、とうてい絵になるシーンじゃない。穴から出ると、僕は母さんの墓石の前に行き、そこに彫られた名前にキスをする。そしてオモチャのサンクチュアリを石に立てかけて置く。振り向いた瞬間、ルーファスが僕の写真を撮った。瞬間をとらえるのが、彼は本当にうまい。

僕は最後にもう一度、自分の墓石を見る。

マテオ・トーレス・ジュニア
ここに眠る
一九九九年七月一七日

このあとに、もうすぐ僕のエンド・デーが加わる。

二〇一七年九月五日。

さらに墓碑銘も入る。いまは空白だけど、どんな言葉が刻まれるかはわかっているし、きっとその言葉どおりの人生にしてみせる。

みんなのために彼は生きた。

年月とともに文字は風化しても、その言葉は真実であり続けるだろう。

ルーファスは自転車を押して歩き、ぬかるんだ小道にタイヤの跡が残る。彼のあとをついていく僕は、母さんから、そして掘りかけのお墓から一歩遠ざかるごとに気持ちが沈んでいく——すぐにまたここに戻ってくるとわかっているのに。

「俺に運命を認めさせたんだから、おまえの〝あの世〟の話、最後まで聞かせろよ」

僕は続きを語りだす。

PART 3
始まり
THE BEGINNING

人が恐れるべきものは死ではない。

真に生きていないことを恐れるべきなのだ。

——ローマ皇帝マルクス・アウレリウス

マテオ
一二時二二分

いまから一二時間前、僕は死を告げる電話を受けた。そして僕なりに、たくさんのお別れをした。父さん、親友、名付け娘――だけどいちばん大事なのは、〝過去のマテオ〟に告げたさよならだ。ルーファスが外の世界に連れ出してくれたとき、僕は過去の自分を部屋に置いてきた。ラストフレンドとして、ルーファスは本当に親身になって僕を支えてくれる。だから僕も、つきまとう悪魔に彼が立ち向かえるよう力になりたい。ただ、ファンタジー小説とは違って、僕たちにはさっと取り出せる炎の剣もなければ、手裏剣がわりになる十字架もないけど。ルーファスがいてくれたおかげで僕は救われた。同じように、僕がそばにいれば彼も悲しみを乗り越えられるかもしれない。

一二時間前、僕は死を告げる電話を受けた。だけどいまの僕は、そのとき以上に生きている。

ルーファス
一二時三五分

マテオが俺をどこに連れていくつもりなのか知らないけど、雨はやんだし、市街地に戻る電車でしっかり仮眠したから、また元気に外に出ていける。夢を見なかったのは残念だ。けど、そのぶん悪夢も見なかったから五分五分か。

とりあえずトラベル・アリーナに行くのは見送る。マテオが言うように、この時間はやたらと混むからだ。俺たちが数時間後もまだ生きていたら、大行列で時間を無駄にせずにすむ。げすな考えだけど、人がうんと減るのを待つことにした。そのあいだに俺たちがやることが、メイク・ア・モーメントみたいな〝時間の無駄〟じゃないことを祈る。マテオはきっと、何かの慈善活動に参加するつもりなんだろう。それとも、ひそかにエイミーと連絡を取り合って、俺がくたばる前に仲直りさせようと、会う段取りを決めていたのか。

ここはマンハッタンの南側、チェルシー地区にある埠頭のそばの公園だ。いまの俺は、歩行者とジョガー用のレーンがあるのに自転車用レーンを歩いている迷惑なやつだ。きっとバチが当たるぞ。

マテオは埠頭のほうにどんどん歩いていく。ハドソン川が見えてきて、俺の足がぴたりと止まる。

「まさか、俺を川に投げこむ気じゃないよな？」

「きみのほうが二キロくらい重いよね。だからだいじょうぶ。両親とお姉さんの遺灰をまいてもあまり楽にならなかったって言うから、ここに来れば気持ちに区切りがつくんじゃないかと思って」

「三人が死んだのは、州の北部《アップステート》に向かう途中だった」

あの事故で俺たちの車がなぎ倒したガードレールも、いまはもう修理されていることを祈るが、どうなったかはわからない。

「実際に事故が起きた場所じゃなくても、川があれば十分かもしれない」

「自分がいったい何から逃《のが》れたいのか、よくわからないんだ」

「僕もわからない。もしいやなら、引き返して別のことをしてもいいよ。墓地に行ったおかげで、僕は思いがけず安らかな気持ちになれた。だから、きみにも同じような奇跡が起きてほしい」

俺は肩をすくめる。「せっかく来たんだ、その奇跡を起こしてくれよ」

埠頭には船が一隻も停泊していない。空っぽの駐車場と同じで、ものすごく無駄だ。七月にエイミーとタゴエと三人で、もう少し北にある埠頭に行った。ふたりが川べりの彫像を見たいと言ったからで、そのとき食中毒で来られなかったマルコムのために、一週間後にまた同じ場所に行った。

マテオとふたり、細長い埠頭の先端に向かって歩いていく。ここは板張りの埠頭じゃないぶんマシだ。木造なら不安で前に進めなかっただろう。マテオの強い不安感《パラノイア》が風邪みたいに俺に伝染している。ただ、幸いこの埠頭はコンクリート製の頑丈なつくりだ。先端まで来ると、俺は鋼色《はがね》の手すりにしっかりとつかまって身を乗り出し、川の流れをのぞきこんだ。

「どんな気分？」

「今日一日が、世界が俺にしかけた〝ドッキリ〟に思えてきたよ。おまえは役者で、両親とオリヴィアとプルートーズが、俺を驚かそうとワゴン車の陰からいまにも飛び出してきそうだ。だけどそれほどむかついたりしないだろうな。みんなをハグして、そのあと半殺しにする！」

半殺しは別として、そうなったらおもしろい。

「かなりむかついてるように聞こえるけど」

「俺はずっと、自分だけが家族に置き去りにされたみたいに思ってた。よく言う生き残った者の罪悪感ってやつもわかる。だけど……」

タゴエとマルコムにこの話をしたことはない。まだつきあっていたころのエイミーにさえ言わなかった。あまりにも酷《むご》い話だからだ。

「だけどほんとは、俺のほうが家族を置き去りにしたんだよ。俺は沈んでいく車から脱出して、泳いで逃げた。いまでも考える。自分の意志でそうしたのか、それとも強い反射みたいなものだったのかって。熱いガスレンジに触れたら反射的に手を離すだろう？　それは脳がそうさせるからだ。

あの日、俺にはデス＝キャストからの電話は来なかった。だけどあのまま家族と一緒に沈んでいくのはかんたんだったと思う。俺が死の一歩手前までかんたんに行けるなら、必死にがんばれば、家族だって形勢を逆転して生きられたかもしれない。デス＝キャストの通告は間違いだったかもしれないんだぞ！」

マテオがそばに来て、俺の肩に手を置く。

「自分を責めちゃだめだよ。〈カウントダウナーズ〉には、自分は特別だと信じるデッカーのためのフォーラムがたくさんある。だけど、デス＝キャストに間違いなんてない。電話が来たらそれでおしまいなんだ。ゲームオーバー。きみにできることなんて何もなかったし、きみの家族もどうしようもなかった」

「できることは、あったんだよ！」

俺は怒鳴りつけるように言い、マテオの手を払いのけた。

「オリヴィアのアイデアだった。一緒についていく俺が運転すれば、〝デッカーの手〟でハンドルを握らずにすむ。なのに俺は、たまらなく不安で、むしゃくしゃして、心細くて……。俺が運転してれば、家族はもう少し長く生きていられたかもしれない。不利な状況でもあきらめなかったかもしれない。なのに、俺が車から脱出したあと、三人はそのまま席に座ってたんだよ、マテオ。なんの抵抗もせずに――」

三人は俺を脱出させることだけを考えていた。「おやじはとっさに俺が乗ってる助手席のドアに手を伸ばし、後ろの席にいたおふくろも同時に手を伸ばした。自分で開けようと思えば開けられたはずなんだ。どこかに手が挟まって動かせなかったわけじゃない。車が勢いよく川に飛びこんだせいで、俺は放心状態だった。そのあとはっと気がついたけど、助手席のドアが開いたときには、もうみんなあきらめていて――あのオリヴィアでさえ、必死になって逃げようとはしなかった」

救助隊が川から車を引き揚げるあいだ、俺は漂白剤のにおいがするタオルを巻いて、救急車のなかで待つしかなかった。

「きみはなんにも悪くないよ」マテオはうなだれている。

「一分だけひとりにしてあげるけど、待ってるからね。それでいいかな――」

俺が答える前に、マテオは自転車を押して離れていく。

一分なんかじゃ足りない――俺はついに降参し、ここ何週間もなかったくらい激しく泣きじゃくり、握ったこぶしを手すりに打ちつける。家族が死んだくやしさ、親友が勾留されたくやしさ、元カノに裏切られたくやしさ、すごくいいやつと友だちになれたのに一日も一緒にいられないくやしさを、何度も何度も手すりにぶつける。手を止めたときには息が上がり、一〇人の男とけんかして打ち負かしたくらいへとへとに疲れていた。ハドソン川の写真を撮る気さえ起きず、俺は川に背を向けると、自転車を押して意味もなく同じところをぐるぐる回っているマテオのほうに歩きだす。

「おまえの勝ちだ。いいアイデアだったよ」

そうほめても、マテオはマルコムみたいに勝ち誇った顔もしなければ、海戦ゲーム《バトルシップ》に勝ったときのエイミーみたいに俺をあざけることもない。

「怒鳴って悪かったな」

「きみにはそれが必要だったんだよ」

マテオはまだ同じところをぐるぐる回り続けていて、見ているこっちの目が回りそうになる。

「そうだな」

「また怒鳴りたくなったら、いつでも言って。ラストフレンドは死ぬまで一緒だから」

デライラ・グレイ
一二時五二分

街でただ一軒、奇跡的にハウイー・マルドナードのSF小説『ボーン湾の消えた双子』を置いていた書店に、デライラは大急ぎで向かっている。

縁石から十分な距離を取りながら、大きなジムバッグを持つ髪の薄くなりかけた男が飛ばすやじを無視し、一台の自転車を押して歩くふたりの少年の横を足早に通り過ぎる。

間に合いますように、ハウイー・マルドナードがインタビューの時間を早めませんようにと祈りながら、デライラはふと、死ぬ運命にあるハウイーの人生では、もっとずっと危険な賭けが行なわれているのだと気づく。

ヴィン・ピアース

一二時五五分

デス＝キャストは〇時〇二分にヴィン・ピアースに電話をかけ、彼が今日死ぬことを告げたが、さほど驚くべき通告ではなかった。

ヴィンは、カラフルな髪をしたきれいな女に無視されたことにむかつき、一度も結婚せずに終わることにむかつき、けさ〈ネクロ〉でアプローチした女たち全員に拒絶されたことにむかつき、夢を邪魔した元コーチにむかつき、〝置き土産〟にする破壊の現場へと向かう彼を邪魔するふたり組の少年にむかついていた。バイカーの格好をしたほうの少年は自転車を押してのろのろと歩き、歩道のスペースを占領している。自転車はベビーカーみたいに押して歩くもんじゃない、乗るもんだ！　ヴィンは後先も考えずがむしゃらに突進し、彼の肩がその少年の肩にぶつかる。

舌打ちする少年を、友だちが腕をつかんで引き留める。

ヴィンは人に恐れられるのが好きだ。外の世界でもそうだが、どこよりもレスリングのリング上で相手を威圧するのが好きだった。四カ月前から筋肉の痛みを感じるようになったが、筋力の衰えを認めようとはしなかった。ウェイトリフティングはどうがんばってもお粗末な結果で、連続二〇回できた懸垂は調子のいい日でもせいぜい四回、これでは試合など無理だと判断したコーチに無期限でリングからおろされた。ヴィンの家系には、つねに病気がはびこっている。父親は多発性硬化症と診断されて数年前に亡くなり、おばは子宮外妊娠の破裂で命を落としている。ほかにも例は尽きないが、自分はだいじょうぶ、人より丈夫だという自信がヴィンにはあった。いつか必ず偉業を成し遂げる――たとえば世界チャンピオンになって巨万の富を手に入れる――そう確信していた彼だが、慢性的な筋肉の病気に取りつかれ、すべてを失った。

ヘビー級世界チャンピオンを目指し七年間トレーニングを続けてきたジムに、ヴィンは入っていく。汗と汚れたスニーカーのにおいに無数の記憶がよみがえる。だが、いま大事なのはただひとつ――コーチにロッカーの荷物をまとめさせられ、リングサイドの解説者やコーチなど、別の道に進んだほうがいいと告げられたときの記憶だ。

ばかにするな！

足音をしのばせて発電室におりていき、ジムバッグから手製の爆弾を取り出す。

ヴィンはいまの自分をつくりあげた場所で死のうとしていた。そして彼は、ひとりで死ぬつもりはなかった。

⌛

マテオ
一二時五八分

ショーウィンドウの前を通ると、有名な小説や新刊本が子ども用の椅子に並べられていた。まるで本たちが待合室でくつろぎながら、誰かが買って読んでくれるのを待っているみたいだ。さっきジムバッグを持った男に脅すような目でにらみつけられたあとだけに、何か気分が晴れるものがほしかった。

ルーファスがショーウィンドウの写真を撮る。

「入ってみるか?」

「二〇分以上はいないようにするね」

そう約束して、僕は〈オープン・ブックストア〉に入っていく。いい本に出会えそうな店名だ。この店に入ったのは最高のアイデアだけど、最悪のアイデアでもある。どんな本に出会っても、それを読む時間が僕にはないからだ。本はいつもネットで買うか学校の図書館で借りていたから、この店に入るのは初めてだ。もしかすると本棚が倒れてきて、僕はその下敷きになって死ぬんだろうか。苦しそうだけど、それよりもいやな死に方はいくらでもある。

本棚の上に置かれたアンティーク時計を見ているうちに腰の高さの台にぶつかり、そこに陳列されていた新学期向けの本の山を崩してしまった。店員さんにあやまると――ネームプレートによると、彼はジョエルという名前だ――だいじょうぶですよと言って手を貸してくれた。

自転車を店の前に置いてルーファスが入ってきたとき、僕は本棚のあいだを巡っていた。書店員が書いたポップを見ていると、さまざまなジャンルの本のおすすめコメントがそれぞれ異なる筆跡で書かれていて、読みやすい文字のもあればそうでないのもある。追悼コーナーは避けようと思ったけど、二冊の本が目にとまった。ひとつは論議を呼んだキャサリン・エヴェレット＝ヘイスティングによる伝記『ハロー、デボラ、なつかしい友』、もうひとつは話題沸騰のベストセラー『予期せぬ死を迎えつつ死を語る』で、この本を書いた人はまだ生きている。僕としては納得がいかない。

スリラーやヤングアダルトのコーナーには、僕の好きな本がたくさんあった。

ロマンスの棚の前で立ち止まると、そこには茶色い紙で包まれ「本でブラインド・デート」とスタンプが押された本が十数冊並んでいた。興味が持てそうな本かどうか、中身を知る手がかりがほとんどないのは、ネットで出会う相手のプロフィールに似ている。僕のラストフレンドもそうだった。

「誰かとつきあったことはあるのか？」

ルーファスが訊く。

答えはわかりきっているのに、勝手に決めつけない彼はいい人だ。

「ううん」

好きになった相手はいるけど、それが本やテレビのキャラクターだなんて恥ずかしくて言えない。

「チャンスがなかったから。来世に期待しよう」

「そうだな」

なんとなく、まだ何か言いたそうだ。愛もセックスも同じだ、いちども経験しないまま死ぬのはもったいないから〈ネクロ〉に登録したほうがいいぞと、冗談でも言いたいんだろうか。だけど彼は何も言わない。

僕の思い過ごしだったのかもしれない。

「エイミーが初めてのガールフレンド？」

そう訊いて、僕は紙で包まれた本を手に取る。そこには巨大なトランプ――ハートのエース――を抱えて逃げていく犯罪者のイラストが描かれている。『ハート泥棒』だ。

「つきあったのは初めてだ」

ニューヨーク市のポストカードが並ぶ回転ラックを回しながら、ルーファスが答える。

「前の学校で、クラスに好きなやつとかはいたけど、ぜんぜん進展なしだった。俺はトライしたけどな。自分からアプローチした相手はいるのか？」

ルーファスは僕にそう尋ねながら、回転ラックからブルックリン橋のポストカードを抜き取る。

「ポストカードでも送ってやれよ」

ポストカードか。

僕は微笑みながらカードを次々に取っていく。一枚、二枚、四枚、六枚……一二枚。

「ずいぶんいたんだな」

レジに行くと、またジョエルが応対してくれた。

「きみも僕も、みんなにポストカードを送ったほうがいいよ。だってほら……」

そう言葉を濁したのは、いま目の前にいる客が一七歳と一八歳で死ぬことを、ジョエルに知られたくなかったからだ。彼の一日を台無しにしたくない。

「プルートーズに、クラスメイト……」

「住所なんか知らないぞ」

「学校に送ればいいよ。きみと同学年の卒業生の住所はぜんぶわかるはずだから」

僕もそうしたい。本とポストカードを買い、ジョエルにお礼を言って店を出る。ルーファスによると、人間関係を築くためのポイントは、自分の気持ちをはっきり伝えることだという。僕はポストカードでならできるけど、自分の言葉でも伝えられるようにならなくちゃいけない。

「九歳のとき、愛について質問して父さんを困らせた」

自分が住む街の、まだ一度も訪れたことのない名所のポストカードをながめながら、僕は言った。

「愛はソファーの下とか、まだ僕の手が届かないクロゼットの高い棚の上にあるのって訊いたんだ。父さんは〝愛はおまえの心のなかにある〟とか〝愛はいたるところにある〟なんて言わなかった」

「へぇ、なんて言ったんだ？」

ルーファスは自転車を押し、ふたり並んでジムの前を通る。

「愛は誰もが持つ強大な力《スーパーパワー》だけど、必ずしも自由に操れるものじゃなく、大人になるほどコントロールが難しくなる。おかしな方向に暴走することもあるから、思いもよらない相手を好きになっても怖気づいちゃいけないって」

顔が熱くなる。僕に〝常識〟というスーパーパワーがあったなら——だって、こんな話は人に聞かせるものじゃない。

「変な話をして、ごめんね」

ルーファスは立ち止まり、にっこりと微笑む。

「ぜんぜん。いい話だったよ。話してくれてありがとう、スーパーマテオ」

「僕はメガ・マスター・マテオ・マン！　ちゃんとおぼえてくれよ、相棒」

そう言って、僕はポストカードから顔を上げる。ルーファスの目がすごく好きだ。茶色い目。少し眠ったけど、その目にはまだ疲れが残っている。

「その気持ちが愛だって、どうやってわかるのかな?」

「俺は――」

ガラスが割れ、いきなり後ろに吹き飛ばされた。悲鳴を上げる群衆に向かって、みるみる火の手が伸びていく。ついにこの時が来てしまった――。

僕は一台の車に叩きつけられ、助手席側のサイドミラーに肩が激しくぶつかる。視界がぼやけていく。闇、炎、闇、炎……。きしむ首を無理に動かして横を向くと、そこにルーファスがいた。美しい茶色の目を閉じ、ブルックリン橋、自由の女神、ユニオン広場、エンパイアステートビルディングのポストカードに囲まれている。僕は彼のほうに這っていき、おそるおそる手を伸ばす。彼の鼓動が手首に伝わってくる。僕の心臓と同じように彼の心臓もまた、こんな混乱状態《カオス》のなかで止まってたまるかとばかりに激しく動いている。動揺と衝撃で、ふたりとも呼吸が乱れていた。何が起きたのかわからない。わかるのはただ、ルーファスが必死に目を開けようとしていることと、まわりの人たちが大声で叫んでいることだけ。でも全員が叫んでいるわけじゃない。地面には、コンクリートにキスするようにうつぶせになった遺体が転がっている。よく目立つカラフルな髪をした女の人が立ち上がろうともがいているその横にも、女性の遺体が――その目は天を見つめ、雨が降ったあとの水たまりが、血で真っ赤に染まっていた。

ルーファス

一三時一四分

デス＝キャストの男から今日死ぬと告げられたのは、いまから一二時間ちょっと前だ。俺はいま歩道の縁石に腰かけ、家族が死んだ日に救急車のなかで待っていたときみたいにひざを抱えて、さっきの爆発にすっかり動揺している。ハリウッド映画でしか見たことがないような、すさまじい爆発だった。パトカーと救急車のサイレンが鳴り響き、消防士たちが燃えるジムで消火活動にあたっているが、犯人の凶行を事前に食い止めることはできなかった。同じ場所にデッカーが集まらないように、特別な襟《えり》とかジャケットとか、目印になるものを身につけるようにしたほうがいい。あと一、二分ぐずぐずしていたら、死んだのは俺とマテオだったかもしれない。それはわからないけど、ひとつだけはっきりわかった。一二時間ちょっと前に電話を受けて今日死ぬと告げられ、もう覚悟はできていると思っていた。ところがいま、これから何が起きるのだろうと、これまで味わったことのないすさまじい恐怖を感じている。

⌛

マテオ

一三時二八分

火は消し止められた。

二〇分ほど前から、何か食べさせてくれと胃がわめきたてている。僕がタイムアウトを取れば、エンド・デーの貴重な時間を無駄にせずにもう一度食事ができるとでもいうように。ほかのデッカーたちの命を奪った爆発でルーファスと僕が危うく死にかけたことなんて、まるでなかったかのように。

目撃者たちが警官と話をしているけど、彼らにいったい何が語れるんだろう。ジムを破壊した爆発は、なんの前触れもなくいきなり起きたというのに。

僕はルーファスの隣に腰かける。そばには彼の自転車と、僕が持っていた書店の袋がある。そこらじゅうに散らばったポストカードは、そのまま置いていくことになるだろう。デッカーたちが遺体袋に入れられて遺体安置所に運ばれていくときに、何かを書く気になんかとてもなれない。

今日という日が信じられなくなった。

⌛

ルーファス
一三時四六分

このまま前に進まなくちゃならない。

いまの俺にいちばん必要なのは、プルートーズとテーブルを囲んで他愛のないおしゃべりをすることだ。それが無理なら、この気分から抜け出す二番目にいい方法は自転車に乗ることだ。両親とオリヴィアが死んだあとも、エイミーに別れを告げられたときも、今日ペックを殴り倒してデス＝

キャストの通告を受けたあとも、俺は自転車に乗った。ごった返す爆発現場から遠ざかり、ブレーキをかけながら自転車にまたがる。マテオが俺の視線を避ける。

「乗ってくれ」

レスラーみたいに宙に投げ飛ばされて以来、口をきくのは初めてだ。

「いやだ」

マテオが拒む。

「ごめんね。でも安全じゃないから」

「マテオ」

「ルーファス」

「マテオ！」

「ルーファス！」

「頼むよ、マテオ。あんなことがあったあとじゃ乗らずにいられないし、おまえを置いていきたくない。俺たちは、まだしばらく生きられるはずだ。結末はわかってる。だけどあとで振り返って、一瞬だって無駄にしたとは思いたくない。これは夢じゃない——俺たちがここから目覚めることはないんだ」

ほかにどうすればいいかわからない。土下座して頼みこむか？ 俺らしいやり方じゃないけど、それでマテオが一緒に来てくれるなら、土下座でもなんでもする。

マテオは気分が悪そうだ。

「ゆっくり走るって約束してくれる？　坂道は下らないこと、それから水たまりには入らないで」

「約束するよ」

ヘルメットを渡すと、マテオはいらないと拒んだけど、どう考えても、俺より彼のほうがリスクが高い。マテオはヘルメットをかぶってストラップをきつく締め、ハンドルに書店の袋をぶら下げると、後輪のペグに足をかけて俺の肩につかまった。

「きつく締めすぎ？　ヘルメットがあってもなくても、落ちたくないな」

「だいじょうぶ、それでオーケー」

「よかった」

「準備はいいか？」

「いいよ」

俺はゆっくりとペダルを踏み、ふたり分の重さで脚に焼けるような感覚をおぼえながら前にこぎ出す。まるで坂道をのぼっているように重い。ちょうどいいリズムを見つけ、警察も、遺体も、破壊されたジムもあとに残し、前に進んでいく。

ディアドリ・クレイトン

一三時五〇分

デス＝キャストはディアドリ・クレイトンに電話しなかった。今日、彼女は死なないからだ。けれども彼女は、デス＝キャストの誤りを証明しようとしていた。

ディアドリはいま、八階建てアパートの屋上の張り出した部分に立っている。ふたりの運送屋が見上げているが、彼らは建物に運び入れようとしているソファーで彼女を受け止めるつもりなのか、それとも彼女がデッカーかどうか賭けをしているのだろうか。歩道に流れる血と折れた骨が勝敗を決めるだろう。

ディアドリが高いところから身を投げようとしたのは今回が初めてではない。七年前、ちょうどデス＝キャストがサービスを開始して数カ月後、高校生だった彼女は放課後に決闘を挑まれた。シャーロット・シモンズと取り巻き、それにディアドリのことは「両親を亡くしたレズビアン」としてしか知らない生徒たちが〝決戦場〟に到着したとき、彼女はそこではなく屋上にいた。自分の恋愛の仕方がなぜこれほどまでに反感を買うのか理解できなかったし、このまま生き続けて、みんなに嫌われる原因になる愛を見つけようとも思わなかったからだ。けれどもそのときは、幼なじみの親友に説得されて思いとどまった。

今日、ディアドリはたったひとり、ひざをガタガタと震わせながら泣いていた。もっと幸せな日々が訪れると信じたくても、彼女の仕事がそれを阻んだ。ディアドリはメイク・ア・モーメントで働いている。デッカーから料金を受け取り、スリルと偽物の体験、そして偽物の思い出を提供するのが仕事だ。デッカーたちがなぜ愛する人と家で過ごさないのか、ディアドリには理解できない。今日やってきたふたり組の少年は特にそうだ。帰りぎわ、彼らはバーチャル体験が期待はずれだったと話していた。時間の無駄だったと。

その少年たちのことを考えているうちに、けさ書き上げた短編小説を思い出す。職場で暇つぶしに書いていたもので、誰にも見せたことはない。小説の舞台は架空の世界で、そこには〝ライフ＝キャスト〟と呼ばれるデス＝キャストの一部門があり、デッカーは自分がいつ生まれ変わるかを告げられる。おかげでデッカーの家族や友人たちは、どうすれば彼らの〝生まれ変わり〟に会えるかを知ることができるという設定だ。ストーリーは一五歳の双子の姉妹エンジェルとスカイラーを中心に展開する。スカイラーのほうが死ぬとわかってショックを受けたふたりは、彼女がいつ生まれ変わるかを知るために、すぐにライフ＝キャストと契約する。だが再会まで七年待たなければならないとわかり、エンジェルは悲しみにくれるのだった。スカイラーは七年後に、オーストラリアのある一家の息子として生まれ変わるのだという。スカイラーはみずからの命を投げうってエンジェルを救い、打ちひしがれたエンジェルが古いブタの貯金箱に一〇〇ドル札を入れ、七年後にこの世に帰ってくる双子の妹――そのときは男の赤ちゃんだが――に会いにオーストラリアに行く資金を貯め始めるところで物語は終わっている。

ディアドリは続きも書くつもりだったが、もうやめた。ライフ＝キャストなど存在しないし、デス＝キャストに死を告げられるのを待つつもりもない。暴力と恐怖に満ち、子どもたちが人生を楽しむこともなく死んでいくこの世界で生きていたいとは思わない。

飛びおりるくらい、どうってこと……。

ディアドリは片足を踏み出す。全身が震え、いまにも前に倒れこみそうだ。以前、職場で屋根にのぼったことがあるが、それはパルクールのバーチャル体験で、本物ではなかった。

ディアドリという名前は死を予言している。アイルランド神話に登場する、みずから命を絶った悲劇の女性の名だ。

いざ飛びおりようと下を見たとき、ふたりの少年が一台の自転車に乗って角を曲がってきた。彼らは今日メイク・ア・モーメントにやってきた少年たちに似ていた。

ディアドリは自分の心の奥底を探る。すぐに嘘や絶望が生まれる場所よりもずっとずっと奥、この屋上から飛びおりて、ひと思いに楽になることを求める本心のさらに奥に隠れた部分にまで探りを入れる。ふたりの少年が人生を楽しむ姿を見て、心が少し生き返ったような気がした。

死のうと思うだけでは死ねないのかもしれない。目を覚ますと醜い現実が待っている朝を数えきれないほど迎えてきた彼女にはわかる。デス゠キャストの間違いを証明できるチャンスを目の前にして、ディアドリはいま、生きるという正しい選択をする。

⌛

マテオ
一三時五二分

この自転車はそう悪くもない。

ルーファスが左に急カーブを切り、僕は彼の肩にしがみつく。曲がった先には運送屋がいて、ソファーを建物に運び入れる代わりに空を見上げている。ルーファスはその人たちをよけ、僕たちはそのまま通りを走りぬける。

走り出しはかなりぐらついたけど、ほど良いスピードが出てさっそうと風を切って進み始めてからは、安心して彼の運転に身をまかせていられる。

なんだか解き放たれた気分だ。

もっとスピードを上げてほしいとは思わないけど、メイク・ア・モーメントのスカイダイビングよりもエキサイティングだ。うん、確かに、自転車に乗るほうが〝飛行機から飛びおりる〟よりもずっとスリルが味わえる。

僕が臆病者じゃなくデッカーでもなかったら、ルーファスにもたれかかって体をあずけるのに。そして両手を広げて目を閉じる。でもそれじゃ危険すぎるから、彼にしっかりつかまっている。いまはそれでもいい。だけど目的地に着いたら、ちょっとした冒険をしてみるつもりだ。

ルーファス

一四時一二分

　スピードを落としてカーブを曲がり、アルシアパークに入っていく。そのとき急にマテオの手が肩から離れて自転車が軽くなり、俺はブレーキをかける。顔の骨でも折っていないか、ヘルメットの甲斐なく頭を強打していないかと振り向くと、マテオは駆け足で近づいてきてにっこりと微笑んだ。無事だった。

「飛びおりたのか？」

「うん！」マテオはそう言ってヘルメットを脱ぐ。

「俺には自転車に乗るなって言っておきながら、自分は乗るどころか飛びおりるのか？」

「すごく楽しかったよ」

　俺のおかげだと言いたいところだけど、マテオはもともと楽しいことが好きなんだ。いつだってわくわくするような冒険がしたいのに、臆病すぎて挑戦できなかっただけだ。

「気分は良くなった？」

「少しはな」

自転車からおりて、人のいない運動場のほうにあてもなく歩いていくと、大学生くらいの男子グループが近くのコートでハンドボールの試合をしていた。誰かがキャッチしそこなうたびに、水たまりに入って水しぶきを上げながらボールを追いかけていく。俺のバスケットショーツは墓地で汚れて湿っぽいし、マテオのジーンズも同じだから、濡れたベンチに腰かけるのは平気だった。

「さっきみたいなのに出くわすと、きついな」

「そうだね。誰かが死ぬところなんて見たくなかった。たとえ赤の他人でも」

「おかげで目が覚めたよ。何が起きようと覚悟はできてるつもりでいたけど、嘘だった。ほんとは怖くてしょうがない。俺たちだって、流れ弾かなんかに当たっていますぐ死んでもおかしくない。そんなのは絶対にいやだ……。いまみたいに頭がごちゃごちゃになると、なぜかこの公園に来た。いつもそうだった」

「でも、いいときにも来てるよね？ 初めてのサイクルマラソンでフィニッシュしたときも」

そこでマテオは深く息を吸いこむ。

「それに……女の子とファーストキスをしたときも」

「ああ」

そうか、あのキスのことが気になるのか。なら、俺の直感はたぶん当たってる。しばらく無言のまま、木を駆けのぼるリスや追いかけっこをしている鳥たちを見つめる。

「グラディエーターって、やったことあるか？」

「そういう遊びがあるのは知ってる」

「そうか。で、やったことは？」

「みんながやってるのを見てた」

「つまり、ないんだな？」

「うん」

俺は立ち上がり、マテオの両手をつかんでうんてい・・・・のほうに引っぱっていく。

「おまえに戦いを挑む」

「これは拒めないの？」

「絶対にだめだ」

「爆発を切り抜けたばかりなのに」

「あと少しくらい痛い思いをしても、なんてことないだろ？」

遊具を使ったグラディエーターは、古代ローマの円形競技場《コロッセウム》でくりひろげられたような激しい戦闘とは違う。ただ、俺は学校の仲間がけがをするのを見たことがある。しかも、そのうちの何人かは俺のせいでけがをした。グラディエーターは、ふたりのプレイヤー――剣闘士《グラディエーター》――がうんていのバーにぶら下がり、対戦相手にぶつかって落下させる遊びだ。子どもの遊びにしてはかなり野蛮だけど、めちゃくちゃ楽しい。マテオも俺もけっこう背が高いから、つま先立ちすればバーに手が届きそうだ。それでも俺は軽くジャンプして、懸垂みたいに体を引き上げる。マテオも跳んでバーにつかまったけど、上半身の力がまるでない彼は、一〇秒後にはまた地面に立っていた。そのあともう一度ジャンプし、こんどはぶらさがった状態を保つ。いちにのさんで互いにスイングし、ふたりのあいだの距離がさらに縮まる。俺がキックするとマテオはわきによけ、落下しそうになった。そこで俺は両脚をさらに高く蹴り上げ、その脚でマテオの胴体をからめ取って揺さぶる。彼は必死になって振りほどこうとするが、うまくいかない。手がひりひりしてきて、マテオが笑いながら手を離すと、俺も一緒になってマットの上に落ちた。勢いよくマットにぶつかった衝撃が体じゅうを駆け巡る。それでも死ぬほどの痛みじゃない。ふたり並んで寝転がり、痛むひじや脚を笑いながらさすり合う。背中がびしょ濡れで、つるつるすべってなかなか立ち上がれない。まぬけな光景だ。マテオのほうがどうにか先に立ち上がり、俺に手を貸してくれた。

「俺の勝ちだろ？」

「引き分けだと思うよ」

「もう一回やるか？」

「僕はもういい。さっき落ちながら、人生の走馬灯が確かに見えたよ」

俺は笑う。

「マジな話だけどさ、マテオ」

わざわざ呼ぶ必要なんかないのに、つい彼の名前を何度も口にしてしまう。マテオ——マジで、その響きがすごく好きだ。

「ここ何カ月かは最悪で、通告なんか来なくても、俺の人生は終わったも同然だと思ってた。デス＝キャストの間違いを証明できると信じてたころは、自転車で川に入ったりもしたよ。だけどいまは死ぬのが怖くて仕方ない。それに、くやしくてたまらない。いろんなものが、もう二度と手に入らないんだからな。時間も……それに——」

「今日は、死のうとなんかしないよね？」

「それはない、約束する。すべて終わってほしいとは思わない。頼むから、俺より先に死なないと約束してくれ。おまえが死ぬのを見たくない」

「きみも同じことを約束してくれるならね」

「ふたりとも同じ約束はできないよ」

「じゃあ、約束を守るという約束はしない。きみの目の前で死にたくはないけど、僕だってきみが死ぬのを見たくない」

「困ったな。じゃあおまえは、もうひとりのデッカーの最後の望みをかなえてやろうとしなかったデッカーとして名を残してもいいんだな？」

「何がなんでもきみの死を見届けるなんて約束できないよ。きみは僕のラストフレンドなんだから、目の前で死なれたら、僕はもう立ち直れない」

「おまえが死ぬのはもったいないな、マテオ」

「誰だってそうだと思うよ」

「死んで当然なのはシリアルキラーくらいか？」

マテオが何も答えないのは、俺が彼の返事を気に入らないと思うからだろう。気に入らないどころか、俺はますます確信する――マテオが死ぬのはもったいない。

そのとき、ボールがこっちに向かって跳ねてきて、それを受け止めようとマテオが駆け出した。ボールを追いかけてきた青年に、先に追いついたマテオがボールを投げ返す。

「ありがとう」

ふだんは部屋からほとんど出ずに過ごしているのか、青年はやけに青白い。よりによってこんな荒れた天気の日に、なんで外に出てハンドボールなんかしてるんだ？ 彼はたぶん一九歳か二〇歳、俺たちと同い年の可能性もある。

「どういたしまして」とマテオが返す。

戻りかけた青年が、俺の自転車に気づく。

「いい自転車だね！ それ、トレック？」

「うん。オフロードレース用に買った。きみもトレックに乗ってんの？」

「僕のはもうポンコツで、ブレーキケーブルはいかれてるし、サドルクランプもねじ曲がってる。時給八ドル以上のバイトが見つかったら新しいのを買うつもり」

「じゃあ、俺のをやるよ」

これでいい。俺を乗せて過酷なレースをくぐり抜け、どこへでも行きたい場所に連れていってくれた自転車を取りにいき、青年のほうに押していく。

「嘘じゃない、今日はきみのラッキー・デーだ。俺がこいつに乗ると、友だちがいい顔しないんだ。だから使ってくれよ」

「本気で言ってる？」

「ほんとにいいの？」とマテオも訊く。

俺はうなずき、青年に言う。

「きみにやるから、乗ってみなよ。俺はもうすぐ引っ越すから、どうせ持ってけないんだ」

早く戻ってきて試合をやろうと叫ぶ仲間たちに向かってボールを投げ返すと、青年は自転車にまたがってギアを動かしてみる。

「ちょっと待った。まさか盗んだものじゃないよね？」

「違う」

「故障してるとか？　だから置いていくんじゃないよね？」

「故障なんかしてない。ほしいのか、ほしくないのか？」

「わかった、わかった。いくらか払おうか？」

　俺は首を横に振る。

　マテオが手渡したヘルメットをかぶらずに、青年はそのまま自転車に乗って仲間のもとに帰っていった。俺はスマホを取り出し、その姿を写真におさめる。彼はこっちに背中を向けて立ってペダルをこぎ、そのかたわらで仲間たちがハンドボールの試合をしている。その無邪気な姿——俺たちより少しだけ年上でも、彼らはまだ未熟な若者だ。デス＝キャストからの死の通告なんかを心配するには若すぎる。一日がいつもどおり終わって当然なんだ。

「いいことしたね」

「最後にもう一度乗れたからな。それで踏ん切りがついた」

　俺はまた写真を撮る。進行中のハンドボールの試合、ふたりでグラディエーターをやったうんてい、黄色の長いすべり台、ブランコ。

「行くぞ」

　自転車を取りにいきかけて、たったいま人にくれてやったのを思い出す。さっきより気持ちが軽い。まるで自分の影が、影としての仕事をやめて去っていき、ピースサインを送ってきているみたいだ。マテオの先に立って、俺はブランコのほうに歩いていく。

「おやじさんとよくここに来たって言ったよな。雲の名前を呼んだりしたんだろ？　ブランコに乗ろう」

　マテオはブランコに腰かけてチェーンをしっかりと握りしめ（そうする気持ちはわかる）、二、三歩引いて大きく前にこぎ、彼の脚が建物を蹴り倒しそうに見える。写真を一枚撮ってから俺もブランコに乗り、チェーンに腕を巻きつけてさらに何枚か写真を撮る。わが身とスマホを危険にさらし（それもわかっている）、ピンぼけ四枚に対して一枚の割合でいい写真が撮れた。マテオが黒い雨雲を指さす。そのとき俺は、死ぬのがもったいないような相手とこの瞬間を生きていることに心から喜びを感じた。

　いまにもまた荒れそうな空の下、俺たちは前後に揺れている。マテオはいま、デッカーがふたりも乗っているせいでブランコ全体が崩壊し、そのせいで死ぬかもしれないと想像しているんだろうか。それとも、ふたりとも高くこぎすぎてどこかに飛んでいき、落下してこの世を去るんだろうか。だけどなぜか安心感があった。

　こぐスピードを落としながら、大きな声で言う。

「俺の遺灰はここにまいてもらう」

「きみにとって〝変化の場所〟だものね！」

後ろに揺れながらマテオも大声で返す。

「今日は何か大きな変化があった？　あれ以外で」

「あったよ！」

「なに？」

ふたりのブランコが止まり、俺はマテオに微笑みかける。

「自転車を手放した」

本当は何を聞き出したいのかはわかってる。だけどその手には乗らない。マテオ自身が行動を起こすべきで、俺はその大事な瞬間を――決定的な瞬間を――彼から奪うつもりはない。マテオが立ち上がっても、俺はまだブランコに腰かけている。

「なんか不思議だよ。ちゃんと体があって心臓も動いてる状態でこの公園にいるのは、これが最後なんだな……」

マテオがあたりを見回す。彼にとってもこれが最後だ。

「木に生まれ変わるデッカーの話、聞いたことある？　なんだかおとぎ話みたいだよね。〈リビング・アーン〉が提供しているサービスで、デッカーは土のなかで生分解される骨壺《アーン》に遺灰を入れてもらうんだ。そこには木の種も入っていて、遺灰の養分を吸って育つ。それってファンタジーだと思ってたけど、そうじゃない。サイエンスなんだ」

「ただ地面にまかれて、どこかの犬にフンされるより、木として生き続けるのも悪くないか」

「うん。それに、ティーンエイジャーたちがきみにハートマークを彫るかもしれないし、きみは酸素を生み出せる。人はみんな空気が好きだよ」

霧雨が降りだした。ブランコから立ち上がると、背後でチェーンが音をたてる。

「おかしなやつだな。雨だ、どっかに避難しよう」

木に生まれ変われたら最高だ。このアルシアパークで、俺はまた一から成長する。ただ、このことは胸にしまっておく。だってそうだろ、木になりたいなんて話を、いったい誰がまじめに聞いてくれる？

デミアン・リーヴァス

一四時二二分

デス＝キャストはデミアン・リーヴァスに電話しなかった。今日、彼は死なないからだ。それを残念に思うのは、近ごろの自分の生活に満足できていないせいだ。デミアンは以前からアドレナリン中毒で、毎年夏になると、最新のジェットコースターがハイな気分にさせてくれた。ドラッグストアでお菓子を万引きし、父親の小銭入れからお金をくすね、巨人ゴリアテを打ち負かしたダビデさながらに、強い相手と戦った。そして彼はギャングを結成した。

ひとりでダーツゲームをしていても、スリルは味わえない。

電話でペックと話していても、エキサイティングな気分にはなれなかった。

「警察にチクるって、セコいぞ。通報なんかさせやがって。俺の主義に反するサイテーの行為だ」

スピーカーフォンでも十分に聞こえる声でデミアンが言う。

「わかってる。自分が通報されて警察が来るのがいいんだろ？」

電話の向こうのペックに見えるかのように、デミアンはうなずく。

「俺らの手で始末するべきだったんだ」

「そうだな。警察はルーファスをつかまえてすらいない。あいつはデッカーだから、そのまま放っとくつもりなんだろう」

「だったら、俺らでおまえの敵《かたき》を討《う》とうぜ」

沸《わ》き上がる興奮と使命感が全身にみなぎる。夏のあいだずっと足を踏み入れずにいたお気に入りの領域に、デミアンはいま少しずつ近づきつつあった。

　ダーツ盤の上にルーファスの顔を思い描く。放った投げ矢が的のど真ん中に——ルーファスの目と目のあいだに——命中した。

⌛

マテオ
一四時三四分

　雨がまた、墓地にいたときよりも激しく降りだした。子どものころに守った鳥のヒナになったような気分だ。雨に打たれていたあのヒナ。まだ準備が整わないのに巣を離れたヒナ。

「どこかで雨宿りしたほうがいいね」

「風邪ひくのが怖いのか？」

「雷に打たれた人として統計データになるのが怖い」

僕たちは、ペットショップの日よけの下で雨宿りをした。ショーウィンドウの子犬たちを見ていると楽しくて、次に何をするかがなかなか決まらない。

「きみの探求心が満たされそうなアイデアがあるんだけど。電車に乗ってあちこち行ってみるのはどうかな。この街に住んでるのに、一度も見たことのない場所がたくさんあるんだ。思いがけない発見があるかもしれないし。でもつまんないね、いまのは忘れて」

「ぜんぜんつまんなくなんかない。おまえが言ってること、すごくわかるよ！」

ルーファスはさっそく、近くの地下鉄の駅に向かって歩きだした。

「ニューヨークは巨大都市だからな。ここで一生暮らしても、街のすみずみまで見て回るのは無理だ。いつだったか、自転車で街じゅうを走りぬける夢を見た。タイヤに夜光塗料を塗って、真夜中までに街全体を輝かせようとしてた」

僕は微笑む。まさに時間との勝負、スリルいっぱいの夢だ。

「うまくいったの？」

「だめだった。途中でセックスかなんかの夢を見始めたみたいで、そのまま目が覚めた」

彼は未経験じゃなさそうだけど、あえて尋ねたりはしない。僕には関係のないことだから。

これからまたダウンタウンに向かう。どこまで行けるかはわからない。電車で終点まで行き、そこからバスに乗ってさらに遠くまで行けるかもしれない。もしかすると、隣のニュージャージー州あたりに行き着くかもしれない。

ホームには電車が来ていた。開いているドアから駆けこみ、車両の端の誰もいないベンチシートを見つける。

「ゲームをやろう」とルーファスが言い出す。

「もうグラディエーターはたくさん」

「違う。俺がいつもオリヴィアとやってた〝トラベラー〟ってゲームだ。ほかの乗客を見て、どういう人でどこに行くのかストーリーをつくるんだ」

ルーファスは僕にぴったりと身を寄せ、青い手術着の上にジャケットをはおり買い物袋を抱えた女の人をそっと指さす。

「彼女はこれから家に帰ってひと眠りしたら、そのあと大音量でポップミュージックを聴いて、九日ぶりの休日に向けて気分を盛り上げようとしてる。ところが、彼女はまだ知らないけど、お気に入りのバーは改装のため休業中だ」

「気の毒だね」

ルーファスがこっちを向いて手首をくるくる回し、続きを言えと僕を促す。

「えーと、家に帰るとケーブルテレビで好きな映画をやっていて、コマーシャルのあいだに彼女は友だちにメールを打ったりする」

そこでルーファスがニヤリと笑う。

「なに？」

次はルーファスの番だ。

「彼女はかなり大胆に夜をスタートさせた」

「昼寝をしてたよね」

「だから、ひと晩じゅうお祭り騒ぎができるエネルギーがみなぎってる！」

「彼女はきっと友だちがどうしてるか知りたいと思う。ふだんは人の命を救ったり赤ん坊を取り上げたりするのに忙しくて、メールを読めないことや電話に出られないことがあるはずだから。彼女に必要なのは、きっとそっちだよ」

僕は次に、握りこぶしよりも大きいヘッドホンをつけて髪をメタリックグレーに染めた女の子に目を向ける。その子はブルーのタッチペンでタブレットにカラフルな何かを描いていた。僕は彼女の方をあごで指して言う。

「先週、彼女はずっとほしかったタブレットを誕生日のプレゼントに買ってもらった。ほんとはゲームや友だちとのビデオチャットのために使うつもりだったけど、暇なときにデザインアプリを見つけてやってみたら、そっちにハマっちゃった」

「いいな、それ」

電車が止まると、その子はイラスト入りのトートバッグにあわてて荷物をしまい、駆けおりた瞬間にドアが閉まる——まるでアクション映画のような流れだ。

「彼女はこれから家に帰るけど、さっきの作品を仕上げるのに夢中になって、友人たちとのビデオチャットに遅れてしまう」

僕たちはさらにトラベラーゲームを続ける。ルーファスがスーツケースを持った少女を指さし、家出少女だという彼の考えを僕が正す。彼女は家に帰るところで、大げんかした姉と仲直りしようとしている。ちゃんと見れば、何が起きているかは誰だってわかるものだ。ずぶ濡れになっている別の乗客は、乗っていたワゴン車が故障して、その場に置いてこなければならなかった。ワゴン車じゃなくメルセデスだ、とルーファスが訂正する。彼みたいな金持ちにとって、電車に乗るのは屈辱的なことなんだと。オリエンテーションの帰りらしきニューヨーク大学の学生が数人、傘を手に乗りこんでくる。彼らの前途には長い人生が待っている。学生たちの将来の姿を、ルーファスと僕は次々に言い当てていく。家庭裁判所裁判官（アーティスト一家に生まれ育つ）、ロサンゼルスのコメディアン（そこで彼女の交通ネタがウケる）、タレントエージェント（数年はぱっとしないが、いずれ手腕を発揮するときが訪れる）、子ども番組の脚本家（スポーツをするモンスターの話）、スカイダイビングのインストラクター（両端がぴんと上を向いた口ひげが、滑空のたびに風を受けて笑っているように見えるのがおもしろい）。

もしほかの誰かがトラベラーゲームをしていたら、僕とルーファスの未来をどんなふうに予測するんだろう。

電車のドアが開いたとき、ルーファスが僕の肩を叩いて出口を指さした。

「おい、この駅じゃないか？　ほら、なんとなく流れでジムに入会したとき、ここでおりただろ？」

「えっ？」

「そうだ、ここだ！　ブリーチャーズのコンサートで変なやつがおまえにぶつかってきて、そのあとおまえが、もっとたくましい体になりたいって言い出したんだよ」

ルーファスがそう言い終えたとき、ドアが閉まる。

僕はブリーチャーズのコンサートに行ったことはないけど、これはゲームだとわかった。

「あの晩じゃないよ、ルーファス。あいつがぶつかってきたのは、Ｆｕｎ．のコンサートのときだった。ねえ、僕たちがタトゥーを入れたの、ここだよね」

「ああ。タトゥーアーティストのバークリーが――」

「ベイカー」僕が名前の間違いを正す。「おぼえてる？　医学部を中退してタトゥーアーティストになったっていう、ベイカー」

「そうだった。俺たちが行ったとき、ベイカーはごきげんで、ひとつ入れたらもうひとつサービスしてくれた。俺は腕に自転車の車輪――」ルーファスが前腕をぽんと叩く。「で、おまえのは……」

「オスのタツノオトシゴ」

ルーファスはすっかり面食らったようすで、まだ同じゲームが続いているのを確認するためにタイムアウトを要求しそうだ。

「えっと、なんでそれにしたんだっけ……?」

「父さんが、オスのタツノオトシゴが大好きだから。父さんは男手ひとつで僕を育ててきたからね。思い出した？　僕の肩のタツノオトシゴの意味を忘れるなんて、信じられない。違う、手首だ。そう、僕の手首。そのほうがかっこいいね」

「自分がタトゥーを入れた場所を忘れるほうが信じられないよ」

次の停車駅に到着したとき、ルーファスは僕たちをいきなり未来の世界に放りこんだ。

「ほら、俺がふだん通勤で使うのがこの駅だ。オフィスで仕事する日はな。それ以外は世界じゅうのリゾート地を巡ってレビューを書いてる。おまえが設計して建てたビルで働けたらすごいな」

「そうなったら最高だね、ルーファス」

僕は、タツノオトシゴのタトゥーが入っているはずの手首を見下ろす。

未来のルーファスはトラベルブロガーで、僕は建築家だ。一緒に彫ったタトゥーがあって、彼がおぼえていられないくらいたくさんのコンサートに行っている。ふたりの友情を物語る〝偽物〟の記憶がすばらしすぎて、こんなに想像力が豊かじゃなければよかったと思いたくなる。僕たちはいま、一度も体験していないことを追体験していた。

「ふたりの印《マーク》を残さなくちゃ」と、僕は席を立つ。

「外に出て消火栓に小便でもひっかけるか？」

僕は包装紙に「本でブラインド・デート」とスタンプが押された本を座席に置く。

「誰がこれを見つけるかわからないけど、ここに置いておけば必ず誰かが見つけてくれる。それってすてきだと思わない？」

「そうだな。ここは特等席だ」ルーファスもベンチシートから立ち上がる。

電車が止まり、ドアが開く。自分の未来を想像するよりも、人生にとってもっと大事なことがあるはずだ。ただ未来を望むんじゃなく、リスクを負ってでも未来をつくりあげなくちゃ。

「どうしてもやりたいことがあるんだ」

僕の言葉に、ルーファスが微笑む。

「おりるぞ」

ドアが閉まる直前、僕たちは危うくふたりの女の子とぶつかりそうになりながら電車をおり、地下鉄の駅をあとにした。

ゾーイ・ランドン

一四時五七分

デス＝キャストは〇時三四分にゾーイ・ランドンに電話をかけ、彼女が今日死ぬことを告げた。

ゾーイは八日前にニューヨークに引っ越してきたばかりで、ひとりぼっちだった。入学したニューヨーク大学は今日から授業が始まる。やっと引っ越しの荷物をほどいたところで、友だちなどまだひとりもいない。けれども、ありがたいことに、タップひとつで〈ラストフレンド〉アプリにたどりついた。ゾーイが最初にメッセージを送った相手はマテオという少年だが、いっこうに返事は来なかった。もう死んでしまったのか、メッセージを無視したのか。もしかすると、すでにラストフレンドが見つかったのかもしれない。

ゾーイにも、ようやくラストフレンドができた。

ゾーイとガブリエラは、ふたり組の少年とぶつかりそうになりながら、ドアが閉まる寸前に電車に乗りこんだ。急いで車両の端のベンチシートに向かったふたりは、紙に包まれた何かが置かれているのを見て、ぴたりと足を止める。長方形の物体だ。地下鉄に乗るたびに〈不審物を見つけたら通報を〉の注意書きを目にしたが、その不審物が、いまゾーイの目の前にある。

「これ、危ないかも。次の駅でおりたほうがいいと思う」

ゾーイがそう言うと、死の通告を受けていないガブリエラが、平然とその物体を手に取った。

ゾーイはたじろぐ。

「本だよ。あっ、サプライズ本だ！」

ガブリエラはそう言ってシートに腰をおろし、逃げていく犯罪者のイラストをながめる。

「この絵、すごくいい！」

ゾーイも隣に腰かける。ちょっとわざとらしい絵だと思うけれど、ガブリエラの意見に口出しはしない。

「こんどはあたしの秘密をひとつ教えてあげる」とガブリエラが言う。「聞きたければだけど」

今日、ゾーイは秘密をぜんぶガブリエラに話した。誰にも言わないと、子どものころの親友と指切りをして誓ったすべての秘密。とても口には出せず、いままでずっと自分の胸にしまっていた、つらく悲しい秘密を。そしてふたりはずっと前から親友だったかのように、一緒に笑い、泣いた。

「わたしが死んだら、あなたの秘密も一緒に死ぬんだね」

ゾーイは真顔でそう言い、ガブリエラも笑わず、だいじょうぶだと伝えるためにゾーイの手をしっかりと握る。直感だけが頼りの約束。あの世が本当にあるという証拠なんかどうでもいい。

「別にたいした秘密じゃないんだけど、あたしはバットマン……マンハッタンの落書き界《グラフィティ》のバットマンなんだ」

「すごいね！　グラフィティ界のバットマンって、なんかわくわくする」

「あたしはもっぱら、〈ラストフレンド〉アプリを普及させるためのグラフィティを描いてるの。お店のメニューや電車のポスターなんかにマーカーで描くこともあるけど、ほんとは壁に描く本格的なのが好き。出会ったラストフレンドの名前をデザインしたタグネームも描いてる。どこにでも描けるよ。この一週間で〈ラストフレンド〉アプリのおしゃれなシルエットを、マクドナルドと、二カ所の病院と、あとはスープ屋さんの壁に描いた。みんなにアプリを使ってほしいから」

ガブリエラが指でトントンと本を叩く。最初、彼女の爪のまわりにいろいろな色がついているのはマニキュアを塗るのがすごく下手くそだからだと思ったけれど、これで真相がわかった。

「とにかく、あたしはアートが大好きだから、郵便ポストでもどこでも、好きなところにあんたの名前を描いてあげる」

「ブロードウェイの通りのどこかにしようかな。有名にはなれなくても、わたしの名前がずっとそこに残るのね」

ゾーイはその光景を思い描き、胸がいっぱいになると同時に虚《むな》しさもおぼえた。

ほかの乗客たちが新聞やスマホゲームから顔を上げ、ある者は無関心そうに、またある者は憐れむような目でゾーイを見る。ゴージャスなアフロヘアの黒人女性が、いかにも悲しそうに「残念ね、お悔やみを言わせて」と言った。

「ありがとうございます」

ゾーイがお礼を言うと、女性はまたスマホに視線を戻す。

ゾーイはガブリエラに顔を寄せ、声をひそめて言う。

「なんだか変な雰囲気にさせちゃったみたい」

「言えるうちに、なんでも遠慮なく言ったほうがいいよ」

「ねえ、さっきの、どんな本か見てみましょう。開けてみて」

ガブリエラがゾーイに本を渡す。

「あんたが開けなよ。だって今日はあんたの……」

「今日はわたしのエンド・デーで、誕生日じゃない。だからプレゼントはいらないし、どうせ本なんて読めないもの。残りはあと……」

時計を見て、ゾーイは頭がくらくらした。残された時間は長くても九時間――それに彼女は本を読むのがすごく遅い。

「ねえ、誰かが置いていったこの本は、わたしからあなたへのプレゼントだって考えて。ラストフレンドになってくれてありがとう」

向かいの席の女性が顔を上げ、目を輝かせる。

「邪魔してごめんなさいね、だけど、あなたたちがラストフレンドだって聞いてすごくうれしくて。エンド・デーにこんないいお友だちに出会えてよかったわね」

女性はそう言って、こんどはガブリエラのほうを見る。

「そしてあなたは、充実した一日を過ごすお手伝いをしてるのね、すばらしいことよ」

ガブリエラはゾーイの肩に腕を回して引き寄せ、ふたりで女性にお礼を言う。

エンド・デーに、ゾーイは自分を温かく迎え入れてくれる最高のニューヨーカーたちに出会った。

「一緒に開けよう」とガブリエラが言い、ふたりはまた本に視線を戻す。

「うん、そうしよう」

ガブリエラにはこれからも、できるかぎりデッカーと友だちになってほしいとゾーイは思う。

人生はたったひとりで生きるべきものではない。それはエンド・デーも同じだ。

マテオ
一五時一八分

リディアに会うのは、そうとうリスクが高いかもしれない。でも僕は、思いきってやってみたい。停車したバスに、僕たちはほかの客がみんな乗ってから最後に乗りこむ。死の通告を受けていないか運転手に尋ねると、受けていないと答えた。だったら乗ってもだいじょうぶなはずだ。車内で死ぬ可能性もあるけど、バスが大破して僕たちが死に、ほかの乗客たちも大怪我を負うような大惨事が起きる確率はかなり低そうだ。

リディアに電話をかけるために、ルーファスのスマホを借りる。僕のはバッテリーの残量が三〇パーセント近くまで減っているからだ。もしも父さんが目覚めたときのために、病院からの連絡を必ず受けられるようにしておきたい。後ろのほうの席に移動して、リディアの番号にかける。

リディアはほぼ瞬時に電話を取ったけど、出るまでに少し間があいた。クリスティアンが亡くなったあとも、何週間かはそんな感じだった。

「もしもし？」

「やあ」

「マテオ！」

「ごめんね、僕——」

「わたしの番号をブロックしたでしょ！　ブロックの仕方を教えたの、わたしだよね！」

「そうするしか——」

「なんで話してくれなかったの？」

「僕——」

「このバカ！　ふざけやがって！　アタシはあんたの親友だよね——ペニー、ママの言葉を聞いちゃだめ——その親友に、自分が死ぬってことを黙ってるつもり？」

「きみを心配させたく——」

「言い訳はいい。で、無事なの？　いまどうしてるの？」

僕はいつも、リディアは宙に放り投げられたコインみたいだと思っている。裏が出たときの彼女は猛烈に怒っていて、突き放すような態度を取る。でも表が出たときの彼女はじつに冷静でおだやかだ。いまコインが表になったと思うけど、どうだろう。

「僕は無事だよ、リディア。友だちと一緒にいる。新しくできた友だち」

「誰なの？　どうやってその子と出会ったの？」

「〈ラストフレンド〉のアプリ。名前はルーファス、彼もデッカーなんだ」

「わたしもマテオと一緒にいたい」

「僕も。だから電話したんだ。ペニーを誰かにあずけて、トラベル・アリーナで会えないかな?」

「おばあちゃんが家にいる。わたしが半狂乱になって電話したから、仕事から早く帰ってきてくれたの。いますぐアリーナ《アブエリータ》に向かうけど、くれぐれも気をつけて来て。走っちゃだめ。ゆっくり歩いて。でも道路を横断するときは別よ。道を渡るのは、信号が青で、道に車が一台も見当たらないときだけ。たとえ赤信号で止まっていても、歩道の脇に駐車中でも、車がいたらだめ。それより、そこを動かないで。いまどこ? わたしがそっちに行く。まわりに怪しい人がいないなら、そこを動かずにいて」

「もうルーファスとバスに乗ってるんだ」

「一台のバスにデッカーがふたり? まさか死にたいの? マテオ、そうなる確率はとんでもなく高いんだよ。バスごと転落するかもしれないし――」

顔が少し熱くなる。

「死にたくなんかない」と小声で言う。

「ごめん、もう何も言わないから。でもお願いだから気をつけて。わたしはマテオに会いたいから、最後にひと……とにかく会いたいから、ね?」

「うん、会おう。約束する」

「電話を切りたくない」

「僕も」

　ふたりとも切ろうとしない。そうしているあいだに思い出を語り合ったり、万が一僕が約束を守れなかったときのために、あやまっておくべきことを考えたりできただろうし、そうすべきだったかもしれない。なのに僕たちは、ペニーがいま大きなオモチャに頭をぶつけたけど泣いていない、彼女は小さな戦士だなんていう話をしている。古い思い出をたどるのもいいけど、笑える思い出が新たに生まれるのもいい。むしろそのほうがいいと思う。プルートーズから連絡が来るかもしれないから、ルーファスのスマホをバッテリー切れにはしたくない。そこでリディアと僕は同時に電話を切ることにした。受話器を置くマークをタップすると、それまでの気分は消え去り、世界がまた重たく感じられた。

⌛

ペック（パトリック・ギャヴィン）

一五時二一分

　ペックはギャングを再結成しようとしていた。

　呼び名すらない、〝名もなきギャング〟だ。

　彼に〝ペック〟というあだ名がついたのは、パンチに威力がないからだ。まるで鳥がつついてい《ペック》るように弱々しく、わずらわしいだけで相手になんのダメージも与えない。もし誰かを叩きのめしたければ、〝ノックアウト・キング〟をけしかけるのがいい。ペックは相手を足蹴《あしげ》にするのは得意で、それが求められる場面では役に立つが、デミアンとケンドリックにとって彼はあくまでも予備要員であり、常にそばに置くわけではない。けれども、ある究極の武器を使えることがペックに存在価値を与えていた。

　デミアンとケンドリックの視線を背中に感じながら、ペックは自分のクロゼットに近づいていく。ここから先は、さながらロシアのマトリョーシカ人形だ。ペック自身がそうデザインした。本当にやれるのかと自問しながらクロゼットを開ける。次に大きなバスケットのふたを開け、もう二度とエイミーに会えなくなってもいいのかと自分に問う。ペックの仕業だとわかれば、彼女は絶対に許さないだろう。それでも、今回ばかりは自分を大事にしなければならない。そう思いながら最後の箱――靴箱――を開ける。

彼を侮辱した相手にこの銃で弾丸を撃ちこめば、ペックは一目置かれるだろう。

「で、どうするんだよ?」とデミアンが訊く。

ペックはインスタグラムを開き、ルーファスのプロフィールを確認する。会いたいと必死に訴えるエイミーからのコメントがまた増えているのが腹立たしい。ルーファスは何度も新しい写真を投稿していた。

「とりあえず待つ」

⌛

マテオ

一五時二六分

三〇丁目と一二番街の角にあるワールド・トラベル・アリーナの前にバスが到着したころには、

激しい雨も霧雨に変わっていた。先にバスからおりようとしたとき、背後でギャッという叫び声と「ヤベッ！」という声がした。振り向いてとっさにステップの手すりにつかまったおかげで、ルーファスが僕を巻きこんで地面に顔から突っこむのを食い止めることができた。ルーファスは少し筋肉質でたくましいから重みで肩が痛かったけど、ふたりの力でどうにか踏みとどまる。

「わりぃ。床が濡れてたんだ」

僕たちはここにいる。

無事だった。

互いに支え合い、今日という日をできるかぎり長い一日にしようとしている。

トラベル・アリーナを見ると、いつも自然史博物館を思い出す。ただ、アリーナのほうは大きさが半分で、ドームの縁に沿って世界各国の旗が並んでいる。ハドソン川まで数ブロックの距離であることは、ルーファスにはあえて言わずにおく。アリーナの最大収容人数は三〇〇〇人、デッカーとそのゲスト、不治の病を抱えた人たち、ほかにも楽しい体験をしにやってくる人たちが十分に入れる大きさだ。

リディアを待つあいだにチケットを入手することにした。

スタッフの説明によると、緊急性に応じて三つの列があった。病気の人の列と、僕たちのように未知の力によって今日死ぬ人の列、それに暇つぶしにやってきたビジターの列だ。どの列に並ぶかは、ひと目でわかった。僕たちの右の列は笑いにあふれ、さかんにセルフィーを撮ったりメールを打ったりしている。一方、左の列にはそれがまったく見られない。頭にスカーフを巻いた若い女性が酸素タンクにもたれかかっていたり、ほかにも苦しそうにぜいぜいと息をしている人や、大きな傷がある人、ひどいやけどを負った人もいる。悲しみがこみ上げてきたのは、その人たちのためだけじゃなく、僕自身のためでもなく、僕たちが並んでいる列の前のほうにいる人たち――安全な生活から揺り起こされ、これから数時間後、場合によっては数分後には危機に遭遇する人たち――のためだ。それと、ここに来ることもかなわなかった人たち。

「僕たちはなんでチャンスをもらえないんだろう？」

僕はルーファスに訊く。

「なんのチャンスだ？」

彼はまわりを見回し、アリーナや列の写真を撮っている。

「もう一度チャンスがもらえるチャンス。死神のドアをノックして命乞いをしたり、何かと交換したり、腕相撲やにらめっこで勝って生き続けるチャンスをどうして手に入れられないんだろう。僕は死に方を選べるチャンスも勝ち取りたい。そして眠ったまま死にたい」

だけど眠りにつくのは勇気を出して立派に生きてから、抱き合って眠りたいと誰かに思ってもらえる人間になってからだ。その人は僕のあごや肩に顔をすりよせながら、一緒に生きられて本当に幸せだったと、何度も何度も言うかもしれない。

ルーファスがスマホをおろし、僕の目をじっと見つめる。

「おまえ、腕相撲で死神に勝てると本気で思ってるのか？」

僕は笑って目をそらす。見つめ合っていると顔がほてってくる。そのとき一台のウーバータクシーが止まり、後部座席からリディアが飛び出した。必死にあたりを見回し、僕を探している。今日は彼女のエンド・デーじゃないけど、それでもバイクとぶつかりそうになるのを見て、倒れて意識を失い、父さんと同じ病院に入院する羽目になるんじゃないかと心配になる。

「リディア！」

列から離れて駆け出す僕を、彼女の目がとらえる。何年ぶりかで会うみたいに興奮し、僕は危うく転びそうになる。リディアは僕の体に両腕を巻きつけて、しっかりと抱きしめた。まるで沈んでいく車から僕を引き上げ、墜落した飛行機から投げ出された僕を抱きとめたみたいに。このハグには彼女の思いが――すべての〝ありがとう〟、すべての〝愛してる〟、すべての〝ごめんなさい〟が――全部込められている。僕も感謝を伝えたくて、愛を感じてほしくて、ごめんねを言いたくて、ほかにも胸の奥とそのまわりにあるものを残らず伝えたくて、リディアをぎゅっと抱きしめる。これまで友情をはぐくんできたなかで、生まれたばかりのペニーを抱かせてもらったとき以来の甘美な瞬間だった。と、そのときリディアが一歩さがり、僕の頬を強くびんたした。

「ちゃんと言わなきゃだめじゃない！」

そう言うと、リディアはもう一度僕を引き寄せ、抱きしめる。

頬がひりひりと疼《うず》く。リディアの肩に顔をうずめると、シナモンのにおいがした。けさ会ったときと同じだぶだぶのシャツを着ているから、今日ペニーにシナモン入りの何かを食べさせたんだろう。ハグしたまま向きを変え、列に並んでいるルーファスの姿を探すと、彼は明らかにさっきの平手打ちに衝撃を受けているようすだ。リディアはもともとこんな感じで、常に裏表が入れ替わるコインみたいな子だ。ルーファスがそれを知らないのが不思議に思えるけど、彼とはたった一日のつきあいだ。今日出会ったばかりだなんて、嘘みたいだ。

「そうだね。悪かったと思ってる。僕はただ、きみを守りたかっただけなんだ」

「ずっとそばにいてくれるって言ったじゃない」

リディアが泣きながら言う。

「いつもそばにいて、ペニーが初めて恋人を家に連れてきたら〝悪い警官〟役を演じてくれるって。ペニーが大学に行ってわたしがひとりになったら、一緒にトランプをして、くだらないテレビを見まくる約束だったじゃない。ペニーが大統領選に立候補したら票を入れてくれるんじゃなかったの？　あの子は支配欲が旺盛だから、いずれは国の頂点に立たないと気がすまない。全世界を手中におさめるためなら魂だって売りかねないから、ファウストみたいに悪魔と契約してしまうのを一緒に阻止してほしかったのに」

なんて答えていいのかわからない。どうしていいかわからずに、僕はうなずいたり、首を横に振ったりをくり返す。

「ごめんね」

「マテオのせいじゃない」

リディアが僕の肩をぎゅっとつかむ。

「僕のせいかもしれない。自分の殻に閉じこもっていなければ、もっと要領よく生きられたんじゃないかな。自分を責めるのはまだ早いけど、やっぱり僕が悪いのかもしれないよ、リディア」

今日はなんだか、いきなり荒野に放り出された気分だ。生きのびるのに必要なものはぜんぶそろっているのに、火の起こし方すらわからず途方に暮れている――そんな感じだ。

「もういい、黙って！　こうなったのはマテオのせいじゃない。いざというときになんにもしてあげられないのは、わたしたちのほうだよ」

「そっちこそ黙れよ！」

「マテオがそんな乱暴な言葉を使うの、初めてだね」

不愉快なやつになる約束を僕がようやく果たしたみたいに、リディアは微笑む。

「この世はちっとも安全な場所なんかじゃない。だって、クリスティアンもほかの人たちも毎日どんどん死んでいくんだもの。だけど、リスクをおかしてでもやるべきことはあるんだよって、わたしはマテオに教えるべきだった」

かけがえのない愛しい子どもを思いがけず授かることもある。それもリディアが教えてくれたことのひとつだ。

「今日の僕は、リスクを恐れずいろんなことに挑戦してるよ。それと、きみをここに来させたかったのは、ペニーが生まれてから、羽を伸ばして思いきり冒険するのが前よりずっと難しくなってたから。世界を見て回りたいって、いつも言ってたよね。今回の人生で一緒に車であちこち巡るチャンスはなさそうだし、いまここで一緒に旅ができてうれしいよ」

僕はリディアの手を握り、ルーファスに向かってうなずく。

振り向いてルーファスを見たときのリディアの顔には、彼女の家のバスルームで一緒に妊娠検査薬の結果を待っていたときと同じ不安げな表情が浮かんでいた。そして彼女は今回も、あのときスティックをひっくり返して結果を見る前と同じように「よし、やろう！」と言った。リディアは僕の手を強く握り、ルーファスがそれをじっと見つめている。

「やあ、元気？」

ルーファスがリディアに尋ねる。

「見てのとおり、元気じゃないわ。ほんと、最低。なんて言っていいのか――」

「きみのせいじゃないよ」

目の前に僕がいるのがまだ信じられないかのように、リディアはまじまじとこちらを見ている。ようやく列の先頭に到達すると、明るい黄色のベストを着た受付係の男性がおごそかに微笑んで言った。

「ワールド・トラベル・アリーナにようこそ。お三方のご冥福をお祈りいたします」

「わたしは死なないの」とリディアが訂正する。

「あっ、それではゲストの方は一〇〇ドルとなります」

受付係はリディアにそう告げたあと、僕とルーファスを見て言った。

「デッカーの方には一〇〇ドルの寄付をお勧めしています」

僕は全員分のチケット代を払い、アリーナがこれから先もずっと営業し続けることを願って、さらに二〇〇ドルを寄付する。アリーナがデッカーに提供してくれるすばらしいサービスは、メイク・ア・モーメントの比ではない。受付係は寄付のお礼を言ったけど、特に驚いたようすはなかった。デッカーは気前よくお金をばらまくものだからだ。ルーファスと僕は黄色いリストバンド（健康なデッカー用）を、リディアはオレンジ色のリストバンド（ビジター用）を受け取り、なかに入る。

はぐれないように、三人とも離れずにそばにいた。エントランスの近くがデッカーやビジターで少し混雑しているのは、そこにある巨大スクリーンをみんなが見上げているからだ。スクリーンには訪れることができる場所と各種ツアーがすべて表示されている。〈八〇分間世界一周〉、〈広大な大自然〉、〈アメリカの中心へ〉……ほかにもたくさんある。

「ツアーに参加するか？　俺は〈あなたと旅する深海の世界〉以外ならなんだっていい」

「〈八〇分間世界一周〉は一〇分後にスタートだって」と僕。

「わたし、それがいい」

僕としっかり腕を組みながらそう言ったあと、リディアはきまり悪そうにルーファスのほうを向いた。

「ごめんね、わたしったら、ごめんなさい。ふたりがいいと思うのにしよう。わたしはなんでもいいから。ごめんね」

「別にいいよ。ルーファス、きみもそれでいい？」

「ああ、世界一周の旅に出よう」

僕たちは一六番の部屋を見つけて、二階建ての路面電車《トロリー》に乗りこんだ。ほかに二〇人くらいいるなかで、黄色いリストバンドをつけたデッカーはルーファスと僕だけだ。青いリストバンドのデッカーは六人いる。僕は不治の病を抱えたデッカーを何人もフォローしていた。彼らは死期が迫る前に、実際に世界の国々や都市を旅していた。でもそうする余裕がなかった人たちが、いまこうして僕たちと一緒に二番目にいい方法で満足しようとしている。

女性ドライバーが通路に立ち、マイク付きヘッドセットで説明する。

「みなさまこんにちは。このすばらしいツアーにご参加いただき、ありがとうございます。これから約八〇分間で世界各地を巡っていきます。わたしは案内役のレスリーです。ワールド・トラベル・アリーナを代表し、みなさまとご家族に、心よりお悔やみ申し上げます。今日のこの旅がみなさまに笑顔をもたらし、また、ゲストとしてご参加の方々にとってもすばらしい思い出となりますように。ツアーの途中、お好きな場所にゆっくり滞在していただいてもかまいませんが、八〇分で世界を巡るために、その間もツアーは進行いたします。では、シートベルトをお締めください。いよいよ出発です！」

全員がシートベルトを締め、ツアーが始まる。僕は製図家じゃないけど、その僕にさえ、各座席の後ろについている目的地のグリッド図（地下鉄の電子マップに似ている）が地理的に正しくないのがわかる。それでも、本物と見間違うほどのレプリカがある各部屋で過ごすひとときは最高で、各ロケーションについてリディアが自分で学んだ〝おもしろ知識〟を披露してくれたおかげで、より楽しさが増した。トロリーで進んでいくと、楽しんでいるデッカーやゲストの姿が見え、ここにいるみんなが観光客なのを忘れているのか、なかには手を振ってくる人たちもいる。

ロンドンでは、ウェストミンスター宮殿の前を通過した。そこで死ぬのは違法だと伝えられている場所だ。僕はビッグ・ベンの時報が聞けてうれしかった。時計の針を見た瞬間、現実に引き戻されはしたけど、それでもとてもよかった。ジャマイカではオオタスキアゲハという十数匹の大きな蝶に迎えられ、床に座ってアキーや塩漬けのタラなどの名物料理を食べる人々の姿もあった。アフリカでは、マラウイ湖に生息する魚たちがいる巨大な水槽を見た。泳ぎ回る青や黄色の美しい魚に見とれてしまい、雌ライオンが子ライオンの首をくわえて運ぶライブ映像が壁に映し出されたのを危うく見逃しそうになった。キューバでは、ゲストが地元の人たちと〝ドミノ〟というゲームで対決する場面や、角砂糖を求める人の列を見た。そしてルーファスは、自分のルーツに声援を送った。オーストラリアではエキゾチックな花や凧揚《たこあ》げレースを見て、子どもたち全員にコアラのぬいぐるみがプレゼントされた。イラクでは、美しいシルクのスカーフやシャツを売る屋台の陰にさりげなく置かれたスピーカーから、国鳥のイワシャコの声が流れていた。コロンビアでは、リディアが果てしなく長い夏の話をしてくれて、僕たちはジュースの売り子から何か買って飲みたくなった。エジプトにはピラミッドのレプリカがふたつあるだけで、暑くて乾燥した部屋のなかで、スタッフが〝ナイル川〟と書かれた水のボトルを渡してくれた。中国では、政府の許可なく生まれ変わってはならないという話を聞いたとリディアが冗談を言い、僕はそのことを考えたくなかったから、ライトアップされた超高層ビルのレプリカと卓球をしている人々に意識を集中させた。韓国では、学校の教室で二台のオレンジイエローのロボット——〝ロボ・ティーチャー〟と呼ばれている——が使われていた。また、顔のメイクをしてもらうデッカーたちもいた。プエルトリコではトロリーが停車し、四〇秒の休憩タイムが与えられた。ルーファスが僕の腕を引っぱってどこかに連れていこうとし、リディアも後ろをついてくる。

「いったいどうしたの？」小さなアマガエルたちのコーラスにかき消されないように――カエルが本当にいるのか録音なのかはわからない――僕は声を張って訊く。ふだんサイレンや車のクラクションの音ばかり聞いている僕には自然界の音が耳になじまず、ラム酒を置いたカートのそばでおしゃべりしている人たちの声を聞いてほっとする。

「まえに言ってただろ？　どこかに行けるなら、わくわくするようなことをしてみたいって。このツアーで何かできるんじゃないかって、ずっと探してたんだ。ほら、あれ」

ルーファスがトンネルの横にある看板を指さす。

〈レインフォレスト・ジャンプ〉だ！

「よくわかんないけど、あの嘘っぽいスカイダイビングよりは、きっとマシだぞ」

「スカイダイビングなんかしたの⁉」

リディアの口ぶりからは、〝ばかじゃないの？〟という気持ちと、〝すごくうらやましい〟という気持ちが伝わってくる。彼女には、弟を守り面倒を見るお姉さんみたいに、僕を自分の手のなかに入れておきたい気持ちがある。

あたりに本物の砂がまかれたベージュ色のタイルの道を三人で進み、トンネルに向かう。アリーナのスタッフが〈エル・ユンケ・レインフォレスト・ルーム〉のパンフレットを手渡し、オーディオツアーを勧めてくれた。ただし、ヘッドホンをつけるとそのエリアに流れる自然の効果音は聞こえにくくなるらしい。ヘッドホンを断ってトンネルに入っていくと、なかの空気は温かく湿っていた。

密林が霧雨をさえぎり、分厚い葉のすきまから人工太陽の光がさしこむ。踏み固められた道から離れ、幹のねじれた木々のあいだを縫って、アマガエルがさかんに鳴いている方向に進んでいく。父さんが僕くらいのころは、友だちと競い合うように木にのぼり、カエルをつかまえてペットがほしい子たちに売っていたらしい。ときには木の上でひとり静かに考えごとをすることもあったと、父さんは話してくれた。密林の奥に入っていくにつれて、カエルの声が人の声と滝の音に置きかわっていく。僕はてっきり滝の音は録音だと思っていたけど、見晴らしのいい場所に出ると、高さ五、六メートルの崖から実際に水が流れ落ちているのが見えた。下にはプールがあり、シャツを脱いだデッカーやライフガードたちがいる。きっとこれが、さっき看板で見た〈レインフォレスト・ジャンプ〉だろう。僕はなぜか、どうせろくなものじゃないと思っていた。平らな地面で岩から岩に飛び移るんだろう、くらいに。

ここに来てからいろんなものを見たから、今日という日が終わってしまうことよりも、アリーナを離れることのほうがもっとつらい気がする。ずっと見たかった夢の世界から無理やり引き戻される気分だ。だけど、僕はいま夢を見ていない。僕は目覚めていて、これから自分の夢をかなえようとしている。

「うちの娘はね、雨が大嫌いなの。自分がコントロールできないものは、ぜんぶいやなの」

リディアがルーファスにペニーのことを話す。

「そのうち変わるよ」と、僕はリディアに言った。

デッカーたちがジャンプしている崖のほうに三人で歩いていく。青いリストバンドをつけて頭にスカーフを巻き、腕に浮き輪《フロート》をつけた小柄な女の子が、ジャンプする寸前に危険なことをした。くるりと体の向きを変え、ビルから突き落とされた人みたいに後ろ向きに落ちていったのだ――。ライフガードのひとりがホイッスルを鳴らし、ほかのライフガードたちも、彼女がしぶきを上げて飛びこんだ地点に泳いでいく。水面に浮かび上がってきた女の子は声を上げて笑っていて、ライフガードたちにたしなめられても平気だ。こんな日に、誰がそんなことを気にするだろう？

⌛

ルーファス
一六時二四分

勇気を出せとさんざん言っておきながら、俺にはジャンプできる自信がない。家族が死んでから、海辺に足を踏み入れたことも市営プールに入ったこともない。こういう大量の水にいちばん近づいたのは、エイミーがイーストリバーで釣りをしていたときで、そのあと俺は悪夢を見た。ハドソン川から家族の車を釣り上げようとリールを巻き上げると、死んだときと同じ服を着たガイコツが上がってくる夢で、俺が家族を置き去りにしたんだと、あらためて思い知らされた。

「やる気満々だな、マテオ。俺はやめとくよ」

「マテオもやめたほうがいいって。わたしは意見を言える立場じゃないけど、でもこれは反対。反対、反対、反対！」

リディアの猛反対を押し切って列に並ぶんだから、マテオもたいしたもんだ。それでいい。もうカエルの声はしないから、俺の声は聞こえたはずだ。マテオは変わった。現にこうしていま、崖から飛びおりるために並んでいる。しかも、彼はきっと泳げないはずだ。そのときマテオがこっちを向いて、ジェットコースターの順番待ちの列に一緒に並ぼうというように手招きした。

「やろうよ」

マテオが俺のほうを見て言う。

「いやならメイク・ア・モーメントに戻って、あそこのプールで泳いでもいいよ。もう一度水に浸かったら、きみはすごく楽になると思う……本気で言ってるんだよ。僕がきみに何かを克服させようとしてるなんて、なんだか変だよね」

「ああ、ちょっとあべこべの感じだ」

「はっきり言って、メイク・ア・モーメントに行ってバーチャル体験なんかしなくていい。いまこの場所で大事な瞬間《モーメント》を味わえるから」

「この、つくりものの熱帯雨林《レインフォレスト》でか？」

俺はマテオに微笑み返す。

「ここがリアルな場所だと言ってるんじゃないんだ」

そのときアリーナのスタッフが、次はマテオの番だと告げる。

「友だちと一緒にジャンプしてもいいですか？」

マテオがスタッフに訊く。

「ええ、もちろん！」

「わたしはやらないからね！」とリディア。

「やろうよ。でないと、きっと後悔する」

「俺は崖の上からおまえを突き落としたいところだけど、やめとくよ。確かに、おまえの言うとおりだ」

　俺は恐怖心と闘ってみせる。コントロールされた環境で、ライフガードがいて、アームフロートもつけるなら安心だ。

　誰も水に入る準備なんかしていなかったから、服を脱いで下着姿になる。マテオは思った以上に痩せていた。こっちを見ないように目をそらしているのが、なんだかおもしろい。かたやリディアは、ブラにジーンズだけという格好で、俺を上から下まで舐めるように見ている。

　係員から渡された装備《ギア》を腕につける（浮き具《フローティー》というかわいい呼び方じゃなく、俺はあえて〝ギア〟と呼ぶ）。心の準備が整ったらジャンプするようにと係員が言う。ただし、後ろに列ができているから、心の準備にあまり時間はかけられない。

「いちにのさんで行く？」とマテオ
「うん」

「いち、にの……」

　俺はマテオの手をつかみ、しっかりと指をからませる。マテオは頬を染めてこっちを向き、それからリディアの手を取った。

「さん！」

前を見て、下を見て、三人そろってジャンプする。俺のほうが速く落ちていき、マテオを引っぱっているような感じだ。マテオは絶叫し、着水する直前に俺も叫び、リディアは歓声を上げた。着水したときマテオは俺の横にいて、そのあと数秒のあいだ水中にいたときも、目を開けると彼はそこにいた。マテオが怯えていないのを見て、俺を車から脱出させたあとの両親がやけに落ち着いていたのを思い出す。リディアはすでに手を離し、姿が見えない。マテオと俺はしっかりと手をつないだまま、ライフガードたちに見守られながら水面に浮上する。笑いながらマテオに身を寄せ、俺を無理やり解き放ってくれた彼を抱きしめる。まるで洗礼でも受けたみたいに、怒りも悲しみも、自分を責める気持ちも失望もすべて水に流され、どこか知らないところに沈んでいく。

滝がまわりの水面を連打し、俺たちはライフガードに促されて丘のほうに移動する。

丘のふもとで係員に手渡されたタオルを震えながら肩に巻き、マテオが訊く。

「どんな気分？」

「悪くない」

手を握ったりしたことには、どちらも触れようとしない。けど、もしマテオが何かおかしいと感じているとしたら、俺のそもそもの部分を理解してほしい。濡れた体をタオルで拭きながら丘のてっぺんまでのぼり、さっき脱いだ服を身につける。そのあとギフトショップを通って出口に向かうとき、スピーカーから流れている曲をマテオが口ずさんでいるのが聞こえた。

「さようなら！」と書かれたメッセージカードを手に取るマテオに、俺は詰め寄る。

「俺にジャンプさせたよな。次はおまえの番だ」

「僕も一緒にジャンプしたよ」

「その話じゃない。穴場のダンスクラブに連れていく。デッカーたちが踊ったり歌ったりして楽しむ場所だ。いいな？」

⧗

アンドレード巡査

一六時三二分

デス＝キャストはエーリエル・アンドレードに電話しなかった。今日、彼は死なないからだ。けれども警察官になって以来、毎晩〇時になるたびに、死を告げるその電話が来ることを彼は何よりも恐れていた。二カ月前に相棒を失ってからはなおさらだ。仕事ぶりも、ビールを飲みながらおやじギャグを飛ばし合うところも、彼とグレアムは映画に出てくる警官コンビそのものだった。

アンドレードの心には常にグレアムがいて、それは今日も例外ではない。いま監房には、里親ホームで暮らす少年たちがいる。兄弟がデッカーになったせいで面倒を起こした少年たちだ。誰かと兄弟になるのに同じＤＮＡを持つ必要などないことを、アンドレードは知っている。そしてまた、同じ血など流れていなくとも、誰かの死によって自分の一部が失われたような気持ちになることも。

アンドレードはけさ早く、ルーファス・エメテリオというデッカーの追跡をやめた。彼がまだ生きていたとしても、何かをしでかすとは思わなかったからだ。死を前に大混乱を引き起こしそうなデッカーは勘《かん》でわかる。グレアムの死の原因となったデッカーもそうだった。

死の通告を受けた日、グレアムはエンド・デーをいつもどおり仕事をして過ごすと言い張った。誰かの命を救って死ねるのなら、最後にもう一度だけ横になるよりも有意義だと考えたのだ。ふたりは、〈バンガーズ〉に登録しているあるデッカーを追っていた。この投稿チャレンジサイトでは、過去四カ月にわたり、毎日ものすごい数のアクセスやダウンロードが行なわれていた。視聴者は一時間ごとにサイトにアクセスし、デッカーができるかぎりユニークな方法で自殺する——華々しく死を遂げる《ウィズ・ア・バン》——のを見る。そして死に方が最も好評だったデッカーの家族には、出所がわからない高額な賞金が支払われる。とはいえ大部分のデッカーは視聴者を喜ばせるほどの独創的な死に方などできず、当然ながらやり直しはきかない。グレアムはウィリアムズバーグ橋からオートバイで飛びおりようとしているデッカーを止めようとし、彼自身が命を落とした。

年内にその残虐なサイトを閉鎖させようと、アンドレードは全力で取り組んでいる。それをやり遂げないかぎり、天国に行ってグレアムと一緒にビールを味わうわけにはいかない。悪ガキの世話を切り上げて本来の職務に専念するために、彼はいま少年たちの里親に釈放用の書類にサインさせている。厳重注意のうえ、家に帰してやることにしたのだ。そうすれば彼らは眠れるだろう。

そして悲しみにくれるだろう。

仲間がまだ生きていれば、見つけ出せるかもしれない。

デッカーの死に目にあえば、言葉ではあらわせない苦しみをいつまでも抱えることになる。けれども、彼らが生きているうちに少しでも長く一緒に過ごしたことを悔やむ者はほとんどいない。

ペック（パトリック・ギャヴィン）

一六時五九分

「もう死んだのかもな」

ルーファスのインスタグラムが更新されたら通知が届くように設定してある。それでもペックは、何度も自分の目でチェックしていた。

「早く更新しろ、早く……」

ルーファスがすでに死んだのなら、もちろんそれは望むところだ。ただ、できれば自分の一撃で死に追いやりたかった。

ルーファス
一七時〇一分

〈クリントの墓場〉の前にできた行列は、ゆうべプルートーに帰る途中で見たときほど長くなかった。みんなが店内にいるからなのか、すでに店を出て死んだからなのかは、あえて考えないようにする。ここはマテオにとって文句なしに最高のクラブだ。俺のほうは一八歳まであと数週間足りないけど、大目に見てくれるだろう。

「こんな時間にクラブに行くなんて、なんだか変な気分」とリディアが言う。

そのとき、俺のスマホが鳴った。きっとエイミーだろうと思ったら、表示されたのはまぬけ面をしたマルコムのプロフィール写真だった。

「嘘だろ、プルートーズだ！」

「プルートーズって？」

「彼の大事な友人たちだよ！」

リディアにマテオが説明する。俺にとってどういう存在かの説明にはほとんどなっていないが、まあいいか。この夢みたいな展開に、マテオまで涙を浮かべていた。もしもいまマテオのおやじさんが電話してきたら、きっと俺も涙ぐむだろう。

行列から遠ざかりながら、フェイスタイムの呼び出しに応答する。マルコムとタゴエは一緒にいて、俺がビデオ通話に出るとマジで驚いていた。プロレスのタッグチームみたいに入れ替わりながら、ふたりが笑顔を見せる。

「ルーフ！」

「びっくりしたよ」

「生きてたのか！」マルコムが驚きの声を上げる。

「おまえたちこそ、勾留されてたんじゃないのか？」

「警察だって、いつまでも拘束しちゃおけない」

スペースに割りこむようにタゴエが顔を出す。

「俺たちの顔、見えるか？」

「何もかもばかげてる。ルーフ、いまどこにいる？」

マルコムが目をこらし、俺の背後を見ている。俺のほうも、ふたりがどこにいるのかわからない。

「クリントだ」

これでふたりにちゃんと別れが言える。ハグもできる。

「こっちに来れるか？　すぐ来れそうか？」

一七時すぎまで生きていられたのは奇跡みたいなもので、残りの時間がどんどん少なくなっているのは間違いない。マテオはリディアと手をつないでいる。俺も大事な仲間にそばにいてほしい――全員と一緒にいたい。

「エイミーも連れてきてくれるか？　ペックの野郎は連れてくるなよ。来たらまたぶん殴ってやる」

あれに懲りたと思ったら大間違いだ。あいつのせいで俺の葬儀は台無しになり、仲間は勾留された。もういっぺん殴り倒したとしても、悪いのは俺じゃない。

「おまえがまだ生きてて、あいつはラッキーだ。そうじゃなきゃ、俺たちにひと晩じゅう追い回されるところだった」とマルコム。

「そこから離れるなよ。二〇分でそっちに着く。ブタ箱のにおいをぷんぷんさせて行くからな」

タゴエがいっぱしの犯罪者みたいな口をきいているのがおかしかった。

「わかった、ここでじっとしてる。いま友だちと一緒にいるんだ。とにかくこっちに来てくれ」

「ちゃんといてくれよ、ルーフ」とマルコムが念を押す。

その言葉の本当の意味はわかっている。ちゃんと生きていなきゃならない。

〈クリントの墓場〉の看板の写真を撮り、フルカラーでインスタグラムにアップする。

ペック（パトリック・ギャヴィン）

一七時〇五分

「居場所がわかった」

ペックはベッドから飛びおりる。〈クリントの墓場〉だ。

弾を込めた銃をバックパックに入れる。

「急いだほうがいい。行くぞ！」

PART 4
終わり
THE END

誰だって死にたくはない。天国に行きたいという人でさえ、
そのために死にたいとは思わない。それでも、死は誰もがみな向かう終着点だ。

死をまぬがれた人はひとりもいない。当然そうあるべきなのだ。

なぜなら、死とはおそらく生命が生み出した唯一の、そして最高の創造物だからだ。

死は生命に変化をもたらす。そして古いものを一掃し、新しいもののために道をあける。

——スティーヴ・ジョブズ

マテオ
一七時一四分

今日はいくつも奇跡が起きた。

僕はルーファスというラストフレンドと出会った。そして僕らの大切な友人たちもエンド・デーを一緒に過ごしてくれてる。ルーファスも僕も恐怖心に打ち勝ち、いまは〈クリントの墓場〉にいる。ここはネットで絶賛されている店で、（これから数分後に）不安を克服できたら、僕にとって最高の場所になるだろう。

これまで見てきた映画では、用心棒《バウンサー》といえばたいていこわもてでかなり威圧感があったけど、ここ〈クリントの墓場〉では野球帽を後ろ前にかぶった若い女性がみんなを出迎えてくれる。その子が身分証の提示を求め、「亡くなるのは残念ね、マテオ。ここで思いきり楽しんでね！」と言葉をかけてくれた。僕はうなずき、プラスチックの募金箱にいくらかお金を入れて、ルーファスが料金を払って店内に入ってくるのを待つ。さっきの子が彼を上から下までじろじろ見るものだから、僕は顔が熱くなる。そのあとルーファスが追いついてきて、僕の肩をぽんと叩いた。するとこんどは、さっきトラベル・アリーナで手を握られたときみたいに、別の意味で顔が熱くなる。

リディアを待つあいだも、ドアの向こうから音楽が振動として伝わってくる。

「だいじょうぶか？」

「不安と期待が入り混じってる。おもに不安だけど」

「俺を崖からジャンプさせたこと、後悔してるのか？」

「ジャンプしたこと、きみは後悔してる？」

「いや」

「じゃあ、僕もしてない」

「ここで楽しめそうか？」

「プレッシャーかけないで」

崖から飛びおりるのと楽しむのとは違う。いちど飛びおりたら後戻りはできないし、空中で止まるわけにもいかない。だけど、知らない人たちの前で恥ずかしげもなく大胆に楽しむには、特別な勇気が必要だ。

「プレッシャーなんかかけないよ。ただ、なんの後悔もなく死ねるようにできるのも、あと数時間だ。もちろん無理強いはしないけどな」

後悔しないため――確かに、彼の言うとおりだ。

僕が先頭になってドアを開け、その世界に足を踏み入れた瞬間、一分でも早くここに来ればよかったと後悔する。ストロボライトがブルー、イエロー、グレーの光を放つ。壁の落書きはデッカーとその友人たちが残した印《マーク》で、デッカーたちの命を永遠にとどめる最後の一片《ピース》だった。誰にでもいつかは終わりが来る。誰も永遠に生き続けることはできないけど、この世に何かを残していくことで、僕たちは誰かのなかで生き続ける。ごったがえす部屋をながめると、デッカーもその友人たちもみな、生き生きと人生を楽しんでいた。

誰かの手が僕の手をきつく握りしめた。その手は、つい一時間ほど前に力強く僕の手をつかんだ手とは違う。この手には歴史がある。僕の名付け娘が生まれたときに握った手、そしてクリスティアンが亡くなったあと、いくつもの朝と晩に握った手だ。まさかリディアと一緒に小さな世界旅行ができるとは思わなかったし、いまこの瞬間も彼女はここにいてくれる。お金では買えないこのひとときが、本当なら落ちこんでいたはずの僕を、こんなにも幸せな気持ちにさせてくれる。ルーファスが横に来て、僕の肩に腕を回す。

「このフロアはおまえのものだ。その気になったら、ステージもあるぞ」

「あのステージに立つよ」

僕はあそこに立たなくちゃいけない。

ステージでは、松葉杖をついた一〇代の少年が『涙のフィーリング』を歌っていて、ルーファスっぽい表現をするなら〝最高にノッて〟いる。彼の後ろで踊っているふたりが友人なのか他人なのかは知らないけど、ステージから伝わる熱いエネルギーに僕まで気分が高揚する。このエネルギーを〝自由〟と呼ぶのかもしれない。明日になれば、もう誰も僕の歌がうまいとか下手くそだとか言わないだろう。リズム感のないダサいやつがいたと、友だちにメールで報告する人もいない。そう思った瞬間、つまらないことを気にしていた僕はなんて愚かだったんだろうと、顔面を殴りつけられたような衝撃を受けた。

いままで気にしなくていいことを気にして時間を無駄にし、楽しむチャンスを失ってしまった。

「歌いたい曲があるのか？」

「ううん」

大好きな曲はたくさんある。ビリー・ジョエルの『ウィーン』に、エリオット・スミスの『トゥモロー、トゥモロー』。ブルース・スプリングスティーンの『明日なき暴走』は父さんが好きな曲だ。どの曲にも僕にはとても出せそうにない音が入っているけど、それであきらめるわけじゃない。ただ、いまにぴったりの曲を歌いたいだけだ。

バーの上にあるメニュー表には二本の交差する骨と髑髏《どくろ》が描かれ、その髑髏が微笑んでいるのが印象的だ。そこには「笑えるのも今日が最後」という言葉が添えられていた。ドリンクがすべてノンアルコールなのは、たとえ死ぬからといって、法的に飲酒が認められていない二一歳未満の若者にアルコールを販売していいわけではないという理由からだ。数年前、一八歳以上のデッカーにアルコール飲料の購入を許可するかどうかが大きな議論になった。そのとき弁護士が、一〇代の若者がアルコール中毒や飲酒運転で死亡する割合を提示したことから、従来どおりすべて〝法に従って〟運営されることになった。だけど僕が知るかぎり、リカーやビールを手に入れるのはかんたんだ。これまでもそうだったし、これからも変わらないだろう。

「何か飲もう」と僕が誘う。

人混みをかきわけてバーに進もうとする僕たちに、見知らぬ人たちが踊りながらぶつかってくる。DJがデイヴィッドという名の髭面の男をステージに呼び、ステージに駆け上がったデイヴィッドは、エリオット・スミスの『ア・フォンド・フェアウェル』を歌いますと告げる。彼自身がデッカーなのか友人のために歌っているのかわからないけど、とても美しい歌声だった。

ようやくバーにたどりつく。

墓場《グレープヤード》をもじった〈グレープヤード・モクテル〉を飲む気にはなれないし、〈死神の泉〉も絶対にいやだ。

リディアは〈ターミネーター〉というルビー色のノンアルコールカクテル《モクテル》をオーダーする。すぐに出てきたそれを口に含んだリディアは、酸っぱいキャンディーをひとつかみ口に入れたように顔をしわくちゃにした。

「飲んでみる？」

「遠慮しとく」

「これくらいパンチがないとね。大事な友だちを失うってときに、素面《しらふ》でなんかいられない」

ルーファスはソーダを注文し、僕も同じのにする。

ドリンクがそろうと、僕はグラスを掲げる。

「笑顔に乾杯！　笑えるうちに笑っておこう」

リディアは震える下唇を噛みしめ、ルーファスと僕は微笑みながら、三人でグラスを合わせる。

ルーファスが僕のそばに寄り、肩と肩が密着する。音楽と歓声が大きすぎるから、彼は僕の耳にじかに語りかけてくる。

「マジで、今夜はおまえの夜だ、マテオ。けさおやじさんに何か歌ってあげてただろ？　俺が部屋に入っていったからやめたけど。歌のうまさなんか誰も気にしない。おまえは自分を押さえこんじまうけど、がんばってやってみろよ」

デイヴィッドの歌が終わり、みんなが拍手をおくる。気のない拍手じゃなく、ロックのレジェンドのステージかと思うほどの盛大な拍手だ。

「ほらな？　誰かが楽しんでる姿をみんな見たいんだよ。思いきり楽しめ」

僕は微笑み、彼の耳元に顔を寄せて言う。

「じゃあ、きみも一緒に歌ってよ。曲を選んで」

ルーファスはうなずき、僕の頭に自分の頭を重ねる。

「わかった。『アメリカン・パイ』にしよう。やれそうか？」

僕が大好きな曲だ。

「やれる！」

ドリンクを見ててとリディアに頼み、ルーファスと一緒にＤＪにリクエストを出しにいく。僕たちがＤＪのところにたどりつく前に、ジャスミンという名のトルコ人の少女がパティ・スミスの『ビコーズ・ザ・ナイト』を歌いだした。こんな小柄な女の子がみんなの注目を集め、ここまで感動させるなんてすごい。満面の笑みを浮かべたブルネットの女の子が――これから死んでいく人とは思えない笑顔だ――曲をリクエストして離れていった。次に僕たちがリクエストすると、ＤＪ・ルー＝オウは選曲をほめてくれた。僕はジャスミンの歌に合わせて少し体を揺らし、適当なところで頭を振る。ルーファスが微笑ましげにこっちを見ていて、僕は恥ずかしくなって動きを止める。

それから肩をすくめ、また曲に合わせて動き始める。

こんどは見られているのが気持ちよかった。

「いまが人生で最高だよ、ルーファス。いまこの瞬間、僕は思いのままに生きてる！」

「俺もだ。〈ラストフレンド〉で俺に声をかけてくれてありがとうな」

「きみこそ、ラストフレンドになってくれてありがとう。本当の自分をさらけ出せずにいた、こんな僕にはもったいない、最高のラストフレンドだよ」

さっきのブルネットの女の子、ベッキーがステージに呼ばれ、オーティス・レディングの『トライ・ア・リトル・テンダネス』を披露する。次が僕たちの番だから、ステージにのぼる階段の横で待機する。ベッキーの歌が終わりに近づき、だんだんと緊張が襲ってくる――いよいよ〝次〟だ。ところが、まだ心の準備ができないうちに、DJ・ルー＝オウから「ルーファスとマシュー、ステージへ」と声がかかる。そう、彼は僕の名前を間違えた。デス＝キャストのアンドレアと同じだ。あれからずいぶん時間がたって、別の日の出来事のように思える。僕はすでに一生分を生きて、いまはアンコールの時間みたいだ。

ルーファスが階段を駆けのぼり、僕も彼のあとをついていく。歌い終えたベッキーが、とびきりの笑顔で「がんばって」と励ましてくれた。彼女がデッカーでありませんように、もしデッカーなら、なんの心残りもなく安らかな眠りにつけますように。そう祈りながら「すごくよかったよ、ベッキー！」と大声で返す。八分を超える長い歌にそなえて、ルーファスがステージの中央にスツールをふたつ引っぱり出す。それは名案だ。ステージを横切るあいだ、僕のひざはがくがくと震えていたからだ。目にはスポットライトが当たり、耳にはざわめきが入ってくる。僕がルーファスと並んで腰かけると、DJ・ルー＝オウからマイクが届く。それを手にした僕は、劣勢だった軍がアーサー王の魔法の剣《エクスキャリバー》を得たように一気に心強くなる。

『アメリカン・パイ』のイントロが始まると、それが僕たちの持ち歌で、みんなが僕たちを知っているかのように大きな歓声が上がった。ルーファスが僕の手をぎゅっと握りしめる。いよいよだ。

まずルーファスが歌う。

〈ずっと、ずっと前……いまも思い出す……〉

そこに僕も加わる。

〈あのころ、音楽は僕を笑顔にしてくれた〉

目に涙がにじみ、顔がほてる――そうじゃない、燃えるように熱い。リディアが揺れているのが見える。この瞬間の深い感動は、夢じゃとうていとらえきれない。

〈……今日が俺の死ぬ日だろう……今日が俺の死ぬ日だろう……〉

室内の熱量が変わり始めた。調子っぱずれでも勇気を出して歌っている僕への共感だけじゃない。この歌の歌詞が、ここにいるデッカーたちの気持ちにぴったりとはまり、皮膚を通して魂にまで深く浸透していったからだ。彼らの魂は消えゆくホタルの光のようにはかないけれど、まだ確かに存在している。何人かのデッカーが一緒に歌い始める。もしもこの場所でライターを持つことが許されたなら、彼らは火をともすだろう。泣いている人もいれば、笑みを浮かべて目を閉じている人もいる（幸せな思い出に浸っているのであってほしい）。

八分のあいだ、ルーファスと僕は歌い続ける。いばらの冠、ウイスキーにライ麦酒、さまよえる世代、悪魔《サタン》の呪い、ブルースを歌う少女、音楽が死んだ日……。歌い終えると僕は息を整え、割れるような拍手喝采を胸いっぱいに吸いこんでみんなの愛を吸収し、それに背中を押されるように、おじぎをしているルーファスの手を取った。そしてステージ袖《そで》のカーテンの陰まで引っぱっていき、彼の目をじっと見つめる。これから何が起きるかわかっているかのようにルーファスが微笑む。そのとおり、彼は間違っていない。

僕は自分に命を吹きこんでくれた少年にキスをする――ふたりとも死んでいくその日に。

「やっとだ！」

息をするチャンスを与えると、ルーファスはそう言って、こんどは彼が僕にキスをする。

「いつまで待たせるんだよ！」

「うん、そうだね。ごめんね。ぐずぐずしている時間はないとわかってるんだけど、きみが僕の思ったとおりの人かちゃんと確かめたくて……。死ぬことになっていちばんよかったのは、きみと仲良くなれたことだよ」

こう言える相手と出会えるなんて、夢にも思わなかった。ごく普通の言葉だけど、すごく親密な言葉でもあって、僕が伝えたいのは親密なほうの意味だ。これはきっと、誰もが追い求めるあの気持ちだと思う。

「もしキスできなかったとしても、いままでずっと望んでいた人生を、きみは僕に与えてくれた」

「おまえだって、俺を親身になって支えてくれた。この数カ月、俺はすっかり自分を見失ってた。ゆうべは特にそうだ。何もかも信じられなくて、そんな自分がいやで自棄《やけ》になってた。だけどおまえが必死に支えてくれたから、俺は自分を取り戻せた。おかげで前よりもマシな人間になれたよ」

もう一度キスしようとしたとき、ルーファスの視線が僕から離れ、ステージのさらに向こう、聴衆のほうに向けられた。僕の腕を握る手に力がこもる。

ルーファスが顔を輝かせる。

「プルートーズが来た！」

⌛

ハウイー・マルドナード
一七時二三分

デス＝キャストは二時三七分にハウイー・マルドナードに電話をかけ、彼が今日死ぬことを告げた。

二三〇万人いる彼のツイッターのフォロワーは、そのことに大きなショックを受けている。

その日、ハウイーはほとんどホテルの部屋を出ずに過ごし、部屋の外には武装した警備チームが配備された。名声は彼にこの豊かな生活を与えたが、その名声ですら彼を生かしておくことはできないだろう。入室を許されたのは、遺言書を作成する弁護士たちと、ハウイーが永眠する前に次の契約を結びたい著作権エージェントだけだ。ハウイー自身よりも、彼が自分で書いたわけでもない著書のほうに未来があるとはおかしな話だ。ハウイーのもとには方々から電話がかかってきた。共演者、幼いいとこ（ハウイーのおかげで学校では人気者だ）、さらなる弁護士、そして両親。

両親はハウイーの仕事が軌道に乗ると故郷のプエルトリコに戻り、いまもそこで暮らしている。ハウイーは自身が住むロサンゼルスにどうしてもとどまってほしいという思いから、費用はすべて自分持ちで贅沢な暮らしをさせると両親にもちかけたが、ふたりの出会いの地でもある故郷サン・ファンへの郷愁はあまりにも強かった。いま両親は明らかにショックを受けているが、自分がいなくなっても問題なく暮らしていけるという事実が、ハウイーにはどうしてもおもしろくない。両親はすでに彼のいない生活に慣れ、彼の人生を遠くから見守っていた――まるでファンのように。

まるで他人のように。

ハウイーはいま、初対面の相手と車に乗っている。最後のインタビューのためにやってきた『インフィニット・ウィークリー』誌の女性ふたりだ。インタビューを受けることにしたのは、もっぱらファンのためだ。本来ならあと一〇年は生きていられたはずだし、彼が自分自身について発信してきた情報はけっして十分ではなかった。広報担当者やマネージャーが言うように、ファンは〝コンテンツ〟に飢えている。彼が髪を切るたびに、雑誌の表紙を飾るたびに、ツイートするたびに(どれだけタイプミスがあろうと)、ファンはそれを貪欲に知りたがる。

ゆうべのツイートは夕食の写真だった。

彼はすでに、「この人生に感謝」という最後のツイートを発信済みだ。そこには自分で撮影した笑顔の写真が添えられている。

「これからどなたに会いにいかれるんですか?」

年上のほうの女性が尋ねる。確かサンディという名前だったか。そう、サンディだ。初代広報担当者はサリーで、こっちはサンディ。

「これも記事になるの?」

この手のインタビューは、うわの空でも質問に答えられる。だから彼はいつもスマホを立ち上げ、ツイッターやインスタグラムをチェックしながら答える。もっとも、今日は〝スコーピウス・ホーソーン〟シリーズの著者からのものも含め、どっと寄せられる愛のメッセージにすべて目を通すのは、いつもの一〇倍不可能だった。

「かもしれません」

サンディはそう答え、テープレコーダーを持ち上げる。

「もしお答えいただけるなら」

広報担当者がここにいて、さっきの質問を却下してくれればいいのにとハウイーは思う。けれども彼は、その広報担当の女性に相当な額の小切手を切り、すでに彼女のホテルの部屋宛てに発送させた。おまけに、あたかもゾンビウイルスにでも感染しているかのように、自分にはけっして近づかないほうがいいと伝えてあった。

「パス」

ハウイーは答える。幼なじみで初恋の相手でもあるリーナに会いにいくのは、誰にも関係のないことだ。最後にひと目会いたいと、彼女はアーカンソー州から飛んできた。ハウイーがスポットライトを浴びる人生を送らなければ、友だち以上の存在になっていたかもしれない女性だ。彼がかつて、恋しさのあまり公衆電話やコーヒーテーブルなど街のあちらこちらにその名前を──自分の名は添えずに──書いて回った女性。そしていま、夫が与えてくれる平穏な生活を愛している女性。

「けっこうです。では、あなたが最も誇りに思う功績はなんですか？」

「役者としての仕事」

あきれて目を丸くしそうになるのをこらえて、ハウイーは答える。もうひとりのデライラという女性が、くだらない質問にうんざりする気持ちを見透かしたように、彼をじっと見つめている。オーロラのような美しい髪と、額に巻かれた真新しい包帯に気を取られていなかったならば、ハウイーはその視線に気圧《けお》されたかもしれない。あの包帯の下には、スコーピウス・ホーソーンと同じような傷が隠れているのだろうか。

「もしもドラコニアン・マーシュ役を演じていなかったら、いまあなたはどこにいたでしょう?」

サンディが訊く。

「文字どおり〝どこに〟という意味なら、両親と一緒にサン・フアンにいるだろうね。役者としての地位という意味なら……そんなのは誰にもわからない」

「もっとマシな質問をします」

デライラが口を挟む。サンディがむっとしているが、デライラはかまわず質問する。

「後悔していることはなんですか?」

「すみません、失礼な質問を」とサンディが謝罪する。「この子はクビにします。次の赤信号で降ろしますので」

ハウイーはデライラのほうに目を向ける。

「自分が歩んだ道には愛着を持っている。ただ、ツイッターで発する声と、シリーズものの悪役の顔、それ以外の自分が何者なのかわからない」

「もしやり直せるなら、どうしたかったですか？」

「学生を釣る餌みたいな映画には出なかっただろうな」

ハウイーは微笑む。人生最後の日にこんなユーモアが言える自分に驚いていた。

「たぶん、自分にとって本当に意味のある仕事だけをしたと思う。たとえば〝スコーピウス・ホーソーン〟シリーズ。あの映画はとてもすばらしかった。だけど、あれで得た財産で大切な人たちともっと一緒に過ごせばよかった。家族や友だちとね。ところが僕は、悪い魔法使い以外にも幅広い役を演じたくて、自分のイメージをつくりかえるのに必死だった。いまニューヨークに来ているのも、二冊目の本のことで出版社と会うためだった――自分で書いたわけでもないのに」

デライラは、上司と自分のあいだに置かれた、まだサインをもらっていないハウイーの著書に視線を落とす。

サンディはもう元上司なのだろうか……。

「何があれば幸せになれたと思いますか？」

即座に〝愛〟が頭に浮かび、晴天の日に起きた稲妻のようにハウイーを驚かせる。彼は孤独を感じたことはなかった。ネットにつながればいつでもメッセージがあふれていたからだ。けれども、何百万人もの人々から愛されることと、たったひとりの特別な人と結ばれることは本質的に異なる。

「僕の人生は諸刃の剣だ」と言うハウイーは、挫折感を味わうほかのデッカーたちのように、すでに人生が終わったかのように過去形で語ったりはしない。

「いまの僕があるのは、人生が急展開したからだ。あの役を手に入れなかったら、いまごろは誰かを愛し、愛されていたかもしれない。親には金を与えておけばいいなどとは考えず、本当の意味での息子になっていたかもしれないし、母親に通訳してもらわなくても祖母と話せるように、スペイン語も習ったかもしれない」

「もしも俳優として成功せず、代わりにそれらすべてが手に入ったとしたら、それで満足だったでしょうか？」

デライラは身を乗り出すように座席に浅く腰かけ、サンディも熱心に耳を傾けている。

「たぶんね――」

不意にハウイーの言葉がとぎれ、デライラとサンディが目を見開く。

車がガタンと揺れ、ハウイーは目を閉じ、ジェットコースターに乗るときにいつも感じるような深い虚脱感に襲われる。どんどん高くのぼっていき、もう後戻りできない地点を過ぎたら信じがたいスピードで落ちていく、あの感覚。ただ、今回は無事ではすまないことをハウイーは知っていた。

⌛

名もなきギャング
一七時三六分

デス＝キャストは今日、このギャング団の少年たちに電話しなかった。それをいいことに、自分たちは無敵だとばかりに彼らは好き放題に動き回っていた。猛スピードで走る車もなんのその、交通ルールなどおかまいなしに通りを駆け抜ける。一台の車が別の車と衝突し、制御を失い壁に激突すると、ふたりの少年は笑った。残るひとりは、一刻も早くターゲットのもとにたどりつき、バックパックから拳銃を取り出すことだけをひたすら考えていた。

⌛

デライラ・グレイ
一七時三七分

デライラはまだ生きていた。ハウイーがすでに息絶えているのは、脈に触れてみるまでもなくわかる。彼の頭が強化ガラスの窓に叩きつけられるのをデライラは見た。頭が割れる不快な音は、一生耳から離れないだろう——。

心臓が激しく鼓動する。同じ日に、しかも死を予告する電話を受けた日に、デライラは書店のそばで起きた爆発だけでなく、通りを走り抜ける三人の少年が引き起こした自動車事故も切り抜けた。

彼女の命を奪いたいのなら、死神には二度のチャンスがあったはずだ。

デライラと死神は、今日は出会わないのだろう。

⌛

ルーファス
一七時三九分

このままマテオの手を握っていたいところだけど、仲間とのハグもしなきゃならない。俺はデッカーやそうではない人たちを押しのけて人混みのなかを進み、プルートーズのもとにたどりつく。一瞬、〝一時停止〟ボタンを押したように全員の動きがぴたりと止まり——そのあと同時に〝再生〟ボタンが押され、青信号でいっせいに走りだす車のように四人が駆け寄った。俺たちグループのハグ、四人のプルートーが一体となるプルートー太陽系のハグを、台無しになった自分の葬儀から、俺は一五時間以上も待っていた。

「おまえたちを愛してる」

俺のその言葉にホモ・ジョークを飛ばすやつはいない。そういうのはもう卒業した。本当なら三人はここにいるべきじゃない。だけど今日はリスクを回避するよりも、もっと大事なことがある。

「ブタ箱のにおいなんかしないぞ、タゴエ」

「俺たちはもう犯罪者の烙印を押されたんだ」

「犯罪者なんかじゃない」

タゴエの言葉にマルコムが反論する。

「そうだ、おまえたちは何もやってない」

「謹慎もされてないのに、なに言ってんの」

俺もエイミーも否定する。

ハグを終えても、人混みに押されるように四人は離れずにいた。三人ともこっちをじっと見ている。タゴエは俺をペットみたいに愛撫したそうに、マルコムは幽霊を見ているような目で、そしてエイミーはもう一度ハグしたそうな表情で。タゴエに犬扱いされるのはごめんだし、「うらめしや」とマルコムを脅かす気もない。俺はエイミーをしっかりと抱きしめる。

「俺が悪かった」

エイミーの顔を見るまで、彼女に悪いことをしたとは思っていなかった。

「おまえをあんなふうにシャットアウトして悪かった。今日が最後なのに」

「あたしこそ、ごめん。大事なのはひとりだけなのに、二股かけようとしてた。一緒にいられる時間はぜんぜん足りなかったけど、あたしにとって大事なのはルーファスだから。これからもずっと……」

「そう言ってくれてうれしいよ」

「よけいなことも言っちゃって、ごめん……」

「だいじょうぶ」

俺はマテオが人生を楽しめるように手を貸した。そして彼は、俺が自分の人生を取り戻すのに手を貸してくれた。みんなには、いまの俺をおぼえておいてほしい——あの愚かな過ちを犯したやつとしてじゃなく。振り向くと、マテオとリディアが肩を並べて立っていた。俺はマテオの腕を取って引き寄せる。

「紹介するよ、俺のラストフレンドのマテオ。彼女はマテオのいちばん大事な友だちのリディア」

プルートーズがマテオとリディアと握手し、ふたつの太陽系がぶつかり合う。

「ふたりとも怖くないの？」

エイミーがマテオと俺に訊く。

俺はマテオの手を取ってうなずく。

「最後はゲームオーバーでも、俺たちはもう勝ってるからな」

「こいつの面倒を見てくれてありがとう」

マルコムがマテオにお礼を言う。

「ふたりは〝名誉プルートーズ〟だ」

マテオとリディアにそう告げたあと、タゴエはマルコムとエイミーに向き直って言う。

「バッジをつくらなきゃな」

俺はプルートーズに今日一日の出来事をコマ送りの映像にして見せ、インスタグラムの写真がカラーになったいきさつを語る。

「あっちに行ったほうがいいんじゃない？」

シーアの『エラスティック・ハート』が終わるころ、エイミーがダンスフロアのほうを指す。

「うん、行こう」

俺が誘う前にマテオが言った。

⌛

マテオ
一七時四八分

僕がルーファスの手を取ってダンスフロアに引っぱっていったとき、ちょうどクリスという黒人の青年がステージに上がり、『ジ・エンド』というオリジナル曲を歌いますと告げた。そして最後の別れの言葉や悪夢から目覚めたいという思い、容赦なく絞めつけてくる死神の手について、彼はラップで歌い上げる。ルーファスや大切な人たちとここにいなかったら、いまごろ僕は落ちこんでいただろう。だけどいま、僕はみんなと踊っている。僕にしたら思いもよらない行動だ。それもただ踊っているんじゃなく、人生を楽しむ勇気を与えてくれた人と踊っている。

ビートが全身を駆け巡り、僕はみんなのまねをして首を振ったり肩を弾ませたりする。ルーファスはハーレム・シェイクのまねごとをしている。僕を感心させようとしているのか笑わせようとしているのかわからないけど、どっちにしても成功だ。堂々と踊る彼の姿はまぶしくて、すてきだった。僕たちは距離を縮め、両手をおろしたりあげたりしながら身を寄せ合って踊っていた。動きがつねにシンクロしているわけじゃないけど、かまわない。押しよせる人々であふれかえるダンスフロアで、僕たちは体を密着させたまま踊り続ける。昨日までのマテオなら閉所恐怖症を起こしたかもしれない。だけどいまの僕は——この場から一歩も動きたくなかった。

超アップテンポの曲に変わったとき、ルーファスは僕の踊りをやめ、腰に手を添えてきた。

「一緒に踊ろう」

僕としては、もう一緒に踊っているつもりだった。

「僕、ちゃんと踊れてなかった?」

「すごくいいよ。スローダンスを踊ろうって意味だ」

ビートはますます高まっていくのに、僕たちは互いの肩と腰に手を置き、ゆっくりと踊る。僕の指が彼の体に少しだけ食い込む。こんなふうに誰かに触れるのは初めてだ。今日一日いろんなことに挑戦できた僕なのに、ルーファスと視線を交わし続けるのがこれほどつらいのは、そこからいともかんたんに、僕がいままで経験したことのない親密な行為に発展しそうだからだ。ルーファスが僕の耳元に顔を近づけると、彼の視線から解放されてほっとする。なのに、彼の目と、僕を見つめる満足げなそのまなざしが妙に恋しくなってしまう。

「もっと時間があったらな……誰もいない通りを自転車で駆け抜けて、ゲームセンターで一〇〇ドル使って、スタテン島行きのフェリーに乗って、俺の好きなかき氷《スノーコーン》をおまえに食わせるのにな」

こんどは僕が彼の耳元に顔を寄せる。

「ジョーンズ・ビーチに行って、波に向かってきみと競走して、雨に濡れながら仲間たちとみんなで遊びたい。でも静かな夜もほしいな。きみとふたり、B級映画を見ながらくだらない話をする」

僕はふたりの歴史がほしい。共有しているこのわずかな時間よりも、もっと長いふたりの歴史――そして、それよりもさらに長い未来が。だけど、目の前に立ちはだかる重大な問題が、僕の願いを打ち砕く。ルーファスの額に僕の額を当てる。ふたりとも汗ばんでいた。

「リディアにちゃんと話さないと」

ルーファスにもう一度キスをして、それからふたりで人混みをかきわけていく。ルーファスは僕の手をしっかりと握り、道を開いていく僕のあとをついてくる。

ふたりが手をつないでいるのをリディアが見ると同時に、ルーファスは手を離し、僕はリディアの手を取ってトイレのほうに連れていく。そこのほうが少しは静かだからだ。

「ひっぱたかないで聞いて。僕はルーファスを好きになって、彼も僕を好きになって……いままでずっと黙っていて悪かったけど、僕が好きになるのはルーファスみたいな人なんだ。自分を受け入れるための時間がもっとあると思ってた……でも、こういうのがみっともないとか、間違ってるとか、そんなふうに思ったことはなかった。僕は納得できる理由が見つかるのを待っていたんだと思う——告白に添える、美しくて、とびきりすてきな何かを。それがルーファスなんだ」

　リディアが手を持ち上げる。

「ひっぱたきたい気持ちはおさまってないよ」

　だけどそうせずに、リディアは僕を抱きしめた。

「ルーファスがどういう人か知らないし、たった一日でマテオが彼のことをどれだけ理解してるのかわからないけど——」

「彼の過去をすべて知ってるわけじゃない。でもこの一日で、僕にはもったいないくらいたくさんのものを彼は与えてくれた。きみが納得できるかどうかわからないけど」

「マテオがいなくなったら、わたしはどうすればいいの？」

　いろんな思いの詰まったこの問いこそが、僕が死ぬことを誰にも話したくなかった理由だ。僕には答えようのない問い。僕なしにどう生きていけばいいかなんてわからないし、僕の死をどう悼めばいいか教えてあげることもできない。もし僕の命日を忘れても、何日も、何週間も、何カ月も僕のことを考えずに過ごしたとしても、後ろめたく思う必要なんかないんだと納得させることもできない。

自分の人生をしっかり生きてほしい――僕が望むのはそれだけだ。

壁には色とりどりのマーカーがゴムひもで吊るしてある。ほとんどは乾いてインクが出なくなっているけど、まだ書ける太いオレンジ色のマーカーを見つけ、つま先立ちになって空いているスペースにこう書いた。

〈マテオはここにいて、その横にはいつものようにリディアがいた〉

僕はリディアを抱きしめる。

「だいじょうぶだって約束して」

「そんなの大嘘になる」

「嘘でもいい。お願いだから、立ち止まらずに前に進むって言って。ペニーには一〇〇パーセントきみが必要なんだよ。世界を率いる未来のリーダーをしっかり育て上げるって、僕に約束して」

「できないよ、そんなの無理――」

「待って、何かおかしい」

心臓がドキドキしている。エイミーをあいだに挟んで、一方にルーファスとプルートーズが、もう一方に三人組の男たちがいて、エイミーの頭越しに何やらわめいている。リディアが僕の手をつかむ。これに巻きこまれて命を落とさないように、少し離れたところに僕を連れていこうとしているんだろう。リディアは目の前で僕が死ぬのを恐れているし、僕だってそうだ。

顔に痣ができた背の低い男が銃を取り出す。こんなふうにルーファスを殺したいと思うのは、いったい誰だろう……？

ルーファスが襲った相手だ！

みんなが銃に気づき、クラブ全体が騒然となる。ルーファスのほうに駆け出す僕に、ドアを目指す客たちがどっと押しよせ、倒れた僕を踏みつけにしていく。僕はこれで死に、一分後にはルーファスが銃弾に倒れるんだろうか。もしかしたら、ふたり同時に死ぬのかもしれない。リディアが「止まって！」、「下がって！」と声を張り上げ、僕を助け起こそうとしている。まだ銃声は聞こえない。だけど中心の輪からみんなが離れていき、なだれを打って逃げていく人の波に押し戻され、僕はルーファスにたどりつけない。彼が生きているうちにもう一度触れることはできないだろう。

ルーファス
一七時五九分

やつをここに導いたのかと、エイミーに問いただしたい。だけど彼女は、俺と銃のあいだに立ちはだかっている。エイミーが今日死なないのはわかっていても、撃たれない保証はない。俺がここにいることをペックがどうやって知ったにしろ、仲間がいて銃もある以上、もはやこれまでだ。

俺はバカじゃない。ヒーローでもない。

銃を突きつけられるのが、もっと前だったら――マテオに出会う前、プルートーズと再会する前だったら――いっそひと思いに引き金を引いてくれと思っただろう。だけどいまは黙って受け入れる気にはなれない。それでも、俺の人生は刻々とゲームオーバーに近づいていく。

「なんだ、おとなしいじゃないか」

ペックの手が震えている。

「やめて、お願いだから……撃ったら、あんたの人生もおしまいだよ」

エイミーが首を振りながらペックをさとす。

「こいつの命乞いか？　俺のことはどうでもいいんだな」

「もし撃てば、あんたとはもう終わりにする」

やつを落ち着かせるためだけなら、こういうことは言わないほうがいい。もし終わらずに続いたら、俺は幽霊になってふたりに取りついてやる。一瞬マルコムの後ろに隠れ、ペックめがけて突進するのも手だ。一か八かやってみたいが、途中で撃たれるだろう。

マテオ！

ペックの背後に近づいていくマテオに、俺はやめろと首を振る。それを見たペックが振り返る。マテオが危ない！ 俺がペックに向かって駆け出した瞬間、マテオがペックの顔面を殴りつける。信じられないことに、それがストレートにキマった。ペックは床に倒れこみはしなかったが、いまがチャンスだ。

だがそのとき、ペックの仲間がマテオに殴りかかる。ところが、一撃でマテオの肩から頭をそぎ落とす寸前、相手が顔見知りだと気づいたみたいに急に手を引っ込めた。何が起きたかわからないが、結果的にマテオはあとずさる。そのマテオに飛びかかろうとするペックに向かって突進する俺を追い抜いたのがマルコムだった。体格のいいマルコムは、ペックと仲間のひとりに列車のように突っこんでいき、ふたりを宙に放り投げ、壁に叩きつけた。

ペックが宙に舞った拍子に床に落ちた銃は、幸い暴発しなかった。

ペックのもうひとりの仲間が銃を拾おうと手を伸ばした瞬間、俺はそいつの顔を蹴り上げ、タゴエが体に飛び乗る。俺は銃をつかみ取った。こいつでペックを永遠に葬り去れば、エイミーは無事でいられる。俺はペックに銃口を向け、マルコムが離れる。マテオが俺をじっと見ている。逃げ出した彼に追いついたときのあの目――危険なやつを見るような怯えた目で。

俺は銃を空《から》にした。

弾はすべて壁に撃ちこんだ。

マテオの手を取り、ふたりで飛び出す。ペックとその仲間がここに来たのは俺たちを殺すためで、首にナイフを突き立てられたり頭に弾丸を撃ちこまれたりする可能性がいちばん高いのは俺たちだからだ。

今日という日は、俺にどうしてもさよならを言わせてくれない。

⌛

ダルマ・ヤング

一八時二〇分

デス＝キャストはダルマ・ヤングに電話しなかった。今日、彼女は死なないからだ。けれど、もし電話が来ていたら、彼女はこの日を異父妹と過ごしただろう。もしかすると、ラストフレンドも一緒だったかもしれない——〈ラストフレンド〉はダルマが開発したアプリだ。

ダルマは異母妹のダリアと腕を組んで通りを渡っていた。

「うちの会社は、絶対にやめたほうがいいって。あたしなら、うちで働きたいとは思わない。もうすっかり〝仕事〟って感じになっちゃって」

「だけどこのインターンシップ制度って、ほんとばかばかしい。テクノロジー企業に就職してこれくらいがっつり働いたら、いまの給料の三倍はもらえるはずよ」

ダリアはニューヨークでいちばんせっかちな二〇歳だ。彼女はゆっくり進むことを拒み、人生のステップアップを急ぎたがる。最後のガールフレンドには、つきあい始めて一週間もたたないうちに結婚話を持ち出した。そしていま、彼女はテクノロジー企業でのインターンをやめて〈ラストフレンド〉の仕事をしたがっていた。

「それはそうと、ミーティングはどうだったの？　マーク・ザッカーバーグとは会えた？」

「ミーティングは大成功。ツイッターは来月にもあの機能をスタートさせるかも。フェイスブックのほうは、もう少し時間がかかりそう」

ダルマはけさ、ツイッターとフェイスブックの開発者と会い、〈ラストメッセージ〉という新機能を売りこんだ。人生の最後に発信するツイートやステータスをユーザーが事前に準備しておける機能で、これを使えば、彼らがオンライン上に残す遺産《レガシー》は、たとえば人気映画の感想やネットで拡散された誰かの犬の動画へのコメントなどではなく、もっと意味のあるものになる。

「ダルマなら、どんなラストメッセージを残す？　わたしは『ムーラン・ルージュ』に出てくる、あの『この世で味わう最大の幸せは愛し愛されること』とかいう言葉にしようかな」

「ああ、あの言葉にえらく感動してたもんね」

自分のラストメッセージについては、当然ダルマも考えたことがある。この二年間、まだ試作の段階から〈ラストフレンド〉アプリはとてつもない富をもたらしてくれた。けれどもダルマは、夏に起きたラストフレンド連続殺人事件の恐怖を一生忘れることができないだろう。一一人もの犠牲者を出してしまったアプリをさっさと売却し、手についた血を洗い流したい気分だった。それでも、このアプリが役に立った例は無数にある。たとえば今日の午後も、電車でふたりの若い女性の会話を耳にした。ふたりは微笑み合い、ひとりが〈ラストフレンド〉で自分に手をさしのべてくれたことへの感謝の気持ちを伝えていた。ダルマはさらに、もうひとりが〈ラストフレンド〉をとても気に入っていて、このアプリを普及させるためのグラフィティを街じゅうに描いていることも知った。

ダ・ル・マ・のアプリだ。

ダリアの問いに答える前に、目の前をふたりの少年が駆けていった。ひとりはバズカットで、ダルマよりも数段明るい褐色の肌、もうひとりはメガネをかけ、ふさふさした茶色の髪に、ダリアのような淡い小麦色の肌をしていた。ひとりがつまずくと、もうひとりが手を貸して立たせ、どこに向かっているのか、ふたりはまた走りだした。彼らも母親だけが同じ異父兄弟だろうか。それとも生涯の友で、しょっちゅう良からぬことをたくらんだり、励まし合ったりしているのだろうか。

もしかすると、ふたりは出会ったばかりかもしれない。

ダルマは走り去る少年たちを見送る。

「仲間を見つけなさい。そして最後の一日だと思って、毎日を大切に生きなさい――それがあたしのラストメッセージかな」

⌛

マテオ
一八時二四分

僕たちはいま空き地にいて、壁にもたれて座っている。けさ僕がリディアのアパートから逃げ出し、泣きそうになっていたときと同じだ。どこか安全な場所に行きたい。たとえば鍵のかかる部屋。外にいたら、誰かがルーファスをつかまえにくるかもしれない。

ルーファスが僕の手を握り、肩を抱き寄せる。

「ペックへのパンチ、すごかったな」

「人を殴るなんて、生まれて初めてだよ」

初めてのことだらけで、僕はまだ動揺している。人前で歌って、ルーファスとキスをして、踊って、人を殴って――それに、あんなに近くで銃声を聞いたのも初めてだ。

「だけど、銃を持ってるやつを殴るのは良くない。逆におまえが殺されたかもしれないんだぞ」

まだ荒い息を整えようとしながら、僕は通りに目をやる。

「きみの命を救った方法が悪かったって、僕を非難してる？」

「ちょっと間違えば、おまえは死んでたかもしれないんだぞ。そうなったら、俺には耐えられない」

僕は後悔していない。あのとき、僕の動きがもう少し遅かったらどうなっていたか想像する。もしもつまずいたりして貴重な時間を失い、弾丸が彼の美しい心臓を貫き、かけがえのない友だちを失ったら――。

もう少しでルーファスを失うところだった。僕たちに残された時間は、長くても六時間。もし彼が先に逝ってしまったら、僕はゾンビになるだろう――断頭台に首をのせ、ただ死を待つだけのゾンビに。ルーファスとの関係は、朝の三時ごろに出会ったときには予想もしなかったものになった。

今日は思いもよらない充実した一日で、いまもまだ、ありえないほどの幸せが続いている。涙があふれて止まらず、僕はとうとう泣き出してしまう。これからも、たくさんの〝朝〟を迎えたい――。

「みんなに会いたい。リディアに。プルートーズに」

「俺も。だけど、みんなをまた危険にさらすわけにはいかないだろ？」

僕はうなずく。

「何がどうなるかわからなくて不安だらけだ。こうして外を出歩いているのは、もう耐えられないよ」

胸がしめつけられる。恐ろしい何かが起きるとわかっていて、ただそれを待つだけなんてつらすぎる。

「うちに帰りたいって言ったら、僕のこと嫌いになる？　安心できる自分のベッドで休みたいし、きみにも一緒に来てほしい――こんどは部屋のなかまで。僕は自分の部屋に隠れるようにして人生を送ってきたけど、今日はがんばって精いっぱい生きた。だからこんどはあの部屋で、きみと一緒に過ごしたいんだ――」

ルーファスが僕の手をぎゅっと握る。

「おまえの家に行こう、マテオ」

⧗

プルートーズ
一八時三三分

デス＝キャストはプルートーズのうち三人には電話しなかった。今日、彼らは死なないからだ。

けれども四人目は通告を受け、三人は自分自身が死を通告されたも同然のショックを受けた。さっきプルートーズは、大切な友であるルーファスを目の前で失いそうになった。彼に銃口が向けられたのだ。ところが、そこへスーパーヒーローのごとくルーファスのラストフレンドがあらわれてペックの顔を殴りつけ、ルーファスの命を救った。おかげであとしばらくは生きていられる。ルーファスが今日一日を生きのびられないのはプルートーズもわかっている。それでも彼らは、ルーファスに恨みを抱く人間の手で彼の命を奪われずにすんだ。

三人は〈クリントの墓場〉の外の縁石に並んで腰かけ、名もなきギャングを乗せたパトカーが猛スピードで走り去るのを見ていた。

少年ふたりは歓声を上げ、彼らが自分たちよりも長い時間、鉄格子のなかで過ごすことを願う。そして少女は、一連の出来事で自分が果たした役割を悔やむ。危なっかしく嫉妬深い彼氏が死の一撃を加えなかったことに、彼女はほっとしていた。彼氏ではない——元カレだ。

たとえ自分たちは死ななくとも、明日からはすべてが変わる。プルートーズは再出発しなければならないが、同年代の少年少女たちに比べて幼いころからいろいろあった彼らには、もう慣れっこだ。それでも、ルーファスがどのような死を迎えるにしろ、彼らは友の死をけっして忘れないだろう。人生のすべてが教訓になるわけではないが、人生には教訓がある。

どんな家庭に生まれるかは選べなくても、誰と友だちになるかは自分で決められる。自分のほうを大事にするべき相手もいれば、その人のためならばどんなリスクを負ってもいいと思える相手もいる。

三人の友はハグをする。プルートー太陽系からは惑星がひとつ消えたが、その星のことはけっして忘れない。

⏳

ルーファス
一九時一七分

けさマテオが鳥を埋めたあたりを通る。そのころはまだ、俺は自転車に乗った他人だった。もうじき古くなった肉みたいに朽ちていく俺たちは、気が変になるくらい動揺していてもおかしくない。だけどマテオと一緒だと俺は冷静でいられるし、マテオのほうも落ち着いている。

マテオが先に立ってアパートに入っていく。

「ルーフ、ほかに何かやりたいことがなければ、もう一度父さんに会いにいってもいいと思ったんだけど」

「いまルーフって呼んだか？」

マテオはうなずき、ジョークがスベったときみたいに顔をくしゃっとさせる。

「そう呼んでみようかなと思って。いい？」

「もちろん！　それと、さっきのはいいプランだ。少し休んで、それから出かけよう」

マテオはセックスするために俺を家に誘ったんじゃないかと、つい勘ぐってしまう自分がいる。だけど、彼はそんなことはまるで頭にないと思って、まず間違いないだろう。

マテオはエレベーターのボタンを押しかけて、もう乗らないと決めたことを思い出す。ゲームも終盤になったいまは、なおさら乗れない。彼は階段のドアを開け、用心しながらのぼっていく。重苦しいほどの沈黙のなか、一段一段踏みしめながらのぼる。できることなら、マテオが俺とジョーンズ・ビーチでしてみたいと思い描いたように、彼の部屋まで競走したい。だけどそんなことをすれば、きっと部屋にはたどり着けないだろう。

「なつかしいな……」

マテオが三階で立ち止まる。おやじさんの話をするんだろうか。リディアかもしれない。

「死を恐れる気持ちなんか知らなかった幼いころがなつかしい。昨日さえもなつかしい。昨日の僕は死の恐怖に怯えてはいたけど、本当に死ぬわけじゃなかった」

俺はマテオを抱きしめる。何も言わなくても、ハグがすべてを物語ってくれる。マテオも俺を強く抱きしめ、それからふたりで残りの段をのぼりきる。

マテオが玄関の鍵を開ける。

「男の友だちを家に連れてくるなんて初めてなのに、誰にも紹介できないなんて――」

なかに入ったらマテオのお父さんがソファーにいて彼の帰りを待っていたりしたら、びっくりだ。だけど、俺たちのほかには誰もいなかった。

俺としては誰もいてほしくない。

リビングルームを見て回る。おやじさんが昏睡状態だからねらいやすいと盗みに入った〝一家の友人〟とばったり出くわしはしないかと、少しびくびくしながらマテオのあとについていく。何も問題はなさそうだ。マテオのクラス写真を見ると、メガネをかけていない彼が写っているものが何枚もあった。

「いつからメガネかけるようになったんだ？」

「小学校の四年生。からかわれたのはほんの一週間くらいで、僕はラッキーだった」

マテオは鏡に映る異世界バージョンの自分を見つめるように、帽子とガウンを身につけた卒業写真を見ている。すごくいいシーンだからカメラにおさめておきたいけど、彼の表情を見ているとまた抱きしめたくなる。

「僕がオンライン大学を選んだから、父さんはきっとがっかりしたと思う。高校を卒業したとき、父さんはとっても誇らしそうだった。僕の気が変わって、オンラインじゃなくふつうの大学生活を選んでほしいと願っていたはずなんだ」

「今日やったことを、ぜんぶ話してあげないとな」

ここでのんびりしちゃいられない。マテオにとって、おやじさんともう一度会うのはすごく大事なことだ。

マテオがうなずく。

「ついてきて」

短い廊下を通って彼の部屋に行く。

「そうか、おまえはずっとここにいて、俺から隠れてたんだな」

泥棒が入ったみたいに床一面に本が散らばっているのに、それを見てマテオがびっくりしたようすはない。

「きみから隠れていたわけじゃないよ」

マテオはしゃがみ、本をいくつもの山に積み上げていく。

「けさパニックを起こしちゃって。帰ってきた父さんに、僕が怯えていたのを知られたくない。最初から最後まで勇敢に立ち向かったと思ってほしい」

　俺も床にひざをついて本を拾う。

「順番とかあるのか？」

「もうない」

　ふたりで本を本棚に戻し、床に散らばるこまごましたものを拾い集める。

「おまえが怯えていたと思うと、俺だってつらい」

「そんなにひどく怯えてたわけじゃないよ。前の僕のことは心配しないで」

　彼の部屋を見回す。ゲーム機、ピアノ、スピーカー、俺が床から拾い上げた地図。一緒に行った場所を思い浮かべながら地図をこぶしで平らに伸ばしていると、ドレッサーとベッドのあいだの床にルイージの帽子が落ちているのが見えた。帽子を拾って頭にかぶせてやると、マテオはにっこりと笑った。

「けさ俺に話しかけてきたやつだ」

「ルイージ？」

　俺は笑ってスマホを取り出す。マテオはカメラ用の笑顔をつくるんじゃなく、俺に向かって微笑んでいる。エイミーと別れて以来、こんなに幸せな気分になるのは初めてだ。

「撮影タイムだ！　ベッドに飛び乗るかなんかしてみろよ」

マテオはベッドに向かって駆け出し、勢いよく頭から飛びこんだ。そして起き上がると何度も何度もジャンプしながら、何かのはずみでカタパルトみたいに窓から放り出されるんじゃないかと思ったのか、ちらちら窓のほうを振り返る。

いままで見たことのない最高のマテオを、俺はひたすら撮り続けた。

⌛

マテオ
一九時三四分

僕じゃないみたいな僕を、ルーファスはすごく気に入ってくれた。僕も気に入っている。

跳ねるのをやめて、ベッドの端に腰かけて息を整える。ルーファスも横に座り、僕の手を握る。

「きみのために何か歌うね」

彼の手を離したくないけど、この両手を無駄にしちゃいけない。僕はピアノの前に座る。

「いい？　一生に一度だけのパフォーマンスだからね」

そう言って、僕は肩越しに振り返る。

「どう、最高の気分になった？」

ルーファスは感動していないふりをする。

「気分はまあまあ。ちょっと疲れたけどな」

「じゃあ眠気を覚まして、最高の気分を味わって。父さんがよく母さんのために歌ってあげてた曲だよ。父さんのほうが僕よりずっといい声だけど」

僕はエルトン・ジョンの『僕の歌は君の歌《ユア・ソング》』を弾き始める。胸はドキドキしていても、〈クリントの墓場〉のときほど顔はほてっていない。最高の気分を味わってほしいと言ったのは、冗談でもなんでもない。歌が下手くそでも気にしない。僕にそうさせたのは彼だから。

僕は歌う――旅回りの秘薬売り……きみに贈る僕の歌……屋根に腰かけ……輝き続ける太陽……誰よりも美しい瞳――。短いイントロのあいだに振り返ると、ルーファスは動画を撮っていた。僕が微笑みかけると彼はそばに来て、歌う僕の額にそっとキスをし、横で一緒に歌いだす。

〈気恥ずかしいかもしれないけれど、僕の思いを言葉にしたよ……きみがいてくれるから、人生はこんなにすばらしい……〉

歌い終えた僕にとって、ルーファスの笑顔は勝利の証《あかし》だ。彼は目に涙をいっぱいためていた。

「やっぱり、おまえは俺から隠れてたんだよ、マテオ。俺はずっと、おまえみたいなやつを探してた。なのに、あのばかげたアプリがなきゃ出会えなかったのがくやしい」

「〈ラストフレンド〉アプリ、僕は好きだよ」

ルーファスの気持ちもわかるけど、別の出会い方をしたかったとは思わない。

「僕はあのアプリで、最後の一日を一緒に過ごしてくれる仲間を探してた。そしてきみを見つけて、きみも僕を見つけて、ふたりとも何かを感じて会うことになった。ほかにどんな方法があったと思う？　僕がここから出られた保証はないし、偶然どこかで出会ったかどうかもわからない。たった一日じゃ無理だよね。すばらしい物語が生まれることもあるだろうけど、このアプリの最大の役割は、みんなを外に向かわせることだと思う。僕の場合は、自分がひとりぼっちだと自覚して、誰かとつながりたいと思った。きみとこんなふうになるなんて期待はしていなかったけどね」

「おまえが正しいよ、マテオ・トーレス」

「たまにはこういうことも起きるんだよ、ルーファス・エメテリオ」

彼の名字を声に出して呼んだのはこれが初めてだ。正しく発音できているといいけど。

キッチンからおやつを持ってきて、子どもみたいに、ふたりでままごとをする。僕はクラッカーにピーナッツバターを塗って（その前に、アレルギーがないかちゃんと確かめた）、アイスティーと一緒にふるまった。

「今日はどうだった、ルーファス？」

「最高だった」

「僕も」

ルーファスがベッドの端を叩いて「こっち来いよ」と誘う。僕は彼の横に座り、互いの腕と腕、脚と脚をからめてくつろぎながら、これまでの人生について語り合う。たとえばルーファスが暴れるたびに、両親は彼を自分たちと一緒に部屋の真ん中に座らせたこと。父さんが僕にシャワーを浴びて頭を冷やせと言ったのに似ている。それからルーファスはオリヴィアのことを、僕はリディアのことを話した。

そのうちに、話題は過去から現在に移る。

ルーファスが、ふたりを囲む目に見えない円を描いて言った。

「ここは俺たちの安全な領域、小さな島だ。ここから出ないようにしよう。出なければ死ぬはずがない。いいな？」

「お互いの首を絞めて殺し合うのかも」

「島の外で悲惨な目にあうより、そのほうがマシだ」

僕は深く息を吸い、言った。

「でも、何かの理由でうまくいかなかったときのために、あの世で必ずお互いを見つけるって約束しておこう。きっとあの世はあるよ、ルーフ。だってこんなに早く死ぬんだから、せめてあの世がなくちゃ不公平だ」

ルーファスがうなずく。

「向こうですぐに俺を見つけられるようにしておくよ。ネオンサインとか、マーチングバンドとか」

「よかった。あの世にはメガネがないかもしれないから。メガネも一緒に天に昇るのかどうかわからないからね」

「あの世にホームシアターがあると信じてるくせに、メガネがあるかどうかわからないのか？　おまえが描く天国の設計図にはヌケがありそうだな」

そう言ってルーファスは僕のメガネをはずし、自分がかける。

「うわっ、そうとう目が悪いんだな」

「この世で僕からメガネを取り上げたら、もうなんにも見えないよ」

視界がぼやけ、彼の顔からは目鼻が消え、肌の色しかわからない。

「きみ、きっとまぬけな顔に見えるだろうな」

「写真撮ろうぜ。ほら、俺にもたれる感じで」

何も見えないけど、目を細めながらまっすぐ前を見て微笑む。ルーファスが僕にメガネをかけてくれたから、写真を見てみると、僕は寝起きみたいな顔をしていた。ルーファスが僕のメガネをかける——それはどこか親密な行為だ。ずっと前からのつきあいだから、こういうばかなことも自然にできてしまう、そんな感じだ。こんなの予想もしなかった。

「もっと時間があれば、僕はきっときみに恋してた」

吐き出すように僕は言った。これはいまこの瞬間の気持ちで、そして何分も、何時間も前からずっと、いくつもの瞬間に感じていたことだ。

「ううん、たぶんもう恋してる。こんなこと言ってきみに嫌われたくないけど、僕は幸せだと思ってる。知り合ってどれくらいたったら愛を打ち明けてもいいとか、人はよく時間でものごとを決めようとするよね。でも、一緒に過ごした時間がどれだけ短くても、僕はきみに正直に言いたい。いいタイミングを待って時間を無駄にする人もいるけど、僕たちにはそんな贅沢は許されない。この先もずっと人生が続くなら、僕はきみがうんざりするほど何度も何度も愛してるって言い続けたと思う。僕たちはきっと、そうなったはずだから。だけど、ふたりとももうすぐ死んでしまう。だからいまのうちに好きなだけ言っておきたいんだ——きみを愛してる、愛してる、愛してる、きみが好きだ……」

ルーファス
一九時五四分

「俺もおまえが好きだって、もうとっくにわかってるよな」

くそっ、苦しいくらい好きだ。

「いいかげんな気持ちで言ってるわけじゃない、わかるだろ？」

俺を復活させてくれたマテオに、もう一度キスしたい。けど、いまはいっぱいいっぱいだ。俺に分別がなかったら、自分を見失わないように必死に抑えていなかったら、また何かを殴りつけるようなばかなことをやらかしてしまいそうなほど、むしょうに腹が立っていた。

「この世は残酷すぎる。エンド・デーが始まったとき、ペックのやつが俺の元カノとつきあってるのがおもしろくなくて、あいつを叩きのめそうとしてた。その俺がいま、今日出会ったばかりの最高にいけてるやつとベッドにいる……なんなんだよ。おまえはどう思う……？」

「どう思うって、何を？」

半日前のマテオなら臆病で何も訊き返せないか、訊いたとしても、俺から目をそらしただろう。ところがいま、マテオは俺の目をまっすぐ見つめている。

マテオも同じことを考えているのかもしれない。そう思って、ためらいながら問いかける。

「こうして出会ったせいで、俺たちは死ぬのかな」

「でも、出会う前から死ぬのは決まっていたよね」

「ああ。だけど最初から、星のさだめとか、石板に刻まれた運命に従って動いてたのかもしれない。ふたりの男が出会って、恋に落ち、そして死ぬ」

それが真実なら、そこらじゅうの壁を殴りつけてやる。止めても無駄だ。

「僕たちの物語は、そんなんじゃないよ」

マテオが俺の両手をぎゅっと握る。

「恋をしたせいで死ぬんじゃない。何があろうと、今日僕たちは死ぬ運命だった。でも、きみのおかげで僕はまだ生きているし、人生を楽しむことができた」

マテオが俺のひざに乗ってきて、ふたりの距離が縮まる。俺をきつく抱きしめるマテオの鼓動が胸に伝わってくる。俺の鼓動も、彼は感じているはずだ。

「ふたりの男が出会い、恋に落ち、そして人生を思いきり楽しむ。それが僕たちの物語だよ」

「そっちのほうがいいな。だけどエンディングまでに、まだ何かが起きる」

「エンディングのことは忘れよう」

マテオは耳元でささやくと、少し体を引いて、じっと俺の目を見る。

「世界は奇跡を起こしたい気分じゃなさそうだから、ハッピーエンドは期待できないね。だから、ふたりがいろんなものを乗り越えて今日一日を生きた、エンディングはそれでいいと思うんだ。たとえば僕は、世の中やそこで暮らす人たちを恐れる臆病な人間であることをやめた」

「そして俺は、自分でも好きになれない人間であることをやめた。前のままなら、おまえはきっと俺を好きにならなかった」

マテオは涙を浮かべながら微笑んでいる。

「前のきみなら、僕が勇気を持てるようになるまで待ってくれなかったかもね。間違ったまま一生を終えるより、間違いを正して、たった一日でも幸せに生きられるほうがいいよね」

ぜんぶマテオの言うとおりだ。

ふたりで枕に頭をのせる。眠ったまま逝けたらいいのに――それがいちばんいい死に方に思えた。

俺はラストフレンドにキスをする。俺たちを結びつけてくれた世界が、敵であるはずがない。

マテオ

二〇時四一分

無敵になった気分で目を覚ます。時計は見ない。生きのびたという思いを打ち砕くものは何も見たくない。頭のなかではすでに日付が変わっていた。僕はデス＝キャストの予言を打ち破った史上初の人間だ。メガネをかけ、ルーファスの額にキスをして、眠っている彼を見つめる。ふと不安になって彼の胸に触れ、心臓がまだ動いていると知って安心する。彼も無敵だ。

ルーファスを乗り越えてベッドからおりる。ふたりの安全な島から出ていくのを見たら、彼はきっとその手で僕を絞め殺すだろう。だけど僕は、父さんに彼を紹介したい。部屋を出て、紅茶を用意しにキッチンに行く。ガスレンジにやかんを置き、戸棚にあるいろんな味の紅茶のなかからペパーミントティーを選ぶ。

そしてバーナーのスイッチを入れた瞬間……後悔が胸に押し寄せる。死が近づいているとわかっていても、その炎はあまりにも突然に襲ってきた。

ルーファス
二〇時四七分

煙にむせて目を覚ます。耳をつんざくような火災報知器のアラームの音で頭が働かない。何が起きているにしろ、ついにその瞬間が来たんだとわかる。マテオを起こそうと手を伸ばすと、そこには誰もいない。真っ暗闇のなか、手が触れたのはスマホだけで、俺はそれをポケットにしまう。

「マテオ！」

叫びはアラームの音でかき消され、俺は窒息しそうになりながら、それでも彼を呼び続ける。窓からさしこむ月明かりだけを頼りに、フリースを顔に巻きつけ、床を這いつくばり、手さぐりでマテオを探す。煙の発生源のそばじゃなく、きっとこのへんの床にいるはずだ。マテオが火に包まれているかもしれないという考えを、頭から振り払う。まさかそんなはずはない。ありえない。

玄関にたどりついてドアを開けると、黒い煙が少し外に流れ出る。激しく咳きこみ、息がつまる。新鮮な空気がほしくてたまらない。なのに、パニックが全力で俺を床に押さえつけ、最後のカウントダウンに持ちこもうとしている。ほとんど息ができない。ドアの外に隣人たちが何人か集まってきている。マテオからその人たちの話を聞いたことはない。まだ聞いていない話がたくさんある。だけどだいじょうぶだ、俺がマテオを見つければ、まだ数時間は一緒にいられる。

「消防署にはもう通報したから」と女が言う。

「誰か、彼に水を」まだ息ができずにいる俺の背中を叩きながら、男が言う。

「けさマテオから手紙をもらった」と別の男が言う。「自分はもういなくなるから、ガスレンジのことは心配しなくていいって……。いつ帰ってきたんだろう。ノックしたときは留守だったよ！」

できるだけ咳を出しきると、俺はその男を押しのけて燃えさかる室内に駆けこみ、オレンジ色の光を放つキッチンを目指す。そこはいままで経験したことのない灼熱の世界で、家族と休暇で過ごしたキューバのバラデロ・ビーチでさえ、これほど熱くはなかった。マテオはなんでベッドにいなかったんだ、あれほど約束したのに。ガスレンジにどんな不具合があったのか知らないが、マテオのことだから、きっとふたりのために何かしようとしていたんだとわかる。命とひきかえにする価値などない何かを――。

俺は炎のなかに入っていく。

キッチンに駆けこもうとしたとき、足に何かが触れた。床にひざをついてつかんだそれは――本当なら、目覚めたときに俺の体を抱いていたはずの腕だった。マテオをつかむ指が、茹でたような皮ふに深く食い込む。激しく泣きじゃくりながらマテオのもう一本の腕を見つけ、炎と煙のなかから彼を引っぱり出し、ドアのところで俺に向かって叫んでいる、部屋に飛びこんで〝子ども〟を助ける勇気もないクソ野郎どものほうに引きずっていく。

廊下の明かりがマテオを照らす。背中がひどく焼けただれていた。体をひっくり返すと、顔の半分はひどいやけどを負い、もう半分も真っ赤だ。彼の首に腕を回して抱きかかえ、揺り動かす。

「起きろ、マテオ、起きろ、目を覚ませ！　なんでベッドから出たんだよ……出ないって約束したじゃないか……」

マテオはベッドから出るべきじゃなかった。炎と煙だらけの部屋に俺を置き去りにするべきじゃなかった。

消防隊が到着した。隣人たちは、俺をマテオから引き離そうとする。俺はそのなかのひとりに殴りかかる。ひとりを倒せば全員が逃げていくだろうと思ったからだ。いっそ、燃えるマテオの部屋にあいつらを蹴り入れてやりたい。マテオを叩き起こしたくても、すでに炎の舌になめられた顔をひっぱたくわけにはいかない。マテオのやつ、なんで目を覚まさないんだよ！

消防士が俺の横にひざまずき、「彼を救急車に運んであげないと」と言った。

その言葉に、俺はようやく折れる。

「彼は今日、通告を受けていないんだ」と嘘をつく。「だから急いで病院に運んでほしい、頼む」

エレベーターで下におり、ロビーを通って外の救急車に運ぶあいだ、俺はずっとマテオのそばについていた。救急隊員がマテオの脈を測り、同情するような目で俺を見る。ふざけんな！

「病院に運ばなくちゃだめだ、わかるだろ！　何やってんだよ！　ふざけんな、早く運べよ！」

「残念だけど、もう亡くなっている」

「ちゃんと仕事しろよ！　こいつを早く病院に連れてけよ！」

もうひとりの救急隊員が救急車の後部ドアを開け、マテオを乗せずに遺体袋を取り出す。

だめだ！

俺はその手から袋をひったくり、茂みに放り投げる。遺体袋は死んだ人を入れるもので、マテオは死んじゃいない。息をつまらせ、泣きながら、死にそうな思いで、マテオのそばに戻る。

「おい、マテオ。俺だ、ルーフだ。聞こえてるんだろ？　ルーフだ。起きろ。頼むから目を覚ましてくれ――」

二一時一六分

救急隊員がマテオ・トーレスを遺体袋に入れているあいだ、俺は縁石に腰かけている。

⌛

二一時二四分

ストルース記念病院に向かう救急車のなかで、俺は手当てを受けている。ここにいると、死んでいった家族のことがまた頭に浮かぶ。マテオが俺より先に死んでしまったのがくやしくて、怒りの炎がめらめらと燃え上がる。こんなところにいたくない。レンタル自転車を見つけるか、息が苦しくても走ってどこかに行ってしまいたい。だけど、こんな状態のマテオをひとり残しては行けない。一緒にやろうと話したことを、遺体袋に入れられた少年にぜんぶ語って聞かせる。だけどその声は、もう彼に届かない。

病院に到着すると、俺たちは引き離された。俺は集中治療室に連れていかれ、マテオは検視のためにストレッチャーで遺体安置所に運ばれていく。

心が焼けるように痛い。

⏳

二一時三七分

病院のベッドで酸素吸入しながら、インスタグラムの写真に寄せられたプルートーズからの愛のメッセージをチェックしている。泣き顔の絵文字がひとつもないのは、俺が嫌いなのを知っているからだ。マテオと撮った最後の写真への三人からメッセージに、俺はぐっときた。

@tagoeaway：ルーフ、俺たちはおまえの分も人生を楽しむよ！〈#プルートーズ4《フォー》ライフ #プルートーズは永遠に〉

@manthony012：愛してるぜ、兄弟。来世で会おう！〈#プルートーズ4ライフ〉
@aimee_dubois：愛してる。毎晩あんたの星を探すからね。〈#プルートー星団〉

状況はわかってるから、無事でいろとかそういうことは誰も言わない。それでも三人が俺を応援してくれているのがよくわかる。
俺がアップした写真ぜんぶにコメントが残してあった。トラベル・アリーナ、メイク・ア・モーメント、墓地……そのすべてに一緒に行きたかったと。
プルートーズのグループチャットを開き、悲しいメッセージを送る。

〈マテオが死んだ〉

すると驚くほどの速さでなぐさめの言葉がどっと流れこみ、めまいがしそうだ。誰もくわしいことは訊いてこない。だけどタゴエはいまごろ、そのときの状況を訊きたい気持ちをぐっとこらえているんだろう。訊かずにいてくれてありがたい。
目を閉じて少し休みたい。少しのあいだでいい、俺にはゆっくり休んでいる時間なんかないんだから。それでも何かの事情でこのまま目を覚まさなかったときのために、最後にもう一度メッセージを送る。

〈俺の身に何が起きようと、骨はアルシアパークにまいてほしい。お互いのまわりを

ぐるぐる回り続けろよ。愛してる〉

⌛

二三時〇二分

悪夢から急に目覚める。全身を炎に包まれたマテオに、死んだのはきみのせいだ、きみに出会わなければ死なずにすんだはずだと責められる夢だった。脳裏に焼きついて離れないこの夢を、ただの悪い夢だと振り払う。マテオはけっして、そんなふうに誰かを責めたりしない。

マテオは死んでしまった。

あれはマテオにふさわしい死に方じゃない。自分のことは二の次の献身的なマテオは、誰かを命がけで救って死ぬべきだった。いや、違う。英雄的な死に方じゃなかったとしても、彼は英雄として死んだ。

マテオ・トーレスは確かに、この俺を救ってくれた。

リディア・ヴァルガス

二二時一〇分

リディアは自宅のソファーでお菓子を食べていて、ペニーもまだ起きている。祖母はペニーの子守りで疲れ果て、すでにベッドに入っていた。そして当のペニーも、巻いたねじが戻りつつあった。ペニーは不機嫌でもなく、むずかってもいない。母を休ませなければならないと、ちゃんとわかっているかのようだ。

リディアのスマホが鳴る。前回マテオがかけてきたときと同じ番号、ルーファスの電話だ。

「マテオ！」

ペニーがドアのほうを見るが、そこにマテオの姿はない。

マテオの声が聞こえてくるのを待つが、彼は何も言わない。

「……ルーファス？」

心臓が早鐘を打ち、リディアは目をつむる。

「うん」

とうとう起きてしまった。

リディアはソファーにスマホを放り出し、クッションにこぶしを打ちつけてペニーを怯えさせる。どんなふうにそれが起きたのか、今夜は知りたくない。すでに引き裂かれた心を、最後の一片まで粉々に打ち砕く必要はない。小さな手が、リディアの顔を覆う両手を引きはがそうとする。ペニーの目にも涙が浮かんでいる。母親が泣いているからだ。

「マミー」

母を呼ぶそのひとことが、リディアにすべてを語る。粉々に砕け散っても、自分の力でまた元どおりになろう――自分のためではなく、娘のために。

リディアはペニーの額にキスをし、スマホを拾い上げる。

「ルーファス、聞こえる？」

「うん。心からお悔やみを言うよ」

「あなたにも。いまどこにいるの？」

「マテオのおやじさんと同じ病院にいる」

あなたは無事かと尋ねたいが、じきにそうでなくなるのはわかっている。

「病室に行ってみるよ。マテオは、いままで秘密にしてきたことを打ち明けたがってた……だけど、できなかった。おやじさんに、俺から話したほうがいいのかな？　俺が言うのは変じゃないか？　マテオのことをいちばんわかってるのはきみだ」

「あなただって、彼のことをよくわかってるじゃない。もし言えなければ、わたしから話すから」

「聞こえないのはわかってるけど、マテオがどれだけ勇敢な息子だったか、おやじさんに話してあげたい」

息子だったか……マテオはもう過去形で語られる人になってしまった。

「わたしは聞こえるから、まずわたしに話して」

リディアはペニーをひざにのせ、マテオが今夜自分で伝えることができなかったことを、ルーファスは彼女に語って聞かせる。明日、リディアはマテオがペニーのために買ってくれた本棚を組み立て、部屋じゅうに彼の写真を飾るだろう。

マテオの命を永遠にとどめるために、それが彼女にできる唯一の方法だった。

デライラ・グレイ

二三時一二分

デライラはいま、インタビューをもとに追悼記事を書いている。上司は彼女をクビにしなかった。ハウイー・マルドナードは別の人生を歩みたかったのかもしれないが、〝人生にはバランスが大事〟という貴重な教訓を遺してくれた。人生を円グラフであらわすなら、すべての領域が均等に配分された状態が最も幸福なのだ。

今日、死神に出会うことはない――デライラはそう確信していた。けれども、死神は彼女に別のプランを用意しているだけかもしれない。真夜中まで、まだ二時間近くある。今日は一日中、次から次へと押し寄せる波に翻弄された。単なる偶然なのか運命だったのかは、これから二時間のあいだにはっきりするだろう。

デライラはいま〈アルシア〉にいる。通りを挟んで向かいにある公園と同じ名前の小さなレストランで、ヴィクターと初めて会ったのもこの店だった。人生最後の数時間かもしれないいま、デライラは愛する男と差し向かいで語り合っているのではなく、ほとんど遠くから見ていただけの男の追悼記事を書き上げようとしている。

ノートをわきへ押しやってスペースをつくり、ゆうべ返そうとしたがヴィクターが受け取らなかった婚約指輪をスピンさせる。デライラは勝負に出ることにした。もしエメラルドが自分のほうに向いたら、降参して彼に電話する。輪のほうが自分に向いたら、追悼記事を書き上げて家に帰り、ゆっくり寝て、あとのことは明日になってから考える。

指輪を回すと、エメラルドは少しもずれることなく、まっすぐ彼女のほうを向いた。

デライラはスマホを取り出し、あの電話はヴィクターの嫌がらせでありますようにと祈りながら、彼に電話をかける。デス＝キャストは多くの謎に包まれている。もしかすると、死ぬ人間を彼ら自身が決めているのかもしれない。誰も当たりたくない宝くじのように。出社したヴィクターは、「この女性を」と、デライラの名前が書かれた紙を死刑執行役員の机に置いたのだろうか。

失恋の痛手は、人を殺すほど大きかったのかもしれない。

⌛

ヴィクター・ギャラハー

二三時一三分

デス＝キャストは、ヴィクター・ギャラハーに電話しなかった。今日、彼は死なないからだ。もしも社員にエンド・デーを告げる場合は、まず管理職が〝面談〟のために本人をオフィスに呼ぶ。だからほかの社員には、その人が死ぬのか雇い止めになるのかわからない。ただ、彼らは二度と自分のデスクには戻ってこない。けれどもヴィクターにはどうでもいいことだ。今日、彼は死なないのだから。

ヴィクターはいつも以上に気が滅入っていた。婚約者から――ヴィクターの祖母の指輪をまだ持っているという理由で、彼はデライラをまだ婚約者と呼んでいる――ゆうべ別れを切り出されたからだ。考え方の相違が原因だとデライラは言うが、本当の理由は最近の自分がおかしいからだとわかっていた。三カ月前にデス＝キャストで働き始めて以来、彼はずっと――もっと的確な表現が見つからないのだが――落ちこんでいた。彼はいま、デス＝キャストの全社員が相談できる社内セラピストのところに向かっている。デライラが別れようとしていることに加え、仕事の重圧に苦しんでいるからだ。彼にはどうすることもできない懇願や、何も答えようのない問い――そのすべてに押しつぶされそうになっていた。それでも給料は申し分なく、健康保険も申し分ないほど手厚い。それと同じように、婚約者とも申し分のない関係に戻りたいと彼は願っていた。

ヴィクターは職場がある建物に入っていく。もちろん一般には明かされていない場所だ。同僚のアンドレア・ドナヒューも一緒に入ってきて、黄色い壁にずらりと並んで笑顔を見せるヴィクトリア朝時代の人物や歴代社長の肖像画には目もくれずに素通りする。デス＝キャスト社の内装には、意外にも不吉な死のイメージや陰鬱さはない。開放感のある、職場というより保育園のような明るい雰囲気は、エンドー・デーを告げるヘラルドたちが狭苦しいブースで精神的に追いつめられないよう配慮したものだ。

「やあ、アンドレア」

エレベーターのボタンを押しながら、ヴィクターが声をかける。

アンドレアは、デス＝キャストの創業時からいる社員だ。この仕事が嫌いでも、どうしても続けたい理由をヴィクターは知っている。どんどん高くなる子どもたちの学費を払うにはかなりの収入が必要だし、健康保険が充実している点も、足が不自由な彼女にはありがたいからだ。

「こんばんは」

「子猫はどう？」

シフトの前後の軽いおしゃべりを、デス＝キャストの上層部は奨励している。明日がある人たちと接触するささやかなチャンスだ。

「まだちっちゃいわ」

「かわいいね」

エレベーターが来た。ふたりとも乗りこむと、ヴィクターはさっさと「閉」ボタンを押す。これから人の人生を根底から崩しにいくときに、セレブのゴシップやくだらないテレビ番組の話など、どうでもいいことばかりしゃべりまくる同僚たちと乗り合わせたくなかった。ふたりは切り替えの早い彼らを〝スイッチ〟と呼び、そういう人間が存在すること自体がいやだった。

ポケットのなかでスマホが鳴る。デライラからだと期待しないようにしながら見ると、そこには彼女の名が表示されている。

「彼女だ」

ヴィクターは胸を高鳴らせ、アンドレアが事情を知っているかのように彼女の顔を見る。彼がアンドレアの新しい子猫に関心がある程度に、アンドレアも彼の私生活に関心を持っていた。ヴィクターは電話に出る。だいぶ切羽詰まった声だが、愛というのはそういうものだ。

「デライラ!」

「ヴィクター、あなたがやったの?」

「やったって、何を?」

「とぼけないで！」

「いったいなんの話だ？」

「エンド・デーの電話よ。わたしへの腹いせに、誰かにやらせたんでしょ？　だとしても告げ口はしないから。いま認めるなら水に流すわ」

ヴィクターは愕然とする。

「通告を受けたのか？」

エレベーターが一〇階に到着し、アンドレアは降りようとするが、そのままとどまる。心配だからなのか興味があるからなのか、ヴィクターにはわからない。けれど、そんなことはどうでもいい。デライラが自分をからかっているのではないとわかっていた。嘘をついていれば声の調子でわかる。彼女は実際に恐怖を感じていて、ヴィクターの仕業に違いないと、本気で彼を責めているのだ。

「デライラ」

電話の向こうから返事はない。

「デライラ、いまどこにいる？」

「アルシア」

ふたりが出会ったあの店――彼女はまだ自分を愛している、やっぱりそうだ。

「そこを動かないで、いいね？　いまから行く」

ヴィクターはまた「閉」ボタンを押し、アンドレアも一緒に閉じこめる。そしてエレベーターがくだり始めてからも、「ロビー」のボタンを三〇回以上も押し続ける。

デライラは泣き出す。

「今日一日を無駄にしちゃった。わたしはてっきり……ああ、ばかだった。なんてばかなの。最後の一日を無駄にするなんて……」

「きみはばかじゃない、きっとだいじょうぶだ」

ヴィクターは今日まで、デッカーに嘘をついたことはなかった。まさかデライラがデッカーに――。エレベーターが二階で止まるとヴィクターは飛び出し、階段を駆けおりる途中、電波がとぎれる。ロビーを突っ切って走りながら、愛している、いますぐそっちに行くとデライラに語りかける。時計を見ると、あとちょうど二時間弱――もしかすると、二分後には終わってしまうかもしれない。

ヴィクターは車に乗りこみ、〈アルシア〉へと急ぐ。

⌛

ルーファス
二三時一四分

最後にインスタグラムにアップするのは、ラストフレンドと一緒の写真だ。マテオの寝室で撮ったもので、俺は彼のメガネをかけ、彼はよく見えなくて目を細めている。幸せを手に入れて微笑むふたり——そのときはまだ、彼を失っていなかった。スクロールして今日撮ったすべての写真をながめながら、マテオのおかげでエンド・デーが色鮮やかなものになったと心から感謝する。

おとなしく寝ていろと看護師は言うけど、デッカーには世話を拒む権利があるし、いつまでもここにいるわけにはいかない。俺はマテオのおやじさんに会いにいかなくちゃならない。

生きていられるのも、あと二時間を切った。その時間を有意義に使うなら、俺を父親に会わせたいというマテオの最後の望みをかなえてやるのがいちばんだ。こんどはじかに会う。たった一日で俺が恋に落ちるような男にマテオを育て上げた人には、ぜひとも会っておきたい。

おせっかいな看護師に付き添われて八階に向かう。善意で手助けしようとしてくれてるのは、もちろんわかってる。ただ、いまの俺はあまり忍耐強くない。病室に着くと、俺はずかずかとなかに入っていった。

おやじさんは、俺が思い描いた未来のマテオの姿とは少し違ったけど、まあそれに近かった。目覚めたら喜んで迎えてくれる息子がもういないことなど知らずに眠っている。彼らの家がどれだけ焼け残ったのかもわからない。火が燃え広がるのを消防士が食い止めてくれたことを願うだけだ。

「こんばんは、トーレスさん」

俺はベッドの横の椅子に座る。けさ、マテオはこの椅子に腰かけて歌っていた。

「俺はルーファス、マテオのラストフレンドです。マテオから聞いたかどうかわからないけど、けさ彼を外に連れ出したのは俺です。マテオはほんとに勇敢でしたよ」

ポケットからスマホを取り出し、電源が入るのを見てほっとする。

「マテオは自慢の息子ですね。ほんとは勇敢なところがあるって、前からわかっていたんでしょう？　たった一日のつきあいだったけど、俺も彼のことを誇らしく思っています。マテオがずっとなりたかった自分になるのを、この目で見届けました」

今日になってから撮った写真をスクロールし、マテオと出会う前のものは飛ばして、最初のカラー写真から一枚一枚開いて見せる。

「今日一日、ふたりでいろんなことをして楽しんだんです」

隠し撮りした〝ふしぎの国のマテオ〟――これはマテオに見せずに終わってしまった。メイク・ア・モーメントで〝スカイダイビング〟をしたときの、飛行士姿のふたり。公衆電話の墓場――あそこで俺たちは死について語り合った。電車のなかで、レゴのサンクチュアリをひざに置いて眠るマテオ。掘りかけの墓のなかに座るマテオ。〈オープン・ブックストア〉の窓――その数分後の爆発を、俺たちは無事に切り抜けた。もういらなくなった俺の自転車に乗っていったあの青年。自転車が命取りになるんじゃないかとマテオは怖がったけど、最初で最後のふたり乗りをしたあとは怖がらなくなった。トラベル・アリーナでのアドベンチャー。〈クリントの墓場〉の外――あの店でマテオと俺は歌い、踊り、キスをして、そのあと一目散に逃げ去った。ベッドの上で跳ね回るマテオ。そして、ふたりで撮った最後の写真。俺はマテオのメガネをかけ、マテオは目を細くしているけど最高に幸せそうだ。

俺も幸せだ。また打ちのめされた俺を、マテオはいまも癒やしてくれた。

こんどは動画を再生する。何度でもくり返し聴いていたい。

「ほら、マテオが『僕の歌は君の歌《ユア・ソング》』を歌ってくれたんです、あなたも歌っていた曲だと言って。このときマテオは、俺を最高の気分にさせたくて歌ってくれたし、確かに俺は最高の気分を味わったけど、彼が歌ったのは自分のためでもあったんです。マテオは歌が大好きなんですよ、そんなにうまくはなかったけど、ハハ。彼は歌だけじゃなく、あなたのことも、リディアも、ペニーも、俺も、みんなのことが好きでした」

心臓モニターは、マテオの歌にも俺の話にも反応しない。心拍の乱れも何も起きない。俺は悲痛な気持ちになった——すべてが悲しい。トーレスさんは生きていても身動きひとつできず、どこにも行けない。それは若死にするよりも酷《むご》いんじゃないだろうか。だけど、いつか目覚めるかもしれない。そうしたらきっと、息子を失って、世界にたったひとり取り残されたような気持ちになるだろう——たとえ何千人もの人に囲まれて日々を過ごしたとしても。

ベッドわきのキャビネットに写真が一枚置いてある。子どものころのマテオとおやじさん、そしてトイ・ストーリーのケーキ。幼いマテオはすごく幸せそうだ。できるものなら、小さいころに出会いたかった。

それが無理でも、せめてあと一週間あれば。

あと一時間。

わずかでも、もっと時間があったなら——。

写真の裏にはメッセージが書かれている。

父さん、いままでずっとありがとう。

僕は勇気を出して挑戦する、だからだいじょうぶ。

向こうに行っても、ずっと愛してる。

マテオ

マテオの筆跡を見つめる。彼は今日これを書いて、ここに持ってきた。彼がどんな一日を過ごしたか、おやじさんに知っておいてもらいたい。ポケットを探ると、地球の絵があった。けさマテオと行きつけの軽食堂《ダイナー》に入ったときに描いたものだ。よれよれになって少し湿っているけど、これでいい。キャビネットのひきだしからペンを出し、地球のまわりに書く。

トーレスさんへ

僕はルーファス・エメテリオ、マテオのラストフレンドです。彼はすごく勇敢にエンド・デーを生きました。

今日一日、たくさん写真を撮ってインスタグラムにアップしてあります。マテオがどんなふうに生きたか、ぜひ見てください。ユーザー名は@RufusonPlutoです。人生最悪の日になっていたかもしれない今日、息子さんが手をさしのべてくれたおかげで、僕は本当に幸せでした。

哀悼の意をこめて

ルーファス（二〇一七年九月五日）

手紙を折りたたみ、写真のそばに置く。

そして震えながら部屋を出る。マテオの遺体を探しにはいかない。残された最後の時間をそんなふうに使うのを、マテオはきっと望まないはずだ。

俺は病院をあとにした。

二二時三六分

砂時計の砂はもうほとんど残っていない。だんだん不吉な予感がしてきた。死神が車の陰や茂みに隠れながらしのびより、いまにも大鎌を振り下ろそうとしている姿が頭に浮かぶ。

俺は疲れ切っている。体だけじゃなく、気力も完全に失せていた。家族を失ったあともこんな感じだった。最大級の悲しみから抜け出すには時間がかかる。なのに、俺にはその時間がない。

夜が終わるのをそこで待とうと、またアルシアパークに向かっている。通り慣れたいつもの道なのに、どうしても震えが止まらない。いまどれだけ用心しても、もうすぐ何かが起きるのは変わらない。家族が、そしてマテオが恋しくてたまらない。やっぱりあの世はあったほうがいいし、マテオには約束どおり、すぐに彼を見つけられるようにしておいてほしい。マテオはもう母親に会えただろうか。そして俺のことを話しただろうか。もし俺が家族のほうを先に見つけたら、ひとしきりハグをしたあと、一家全員でマテオ探しに乗り出す。そのあとどうなるかは誰にもわからない。

さっとヘッドホンをつけ、マテオが俺のために歌っている動画を見る。

遠くにアルシアパークが見える。俺にとって、大きな変化が訪れる場所。

また動画に目を戻し、マテオの歌声が耳に鳴り響く。

道を渡る俺を引き留める腕は、もうなかった。

アダム・シルヴェラ

Adam Silvera

1990年生まれ、ニューヨーク出身、ロサンゼルス在住。児童書の販売員やヤングアダルト小説の書評家を経たのち、『More Happy Than Not』で小説家デビューを果たした。今まで手掛けた小説のほとんどがニューヨーク・タイムズのベストセラー作品になっている。本書が初の邦訳となる。

五十嵐 加奈子

Kanako Igarashi

翻訳家。東京外国語大学卒業。主な訳書にニコラス・グリフィン『ピンポン外交の陰にいたスパイ』、ローラ・カミング『消えたベラスケス』、エドワード・ウィルソン＝リー『コロンブスの図書館』(すべて柏書房)、デボラ・ブラム『毒薬の手帖』、リー・メラー『ビハインド・ザ・ホラー』(共に青土社)、ジョン・クラリク『365通のありがとう』(早川書房)などがある。

今日、僕らの命が終わるまで

They Both Die at the End

2023年3月16日　初版第1刷発行

著者　アダム・シルヴェラ

訳者　五十嵐 加奈子

発行者　神宮字 真

発行所　株式会社小学館集英社プロダクション
東京都千代田区神田神保町2-30 昭和ビル
編集　03-3515-6823
販売　03-3515-6901
https://books.shopro.co.jp

印刷・製本　中央精版印刷株式会社

装画　yoco

デザイン　荒川正光（BALCOLONY.）

組版　朝日メディアインターナショナル株式会社

校正　株式会社 聚珍社

編集　比嘉 啓明

Printed in Japan
ISBN 978-4-7968-8043-5